.

Zwei Tonnen Zuckerwatte

»... Es kommt auf den Einzelnen an, nicht auf das System ...«

Hermann Hesse

Uwe Schulz-Kopanski

Zwei Tonnen Zuckerwatte

Bibliografische Information der Deutschen Nationalbibliothek:
Die Deutsche Nationalbibliothek verzeichnet diese Publikation in der
Deutschen Nationalbibliografie; detaillierte bibliografische Daten
sind im Internet über http://dnb.dnb.de abrufbar.

© 2023 Uwe Schulz-Kopanski

Herstellung und Verlag: BoD – Books on Demand, Norderstedt

ISBN: 978-3-7528-9558-2

»Na das werden wir ja sehen«, sagte der Typ hinter dem Schreibtisch und damit war das Gespräch zwischen Ausreisekandidat und Staatsmacht beendet.

So lief das jetzt schon seit zwei Jahren: Vorladungen, lauter dummes Zeug anhören, irgendwas erwidern und tschüss.

Es sah nicht so aus, als ob sie ihn bald rauslassen würden.

Janosch lief über das von grauem Schneematsch bedeckte Kopfsteinpflaster des Marktplatzes in Richtung Bäckerladen.

Zuerst kaufte er Brötchen, dann nebenan noch Milch.

Vor dem Geschäft stand ein Lieferwagen.

»Na, habt ihr überhaupt noch was auszufahren?«, grüßte Janosch die beiden Arbeiter und der Fahrer erwiderte grinsend: »Tja, wir kommen bald nur noch, um Leergut abzuholen.«

Janosch kannte die beiden, er hatte selber zwei Jahre beim Großhandel als Beifahrer gearbeitet.

»Und du, immer noch nicht im Westen?«, kam die obligatorische Frage. Janosch zuckte mit den Schultern.

»Die können hier auf ihre Spitzenkräfte anscheinend nicht verzichten«, sagte er, winkte ab und machte sich auf den Weg nach Hause.

Janosch klinkte die schwere Haustür auf und stapfte hoch zum Obergeschoss. Die Wohnung über der Werkstatt gehörte Edgars Mutter, von allen bloß Mama Trepte genannt, die hinten auf dem Hof lebte. Hier oben hatten sie in ihren besten Zeiten mal zu fünft gewohnt. Drei Zimmer, Küche, Bad, alles mit einer Deckenhöhe von knapp zwei Metern zehn, aber wen störte das schon.

An der Eingangstür stand: »Nur tote Fische schwimmen mit dem Strom«. Janosch schloss auf, klopfte sich auf der Schwelle den letzten Matsch von den Schuhen, hängte dann im Flur seinen Mantel an den Haken und warf dabei einen flüchtigen Blick in den Wandspiegel.

Eine große, hagere Gestalt, Mitte zwanzig, langhaarig und mit schwarzem Bart. Wache dunkle Augen, Adlernase, das kantige Profil wie vom Holzschnitzer gemacht.

Edgar, immerhin schon aufgestanden, war gerade beim Ofenanheizen. Im Hintergrund lief die »Ton Steine Scherben«-Platte ›*Warum geht es mir so dreckig?*‹, und er röhrte an seiner

Lieblingsstelle mit: »Arbeit macht das Leben süß, so süß wie Maschinenöl.«

Janosch und er kannten sich praktisch schon seit Urzeiten, sie hatten damals in der Abiturklasse nebeneinander gesessen und dem Lehrkörper einiges abverlangt. Edgar war etwas kleiner und untersetzt, klassischer Faustkämpfertyp, vielleicht ein bisschen speckig, aber flink, wenn es drauf ankam. Ein richtiger Kugelblitz. Mit seinen Knopfaugen erinnerte er die meisten gleich an einen Seehund, besonders wenn er sich manchmal einen Schnauzer stehen ließ.

Janosch machte Tee und deckte den Tisch, dann frühstückten sie. Seit ein paar Wochen wohnten sie beide alleine, die letzten Mohikaner. Vielleicht waren sie ja auch vom selben Stamm, dachte Janosch manchmal. Oder sogar Blutsbrüder. Auf Edgar konnte er sich jedenfalls verlassen, der war ein echter Steher.

Bei der Einberufung damals hatte er es kategorisch abgelehnt, eine Knarre auch nur in die Hand zu nehmen, und aus dieser einmal getroffenen Entscheidung hatte sich der Rest für ihn ganz automatisch ergeben. Denn weil er auch nicht als Totalverweigerer im Knast enden wollte, war er schließlich bei den Spatensoldaten gelandet. Aber nicht beim Bauregiment. Man verfrachtete ihn stattdessen in einen der hoffnungslos maroden Chemiebetriebe, wo er zusammen mit Typen aus dem Knast achtzehn Monate lang über Schlammhalden waten und Giftmüll schippen durfte, als Sklave in der Mutantenbrigade, wie sie sich selber nannten. In dieser Zeit hatte er reichlich an geborstenen Chlorleitungen geschnuppert und mehr als genug Quecksilberpfützen in den Ecken verrotteter Vorkriegshallen stehen sehen. Der bestialische Gestank ölig schimmernder Giftbrühe hatte ihm 540 Tage lang klargemacht, was Leute wie er von diesem Staat zu erwarten hatten. Diese Lektion war abgehakt, jetzt wollte er nur noch raus.

Janosch erzählte ihm von seinem Termin bei der Abteilung Inneres heute Morgen.

»Diese hirnlosen Knilche bestellen mich in aller Herrgottsfrühe dahin, nur um mir zu sagen, dass nun nicht mehr der Landkreis für meinen Antrag zuständig ist, sondern neuerdings die Stadtverwaltung, da ich mit Wohnsitz nicht mehr auf dem Dorf gemeldet bin.«

Janosch schüttelte den Kopf und fuhr fort: »Montag soll ich da schon wieder hinlatschen. Ist mir recht, hab ich den Knallköppen gesagt, wenn's da schneller geht, Hauptsache, ich bin bald weg hier.«

Er goss Edgar und sich neuen Tee ein.

Sein Ex-Wohnsitz auf dem Dorf, das war freilich ein Kapitel für sich. Vor zwei Jahren hatten Edgar und er ihre Jobs gekündigt, sich ein Haus auf dem Lande gekauft und ihren Traum vom »LKF-Projekt« wahr gemacht: Sie hatten die »Landkommune Freedom« gegründet.

Die Sommer waren herrlich gewesen. Jeden Tag Baden im See, abends Wein und Lagerfeuer, und die Stereoanlage lief ständig auf Volllast. Zu ihrer Hymne hatten sie Richie Havens' *Freedom* vom Woodstock-Festival ernannt. Es waren gute Zeiten gewesen, sie hatten viel Besuch gehabt, lauter langhaarige Antigenossen und hübsche Mädchen in Folklorekleidern, auch reichlich verhinderte Künstler und Halbintellektuelle, darunter witzige Typen und verkorkste Spinner, die meisten schwer woodstockinfiziert wie sie selber.

Janosch grinste in sich hinein, so weit hatte das damals schon ganz gut hingehauen. Im Winter jedoch wurde es immer ziemlich trist und einsam, und ihr Plan mit dem Drechseln und Holzspielzeug verkaufen war auch nicht so recht aufgegangen. Außerdem hatten sie schon bald herausgefunden, dass keiner von ihnen zum Bauern taugte. Ein paar Erdbeeren pflücken, das ja, vielleicht auch noch eine Schubkarre voll Gras sensen für die Kaninchen, aber immer mit den Hühnern aufstehen und den ganzen Tag lang ernsthaft Landwirtschaft betreiben, das passte dann doch nicht recht zu ihrer lässigen Hippieversion vom naturnahen Alternativleben. *Arbeit macht das Leben süß...* Und trotzdem, man hätte dennoch etwas daraus machen können, glaubte Janosch auch heute noch. Aber man hatte sie ja nicht etwa unbehelligt vor sich hin werkeln lassen. Sie waren schon längst ins Fadenkreuz geraten, ohne es überhaupt zu merken. Erst kamen ominöse Ordnungsstrafen, dann folgten Spitzelüberwachung und Hausdurchsuchung. Die Schikanen hörten einfach nicht auf. Der Höhepunkt war schließlich erreicht, als eines Tages der versoffene vierzigjährige Dorftölpel auf ihrem Grundstück erschien und ihnen die frisch ausgestellte Wohnraumzuweisung (und so was brauchte man tatsächlich, um irgendwo einziehen zu dürfen) für zwei Zimmer präsentierte. Die Gemeindeverwaltung, das »zuständige staatliche Organ« (oder wer auch immer dahinter steckte), hatte so entschieden, der Typ sollte wirklich einziehen, in ihr eigenes Haus! Natürlich hätten sie auch ihre dreißig Mark Miete im Monat bekommen, man lebte ja schließlich im Rechtsstaat …

Aber da wollten sie schon nicht mehr kämpfen. Und als zwei Tage später noch eine Karte vom Wehrkreiskommando angeflattert kam und Janosch für sechs Wochen als Reservist zur Armee eingezogen werden sollte, da gaben sie die Ranch auf und beschlossen den Verkauf.

Janosch hatte sich damals gefühlt wie nach einer Amputation und so ging es ihm auch heute noch, wenn er daran dachte.

Danach folgte das Unvermeidliche: Sie stellten ihre längst fälligen Ausreiseanträge und zogen wieder zurück in das nur ein paar Kilometer entfernte Wittmar. Ihnen war beiden endgültig klar geworden, dass dieser Staat sie nie in Ruhe lassen würde. Von da an war die LKF – Crazy Farm nur noch Legende und Edgar und Janosch warteten auf den Tag X.

Weil an diesem Vormittag erst mal nichts weiter anlag, vertiefte sich Janosch in Lektüre und trank Tee. Er las fast nur noch Hesse. Edgar rauchte und blätterte eine Weile in seinen drei Bukowski-Büchern, dann stapfte er zum Drechseln runter in die Werkstatt und produzierte Kerzenständer. Vielleicht konnte man sie ja später auf irgendeinem Sommermarkt verhökern.

Am Mittag ging Janosch zu Birgit rüber.

Manche nannten sie und ihre Freundinnen Hafennutten, aber das stimmte nicht so ganz. Es ging jedenfalls nicht um harte Prostitution. Sie hatten halt keine rechte Lust zur Arbeit, sondern zogen lieber abends in eine der grotesken Tanzkneipen, um Seeleute aufzugabeln. Oft waren es Pendler, die alle paar Wochen wieder für kurze Zeit anlegten, immer dieselbe Route, kleinere Stückgutfrachter und so was. Man kannte sich meistens schon. Janosch hatte sich da gelegentlich mit seinem bisschen Englisch als Dolmetscher ein paar Bier

verdient, ihn hatte interessiert, was da so ablief. Am härtesten fand er es immer, wenn die unsägliche Band im Saal der SONNE, wo im März noch die angesengten Papiergirlanden von Silvester hingen, zum Schluss La Paloma dudelte und die Besoffenen alle mitgrölten: *Nach vooorn geht mein Blick, zurück darf kein Seemann schaun, Kap Hoooorn ...!*
Das war schwer zu überbieten.

Einmal hatte er beobachtet, wie ein paar um Mitternacht aus der Kneipe torkelnde Matrosen, wahrscheinlich wieder Ägypter, händeweise die vom Zwangsumtausch übrig gebliebenen Alumünzen draußen auf das glitschige Kopfsteinpflaster regnen ließen. Für sie war das Spielgeld, ab morgen völlig unbrauchbar. Janosch hatte hinter der nächsten Ecke abgewartet und dann verstohlen das meiste davon aus dem Dreck geklaubt, pfeif auf den falschen Stolz, damit kam er schon klar. Die Typen waren ja schließlich auch nicht gerade zu beneiden. Denn ihr Dilemma war, dass sie zwar reichlich Dollars oder D-Mark hatten, und zum Schwarzkurs getauscht, war damit alles erst recht spottbillig für sie – aber als Ausländer kamen sie in die drei oder vier halbwegs anständigen Restaurants dieser Provinzstadt eben einfach nicht rein. Überall RESERVIERT-Schilder auf den leeren Tischen und Kellner, die mechanisch mit den Schultern zuckten und die Köpfe schüttelten, nur ein abgewimmelter Gast ist ein guter Gast. Denn schließlich kriegten sie Stundenlohn und legten Wert auf pünktlichen Feierabend. Und erst recht bei irgendwelchen Hottentotten, da wusste man ja nie …
Da blieb den Seeleuten keine allzu große Auswahl. Entweder ihr ersehnter Landgang wurde bloß zum langweiligen Suffabend in einer billigen Kaschemme, die anschließende Prügelei gab's meist gratis dazu, oder sie hatten Glück und trafen da eine alte – oder neue – Bekannte, legten dann schnell zu viert oder fünft ein paar Geldscheine der richtigen Sorte zusammen und schon gingen sie alle beispielsweise zu Birgit nach Hause, wo von den paar Moneten vergleichsweise üppig gefeiert wurde. Ein Geschäft für beide Seiten, und Partytime und Spaß für alle. Und wenn sich die Mädchen dann doch noch gelegentlich rumkriegen ließen, na umso besser. So jedenfalls lief das Ganze ungefähr.

Janosch klingelte unten zweimal als Ankündigung, obwohl die Haustür nicht verschlossen war, und stieg dann die Stufen bis ganz nach oben zu Birgits Wohnung hoch. Praktischerweise war gleich im Erdgeschoss ein *Intershop*, so dass sie nie weit zu laufen brauchten, um anständigen Schnaps zu holen. Und nebenbei roch es im ganzen Hausflur nach Weichspüler und Westseife.

Oben angekommen, klopfte er an die lädierte Tür. Sie war ein bisschen im Rahmen verzogen und in der Mitte leicht eingedellt, irgendein Besoffener hatte wohl neulich versucht, das Ding aus den Angeln zu drücken, das kam gelegentlich schon mal vor.

Birgit war noch nicht aufgestanden, Iris, ihre Schwester, öffnete im Morgenmantel. Sie war nur ein paar Jahre älter als Birgit, knapp dreißig, wirkte aber wie vierzig mit ihrem müden Gesicht, erst recht ohne Schminke.

»Komm rein«, sagte sie zu Janosch mit ihrer rauen Stimme und zündete sich eine Zigarette an.

In der Wohnung roch es nach kaltem Rauch, der Tisch stand voller Gläser und Flaschen, Klamotten lagen umher, auch Unterwäsche. Janosch folgte ihr ins Wohnzimmer und wärmte sich erst mal die Hände am noch lauwarmen Kachelofen in der Ecke.

»Die Uhr muss jedenfalls wieder ran«, hörte er Tina wettern, auch eine von Birgits Freundinnen, die er flüchtig kannte, »in drei Tagen kommt Paolo wieder, und wenn der das Ding nicht an meinem Arm sieht, kriegt er seinen Rappel. Du weißt genau, wie eifersüchtig der Kerl ist.«

Janosch hatte keine Ahnung, zu wem sie sprach. Die Tür zum Schlafzimmer nebenan war aber offen. Sie saß mit angezogenen Beinen in einem riesigen grünen Plüschsessel, streichelte Minnie, die »Persilianerkatze«, und guckte ansonsten ziemlich trübe vor sich hin. Über ihr an der Wand hing eine ägyptische Maske, daneben zwei gerahmte Kinderbilder und weiter hinten eine Kuckucksuhr aus Plastik.

Janosch wartete einfach, bis Birgit kam, es dauerte ein paar Minuten. Sie hatte sich die Haare blondieren lassen, mit leichtem Orange-Stich. Und sie schien noch dünner geworden zu sein.

»Hallo«, begrüßte er sie, »ich wollte nur mal nachfragen, ob ihr wieder was zu tauschen habt?«

Birgit nickte sofort. »Über zweihundert D-Mark, und auch noch Dollars und Schwedenkronen«, antwortete sie und überlegte kurz. »Ich komm so um zwei rüber, okay?«

»Kein Problem«, erwiderte Janosch und rechnete, Kurs eins zu sechs und Dollar mal zehn, so viel hatte er locker zu Hause da. Allerdings stieg der Schwarzkurs allmählich und das wusste auch Birgit. Vielleicht würde man bald neu verhandeln müssen. Sie unterhielten sich noch ein Weilchen über dies und das, dann machte er sich gleich wieder startklar.

»Also, bis um vier bin ich zu Hause«, sagte er als Letztes, grüßte und ging. Birgit & Co. sollten erst mal richtig zu sich kommen.

Janosch selber hatte eigentlich gar keine Verwendung für das Westgeld, an sich war die ganze Tauscherei für ihn bloß Zeitvertreib. Er verkaufte die D-Mark lediglich mit moderatem Aufschlag weiter, Bedürftige gab es genug. Zur Zeit ging das meiste an Jürgen, einen der wenigen aus seinem Bekanntenkreis, der klar oberhalb der Armutsgrenze lebte. Immerhin fuhr er im dicken Mercedes durch die Gegend, den er letztes Jahr von irgendeinem Ostberliner Westdiplomaten abgekauft hatte. Und zwar nicht zum Schnäppchenpreis. Deshalb brauchte er aber auch öfter mal Devisennachschub, um Originalersatzteile zu kaufen. Oder Kosmetikzeug für seine Freundin. Oder Kaffee und Zigaretten. Und so weiter. Janosch hatte sogar mal aushilfsweise für Jürgen gearbeitet, auf Weihnachtsmärkten und Stadtfesten, Zuckerwatte drehen in einem seiner vier oder fünf Verkaufswagen. Seitdem sahen sie sich regelmäßig alle zwei, drei Wochen, einfach so oder zwecks Geldübergabe.

Als Janosch zurückkam, hatte Edgar schon Kartoffeln aufgesetzt, zwei Spiegeleier brutzelten in der Pfanne. War schließlich billig und ging schnell.

Kurz nach zwei klopfte dann Birgit wie abgemacht mit den Scheinen, sie tauschten und sie berichtete von gestern Abend.

»Algerier«, schwärmte sie und versuchte dazu aus wässrigen Augen zu strahlen, »da war was los! Erst haben wir uns

ordentlich Klaren in der SONNE eingeholfen und hinterher zu Hause dann den mitgebrachten Whisky geschnasselt. Mann, haben wir da Gas gegeben.« Gegessen hatte sie noch nichts.
Janosch wusste Bescheid. Am Anfang war er aus Neugier auch zwei-, dreimal zum Feiern noch mit hochgegangen, aber es war nicht seine Welt, zu viel Alkohol. Und Birgit tat ihm sowieso bloß Leid. An sich war sie ihm ja ganz sympathisch und sie sah eigentlich auch ziemlich gut aus, aber in ein paar Jahren, mit Ende zwanzig, würde sie der Suff voll im Griff haben, klarer Fall. Rapide würde sie dahinwelken, so wie ihre Mutter und die anderen auch, ein einziger versoffener Haufen. Und nicht nur das. Janosch hatte einmal gesehen, wie Tinas dreijährige Tochter bei einer der wüsten Mitternachtsorgien neugierig am Likörglas genuckelt hatte, ohne dass es irgendeinem der anderen aufgefallen wäre. Freilich, damals hatte er die Kleine noch rechtzeitig wegziehen und nach nebenan bringen können, aber er wusste genau, dass es so oder ähnlich wieder und wieder passieren würde. Einfach zu viel Arbeit für einen Schutzengel allein. Und wer weiß, vielleicht war es Tina oder Birgit früher auch nicht anders ergangen. Manche hatten eben kein Glück auf dieser Welt, schlechte Karten schon von Anfang an.

Als sie weg war, kochte sich Janosch einen neuen Tee und las noch ein bisschen, dann machte er sich auf den Weg zu Jürgen.
Er wohnte draußen am Stadtrand, in einem kleinen Haus mit großer Werkstatt.
Der Mercedes stand vor der Tür, akkurat geparkt mit leicht eingeschlagenen Vorderrädern.
Wie immer fand er Jürgen in der Werkstatt. Er war Mitte dreißig, zehn Jahre älter als Janosch, und manchmal hielt man sie für Brüder. Beide trugen sie die langen Haare meist zum Zopf gebunden, nur bei Jürgen wurde es oben schon ein bisschen dünn. Aber dafür war sein Bart länger und struppiger. Gelernt hatte er Automechaniker, gearbeitet als Werkzeug-macher, Maurer und Elektriker. Er machte fast alles selber, auch die Verkaufswagen und Maschinen für seine kleine Zuckerwatteflotte waren natürlich Marke Eigenbau. Jürgen war einer der wenigen Selbständigen in diesem Lande, er brauchte

14

nicht mehr täglich in einen der staatlichen Einheitsbetriebe zu trotten, und das allein hatte ja immerhin schon etwas von Freiheit. Man fuhr halt für ein, zwei Wochen irgendwohin zum Rummel, zum Stadtjubiläum oder Sommerfest, traf da all die anderen Zigeunertruppen von den Fahrgeschäften, all die Familien der Karussellbetreiber und Losbudenbesitzer und zumindest gab's etwas Abwechslung.

Na ja, Janosch hatte ja mal reingerochen.

Sie gingen ins Haus und ließen sich in der Küche nieder, und wieder wechselten die Scheine den Besitzer. Selbst hier lagen irgendwelche Maschinenteile herum, Ölfilter, Dichtungen, Schrauben, Unterlegscheiben und Muttern. Jürgen störte das nicht. Hauptsache, Bieröffner und Aschenbecher waren in Reichweite. Wahrscheinlich sah es im Schlafzimmer auch nicht anders aus. Seine Freundinnen flüchteten jedenfalls meist schon nach drei, vier Monaten, weil sie es bei ihm nicht länger aushielten. Trotz des Westgeldes.

»Und, wie ist der Stand der Dinge?«, erkundigte sich Janosch wie üblich, »willst du wirklich hier bleiben?«

Jürgen zündete sich eine Zigarette an, kniff die Augen zusammen und öffnete zwei Bierflaschen.

»Prost!«, grinste er, ließ Rauch aus der Nase quellen, stieß dann mit Janosch an und nahm einen Schluck.

»Siehst du ja, noch geht's mir zu gut im Osten«, antwortete er schließlich und zuckte mit den Schultern. »Im Westen wär das anders, da müsste ich gewaltig rudern.«

Er wies mit dem Arm zur Werkstatt rüber.

»Läuft doch fast von selbst, die Leute rennen mir die Bude ein. Hier was zu schweißen, da was zu reparieren, allein davon könnte ich schon gut leben.«

Janosch ließ sein Bier gluckern. Sicher, so konnte man es auch sehen, zumindest das Geschäft florierte und offensichtlich machte es ihm sogar Spaß. *»Hüte dich vor wilden Frauen und allem, was die Russen bauen«*, pflegte Jürgen jedes Mal zu sagen, bevor er seine Ärmel hochkrempelte und wieder einen liegen gebliebenen Pkw aus Uralproduktion in Gang brachte. Das war seine Welt, Janosch hatte ihn oft genug dabei beobachtet.

»Außerdem, im Westen ist gar kein Markt für solchen Fummelkram da, gar keine Nachfrage«, fuhr Jürgen fort, »da wird einfach neu gekauft und der alte Mist verschrottet, basta, ist ja nicht wie hier im Mangelland. Gibt ja reichlich.«
Wieder gluckerte Bier die Kehlen hinab.
»Stimmt alles«, gab Janosch bereitwillig zu, »und trotzdem, willst du hier versauern?« Man konnte machen, was man wollte, die Frage hing einfach in der Luft.
Aber Jürgen winkte ab.
»Das ist nicht der Punkt«, meinte er, »sondern was würde ich drüben anfangen? Zuckerwatte verkaufen? Die geht doch auch nur hier so bombig, und zwar wegen der schlappen Konkurrenz. Kaum Süßwarenangebot.«
Wahrscheinlich richtig, überlegte Janosch. Die drei Schokoladensorten, die es gab, schmeckten wie ein brauner Brei aus Lehm und Schmalz, und den Rest konnte man erst recht vergessen. Kakao war eben knapp im devisenarmen Land. Wenn man da nun freilich mit einem bunt angemalten Zirkuswagen auftauchte und Zuckerwatte verkaufte, am besten noch rosa eingefärbt, dann schnurrte die Maschine und spuckte Taler wie verrückt.
»Ich hab mal ein bisschen rumgehorcht«, redete Jürgen weiter, »ich kenne genug Leute drüben, auch welche vom Rummel. Zuckerwatte gibt's da höchstens an der Losbude nebenbei, und reich wird man damit garantiert nicht.« Er schüttelte den Kopf.
»Gegen Eins-A-Alpenmilchschokolade hast du jedenfalls keine Chance mit dem Klebkram, das steht fest.«
Janosch war klar, dass das stimmte und dennoch nur die halbe Wahrheit war. Denn Jürgen hatte ihm mal erzählt, wie er vor über zehn Jahren abzuhauen versucht hatte und dabei geschnappt worden war, Resultat anderthalb Jahre Knast. Das saß tief bei ihm, das wollte er sicher nicht noch mal riskieren. Da fand er sich lieber mit dem Leben hier ab, und im Prinzip ließ man ihn ja auch in Ruhe und es ging ihm eigentlich nicht schlecht. Was soll's. Wie die Made im Speck sozusagen. Man durfte sich halt bloß an der Fäulnis ringsum nicht stören, reine Gewohnheitssache. Ein dickes Fell war gefragt.
Sie unterhielten sich noch eine Weile, dann sagte Janosch: »Wie sieht's eigentlich aus, wann gehn wir mal wieder

zusammen auf Tour?«
Jürgen drückte seine Zigarette aus und sah ihn an.
»Meinst du auf große Fahrt oder bloß heute Abend weggehen?«, erkundigte er sich neugierig.
Janosch lachte und erwiderte: »Sowohl als auch.«
»Na ja«, überlegte Jürgen, »erst mal muss der Schnee weg, aber so in drei, vier Wochen wollte ich eigentlich loslegen. Können wir gerne festmachen. Wieso fragst du, bist du knapp bei Kasse?«
»Ach was«, schüttelte Janosch den Kopf, »Kohle ist nicht das Problem, ich hab vom Hausverkauf noch genug und brauch sowieso fast nichts. Bloß langsam muss ich mal wieder einen Job vorweisen, zur Sicherheit, damit die mir nicht an die Karre fahren können, von wegen asozial und so. Und mit meinem Ausreisestempel in der Akte stellt mich doch kein volkseigener Laden mehr ein.«
Jürgen nickte, er begriff, worum es ihm ging. Logisch.
»Und heute Abend geh ich mit Edgar in den Studentenkeller, so ab acht ungefähr. Komm, wir treffen uns da und begießen das gleich«, versuchte ihn Janosch zu überreden, »alles paletti oder was?« Aber Jürgen blieb unschlüssig.
»Ach du musst auch mal wieder raus«, machte Janosch ihm klar und redete weiter auf ihn ein, »und denk an die süßen Mädels.« Schließlich grinste Jürgen.
»Na mal sehen«, sagte er, als sie sich verabschiedeten.

Der Studentenkeller füllte sich langsam.
Eigentlich war der Laden nicht viel mehr als ein kahler Betonbunker mit einem Tresen in der Mitte, aber wenigstens vom Publikum her besser als die sonstigen gängigen Proletarierkneipen. Alternativen waren bekanntlich rar. Außerdem ging es ja auch mehr um das Kommunikative.
Janosch hängte seine stilechte Arbeitswattejacke, die er neulich erst entsprechend aufgepeppt hatte, an einen der Haken im Gang. »Jack Wattejackett« hatte ihn Edgar darin getauft. Es war aber auch ein edles Stück. Vorn links, da wo das Herz saß, mit »NO PLASTIC!« bestickt und hintendrauf groß »THE ETERNAL TRAMP«. Sein persönliches Bekenntnis

sozusagen. Ansonsten trug er ja meistens seinen »Filz«, einen in Ehren gealterten Förstermantel, zwei Nummern zu groß.

Edgar war inzwischen schon zum Tresen vorgegangen, um gleich Bier zu holen. Mit zwei großen Gläsern kam er zurück.

»Prost, Alter«, sagte er, dann tranken sie und sahen sich um.

Max war da, wie immer, er gehörte ja auch praktisch zum Inventar. Der ewige Student. Ganze Tage hatte er schon hier im Keller zugebracht, er pennte dann einfach in der Matratzengruft hinter dem Tresen, wenn er es nicht mehr bis ins Wohnheim schaffte. Offenbar fand in diesen Katakomben der Hauptteil seines Bauingenieurstudiums statt. Janosch hatte ein paarmal versucht sich mit ihm zu unterhalten, mit eher mäßigem Erfolg. Zu hoher Dunstfaktor. Max war eben meistens bloß körperlich anwesend.

Hinten in der Ecke saßen ein paar Mädchen, die Janosch vom Sehen kannte, darunter auch seine Sonnenblume. So jedenfalls nannte er sie für sich. Sie hatte ein ziemlich hübsches Gesicht, Stupsnase und große kakaobraune Augen, eingerahmt von einer blonden Wuschelmähne. Wie eine helle, freundliche Sonnenblume eben. Mit ihrem knalligen orangen Sweatshirt fiel sie einem regelrecht ins Auge, wie sie da zwischen ihren Freundinnen saß, besonders wenn sie lachte, und sie lachte viel. Janosch hatte mit ihr noch nie ein Wort gesprochen, obwohl sie sich immer schon von weitem grüßten, seit mindestens zwei Monaten. Vorige Woche hatte er sie im Vorbeigehen sogar auf die Stirn geküsst und sie hatte gelacht und es sich gefallen lassen, alles ohne Worte, denn das gehörte nun mal zum stummen Ritual. Aber vielleicht war ja heute Sprechtag, überlegte Janosch plötzlich. Ja warum eigentlich nicht? Aus mitgehörten Gesprächen wusste er, dass sie Karin hieß und in der Bücherei ihr Studentenpraktikum machte. Und meistens trank sie Gin-Tonic, hatte er beobachtet. Wenn es denn Gin-Tonic gab.

Na mal gucken, dachte er, bewegte sich allmählich in Richtung Tresen, holte Bier und Gin-Tonic (Glück gehabt!) und schlenderte dann in ihre Ecke rüber.

»Für die Frau, die jeden Mann zum Stottern bringt«, erklärte er ein wenig feierlich und platzierte mit schwungvoller Eleganz das Glas präzise neben ihre auf dem Tisch liegende rechte Hand, »für die Bibliothekarin Karin.«

Dann ging er zurück an seinen Platz.

»Ein Lächeln, das bis runter in die Eier geht, hm?«, war Edgars grinsender Kommentar dazu.

Gegen neun erschien Jürgen und es gab eine neue Runde Bier. Immer mehr Leute kamen dazu, es wurde langsam enger, die Stimmung stieg.

Später begegnete Janosch seiner Sonnenblume im schmalen Flur. »Danke«, sagte sie, »für vorhin.«

So ganz aus der Nähe sah sie noch hübscher aus, lange Wimpern, zarter Teint, perfekt.

»Muss man eigentlich viel Kakao trinken, um so braune Augen zu kriegen?«, fragte Janosch neugierig und riskierte einen tiefen Blick.

Sie lächelte wieder und setzte gerade zu einer Erwiderung an, da kam Edgar um die Ecke auf sie zugesteuert, schon mit leichter Schlagseite.

»This is Jack Wattejackett, Edelpenner und Dressman der Altkleidersammlung«, eröffnete er ihr und zeigte auf Janosch in seinem einmaligen schwarzen Knitteranzug aus dem An- und Verkauf, den er alle paar Wochen sogar in der Waschmaschine wusch.

Sie lachte und kniff die Augen dabei fast völlig zu, das sah ziemlich niedlich aus, und ihre weißen Zähne blitzten.

»Nee«, schüttelte sie den Kopf, »das ist Janosch und du bist Edgar. Ihr seid verrückte Aussteigertypen, so viel weiß ich, jedenfalls keine Studenten.«

Janosch blickte ihr noch mal tief in die Augen und hob belehrend den Zeigefinger, das war sein Einsatz.

»Weit gefehlt«, dozierte er tadelnd, »wir studieren immer, und zwar die Verhältnisse. Spezialisiert in Richtung Theken und Bibliotheken. Unser Interesse an dir ist also streng akademisch.« Und Edgar dröhnte los: »Waschechte Vollblut-Intellektuelle mit Halbbildung, wir sind verkannte Genies, und unsere Tragik besteht darin, dass wir die Einzigen sind, die es zu würdigen wissen.«

Nun kam auch noch Jürgen mit zwei Typen dazu und dirigierte sie zielstrebig zurück in Richtung Tresen, alles schwatzte auf einmal durcheinander, irgendeiner drehte plötzlich die Musik auf und Janosch und Karin mussten sich regelrecht ins Ohr brüllen, um noch etwas zu verstehen. Schließlich zog er sie wieder mit sich in den Gang hinaus. Aber kaum waren sie dem Gewühl entkommen, sah sie plötzlich auf die Uhr und fing an ihren Mantel zu suchen.

»Ich muss morgen ganz früh raus, ich will übers Wochenende weg«, erklärte sie. Na so ein Pech, dachte Janosch, der keine Ahnung hatte, welcher Tag gerade war. Seufzend stellte er also sein leeres Glas ab und hielt ihr den Mantel auf, und sie gab ihm zum Abschied einen Kuss auf die Wange. Immerhin.

Danach holte er sich ein neues Bier und ging wieder zu den anderen rüber, um mit Jürgen das Geschäftliche zu bereden.

Er sollte gleich nächste Woche anfangen.

»Erst mal ganz langsam vortesten«, sagte Jürgen, »wir bleiben hier im Lande. Unten am Lindenplatz an der Bushaltestelle, den Wagen schlepp ich Montag früh hin. Ist ein guter Platz. Nur so für drei Stunden immer, um zwei kommen die Schulkinder, und dann so bis um fünf.«

Janosch war einverstanden, und sie stießen an. Jetzt hatte er also wieder einen Job. Na wenn das kein Grund zum Feiern war. Prost.

Edgar hatte inzwischen reichlich Zuhörer um sich versammelt, er brachte andauernd Sprüche. Den ganzen Sommer über hatte er in der Strandkneipe auf dem Zeltplatz gehockt, den Entertainer gespielt und Freidrinks geschnorrt, »Barbeque« hatten sie ihn genannt. Momentan war zwar gerade Winter, aber für einen echten Profi war eben immer Saison. Schließlich musste man ja in Übung bleiben.

»Diese Hände sind zum Lieben geschaffen«, verkündete er gerade lautstark und fuchtelte mit seinen Tatzen vor den beiden Mädchen neben ihm rum, »nicht zum Arbeiten.«

Alles grölte und quietschte.

»Kommt her, ich beweise es euch«, rief er und griff probeweise mal nach links und rechts.

»Na, Arbeit muss aber auch sein«, meinte eine spitz von weiter hinten, die das anscheinend nicht so lustig fand, und Edgar konterte sofort: »Freilich, durch Arbeit wurde der Affe zum Menschen, das stimmt schon. Aber wer wie ich schon lange

Mensch ist, der braucht doch nicht mehr zu arbeiten wie 'n Affe.«

Wieder folgte Gelächter und so ging das immer weiter.

Als der Keller zumachte, kam der ganze Haufen noch mit zu Edgar und Janosch. Aber irgendwie war schon auf dem Rückweg die Luft raus. Edgar interessierte sich sowieso nur noch für Anja, so hieß die kleine Schwarzhaarige an seiner Seite, dauernd fummelte er an ihr rum. Und der müde Rest wurde immer stiller und gähnte zum Schluss bloß noch. Janosch putzte sich die Zähne und ging gleich ab ins Bett, er hörte noch, wie die anderen sich nach und nach verdrückten. Irgendeiner pinkelte endlos auf Toilette, dann rauschte ewig die Spülung, danach klappten wieder Türen, es polterte noch mal, aber schließlich kehrte am Ende doch Ruhe ein.

Janosch drehte sich auf seiner Matratze hin und her und konnte trotzdem nicht einschlafen. Er dachte an seine Sonnenblume, an Karin. Edgar hatte Recht, das mit ihrem Lachen stimmte.

Gegen zehn hörte er Edgar rumoren, sie standen auf und frühstückten. Draußen war es stürmisch und grau und dann fing es so richtig schön zu pladdern an. Mit jeder Bö klatschten dicke Tropfen gegen die Fensterscheiben.

»Gestern mit der kleinen Schwarzen hätte fast geklappt«, nuschelte Edgar vor sich hin und biss in sein Brötchen, »die war hottig. Heut Nachmittag kommt sie wieder.«

Er goss sich Tee nach und grunzte mit halb vollem Mund: »Wird ja auch mal langsam wieder Zeit, dass hier was abgeht in unserem Männerkloster.«

Plötzlich klopfte es. Träne, der Tätowierte aus dem Nachbarhaus, stand vor der Tür. Im Gesicht hatte er als einzige Tätowierung eine Träne, außen am rechten Auge, daher der Name. Arme und Rücken allerdings waren fast vollständig bedeckt mit so sinnigen Kunstwerken wie einer Eisenbahn und dem Spruch »Ich bin der letzte Hänger« darüber oder dem obligatorischen pfeildurchbohrten Herzen, das er gleich zwei Mal zu bieten hatte, für »Anita« und »Mausi«. Ein Segelschiff in voller Fahrt zierte die Schulterpartie und so weiter. Neulich hatten sie alles einmal ausführlich begutachten dürfen.

»Habt ihr was da für mich?«, wollte Träne wissen.

Er kam jede Woche mal rüber und fragte nach Pfandflaschen. »Mmh«, brummte Janosch, »muss mal gucken.« Er suchte im Flurregal und in der Küche und machte ihm den Beutel voll, dann tranken sie noch eine Tasse Tee zusammen. An sich war Träne nicht verkehrt, man musste ihn halt nur zu nehmen wissen, so wie bei jedem anderen eben auch. Er war knapp vierzig und hatte das schlichte Gemüt eines Kindes, eines jähzornigen Kindes mit großen Fäusten freilich, besonders wenn manchmal zu viel Schnaps sein kleines Hirn aufweichte. Vor ein paar Monaten war er aus dem Knast gekommen und hauste seitdem in einer Abrissbude, wo der Ofen dermaßen schmökerte, dass er nicht anzufeuern ging. Sein einziges Kämmerlein beheizte er mit zwei rot glühenden Elektrokochplatten, die von einem wackligen Ventilator angepustet wurden und so wenigstens für ein bisschen warme Luft in seiner Räuberhöhle sorgten. Über ihm hauste auch noch ein Exknasti, Herbert Keller. »Ich wohne noch unterm Keller«, feixte Träne manchmal mit schiefem Grinsen. Jetzt war er seit letzter Woche krankgeschrieben und versuchte nun den ganzen Tag lang irgendwo Zigaretten und Pfandflaschen zu schnorren. Wenn man bescheiden war, langte das durchaus. Für die Arbeit hatte er jedenfalls noch weniger übrig, und Janosch konnte ihn verstehen. Er hatte ihn mal als Kohlenträger gesehen und das schafften nur die wirklich zähen Jungs. Den ganzen Tag auf wackligen Kellertreppen Zentnersäcke schleppen, aber nicht so schöne weiche Kissen mit Mehl oder Zucker drin, sondern voll mit klamottenharten, kantigen Briketts, die gegen den Buckel drückten und rieben. Und dann der schwarze Staub, feine Sache. Das hielt kaum einer lange durch. Davor war Träne mal Saugrohrführer im Hafen gewesen, bei Getreideschiffen den staubigen Bauch ausrüsseln. Und momentan wurde er bei der Bahn angelernt, in Schichten als Rangierhelfer zwischen den Waggons über die Gleise zu staksen, Hemmschuhleger nannte sich das korrekt. Eine echte Karriere. Aber zumindest in puncto Berufsbezeichnungen hatten die hier was drauf, das musste man ihnen lassen.

Heute gab Träne wieder eine seiner Knastepisoden zum Besten, Kategorie Kloakenromantik. Was anderes kannte er nun mal leider kaum. Er fing also an zu erzählen, wie sein

Kumpel Harry gleich nach der Entlassung zu einem der Wachtmeister, die ihn damals hopsgenommen hatten, nach Hause gelatscht war. Und schon begann Träne zu grinsen.

»Den mochte er nicht leiden. Also was macht er? Hose runter, saftig einen in 'ne Papiertüte gepflastert und die ihm auf den Türvorleger gepackt, Benzin rauf, angezündet, puff, und dann hat er geklingelt und ist geflitzt«, schilderte er begeistert und beschrieb ausführlich, wie der gelackmeierte Bulle verzweifelt versucht hatte, das Feuer auszutrampeln.

»Schiss flambiert«, wiederholte er immer wieder und freute sich dabei wie ein kleines Kind.

Janosch fragte ihn zur Abwechslung nach seiner kaputten Heizung. »Reparaturkolonne ist im Anmarsch«, antwortete Träne, als er sich wieder einigermaßen beruhigt hatte.

»Fiete Denger kommt nachher zu mir rüber, der will sich meinen Ofen mal angucken, hoffentlich kriegt er's hin.«

Janosch war sich da nicht so sicher. Denn Fiete war einer der echten Stadtsäufer. Früher mal begnadeter Handwerker und Alleskönner, dann seit Jahren nur noch Gelegenheitsjobs, irgendwo Heizer oder Altstoffe sammeln und so was. Und immer im Tran. Mit seiner abgeschrammten Kapitänsmütze saß er tagaus, tagein am Marktplatz oder unten am Hafen, ein Bier in der Hand und die kalte Pfeife im Mund, und verkündete dabei seine Kommentare zum Leben an sich. Auf Plattdeutsch natürlich. Manche der Passanten zuckten ordentlich zusammen und traten verschreckt zur Seite, wenn er mit seiner tiefen Säuferstimme plötzlich wieder loslegte. Denn leise sprechen konnte er nun mal nicht. Fiete Denger war jedenfalls ein Original.

Und da Janosch und Edgar sowieso nichts weiter vorhatten, gingen sie mit Träne anschließend gleich rüber. Schließlich durfte man sich so ein Schauspiel nicht entgehen lassen.

Kurze Zeit später kam Fiete tatsächlich. Die Kirchenjungs hatten ihn zu Weihnachten wohl reichlich neu eingekleidet, jedenfalls war er immer noch voll in Schale und trug einen irgendwie blaumetallic-schimmernden Anzug, sogar mit Weste und so richtig schick. Bis auf ein paar Flecken und Knitterfalten freilich und einen kleinen Riss am Knie. Und dazu gehörten natürlich passende Gummistiefel.

Eine Viertelstunde später war er schon schwer zugange, er hatte Kacheln abmontiert und steckte mit seinem rechten Arm bis zur Achselhöhle im Ofen. Mit bloßen Händen schaufelte er den Ruß raus, immer wieder, der Eimer war schon voll.

Träne hatte vom Pfandgeld noch schnell eine kleine Flasche Schnaps für ihn geholt.

»So, der Dreck ist rrraus«, polterte Fiete und nahm erst mal einen Schluck aus der Buddel. Schweiß lief ihm an der Stirn herunter, den er sich mit dem Rußarm abwischte. Die wässrigen Säuferaugen stierten, er sah aus wie ein Höllenteufel mit Kriegsbemalung.

Dann kleisterte er mit Lehmpampe die Kacheln wieder fest und zündete Zeitungspapier im Ofen an. Es qualmte und blakte, sie mussten alle husten.

»Die schlechte Luft muss erst rrraus«, meinte Fiete und legte kleine Holzstückchen nach, »dann zieht er wieder rrrichtig.«

Es kam noch mehr Qualm, nun waren sie wirklich in der Hölle.

»Die schlechte Luft muss rrraus, die schlechte Luft muss rrraus«, dröhnte Fiete immer wieder durch die Rauchschwaden, als wollte ein Schamanenpriester die zürnenden Götter beschwören.

Sie gingen vor die Tür und warteten ab. Und tatsächlich, auf einmal klärte sich alles, der Qualm verschwand im Ofen wie in einem rückwärts laufenden Film und das kleine Holzfeuer prasselte klar und knisternd vor sich hin.

Träne gab Fiete seine versprochenen zwanzig Mark und den Rest der Flasche und klopfte ihm auf die Schulter.

Fiete schnaufte befriedigt.

»Die schlechte Luft musste erst rrraus«, erklärte er immer wieder und nickte dazu, während er sich die Arme wusch.

Am Nachmittag hörte es auf zu regnen.

Janosch machte einen ausgiebigen Spaziergang durch die Altstadt, immer an Backsteinhäusern entlang, an der Kirche vorbei bis runter zum Alten Hafen. Er mochte das, manchmal ging er auch in der Nacht spazieren, am liebsten mit den Walkman-Kopfhörern unter der Pudelmütze.

Draußen am Wasser blies der Wind kräftiger und Janosch begann ein wenig zu frösteln. Außerdem fing es wieder an zu nieseln. So eng es ging quetschte er sich an eine Speichergiebelwand und sah zu den großen Hafenkränen rüber. Zitternd löste sich derweil von der rostigen Dachrinne über ihm ein besonders fetter und heimtückischer Tropfen, raste als wabbelnde Wasserbombe im Sturzflug schräg nach unten, landete punktgenau in seinem Genick zwischen Halswirbel und Kragen und stürmte dann triumphierend als ergiebiger Kühlmittelklecks gleich nonstop bis in seine Nierengegend runter. Angewidert schüttelte sich Janosch, es war ungefähr so angenehm wie ein zerdrücktes Taubenei an derselben Stelle.

Er machte sich auf den Rückweg.

Probeweise klingelte er noch bei Gottfried, aber der war nicht zu Hause. Sie nannten ihn den Popen, seitdem er damals als Friedhofsgärtner gearbeitet hatte, jetzt war er Küster in der Kirche um die Ecke. An sich ein ganz interessanter Typ, fand Janosch, nur das mit Gott und Religion war ihm irgendwie ein bisschen suspekt.

Als er endlich wieder an der eigenen Haustür ankam, hörte er die Musik schon von ganz unten. Ziemlich laut sogar. Vielleicht war Besuch da? Neugierig stapfte er nach oben. Edgar hatte die Stereoanlage voll aufgedreht und hockte mit Anja und ihrer Freundin von gestern Abend im Schneidersitz vor den Boxen, heftig zuckend und schon halb weggetreten. Alle drei rauchten, die ganze Bude war total verqualmt.

»Vorheizen, Alter!«, brüllte Edgar, als Janosch reinkam.

Richtig, heute Abend war ja Blueskonzert in der Studentenmensa! Janosch zog Mantel und Schuhe aus und ließ sich ebenfalls auf dem Fußboden nieder. Als der Song zu Ende war, drehte Edgar die Musik etwas leiser. Janosch riss erst mal die Fenster auf und lüftete.

»Sorry«, meinte Edgar, als er wieder einigermaßen zu sich gekommen war, »aber diesen Song musste man einfach laut hören, schon aus Respekt vor dem Meister: *All along the watchtower* von Jimi Hendrix, immer noch Spitze.«

Er wühlte in den Plattenhüllen umher, er suchte etwas. Edgar und Janosch hatten Dutzende guter Scheiben, Blues, Rock, vor allem auch jede Menge Jazz, die ganze Latte runter, und haufenweise Livekonzerte. Sie kriegten das Zeug über Westberliner Kumpel, die schon früher ausgereist waren.

An manchen Tagen verordneten sie sich eine Soundkur, sie tanzten vor den Boxen oder hörten einfach nur stundenlang Musik und tranken Tee. Janosch brauchte meistens bloß eine Zehntelsekunde, um einen x-beliebigen Titel zu erkennen, und er kriegte auch fast immer sämtliche Einsätze richtig hin. Aber Edgar war trotzdem noch besser, er irrte sich einfach nie.

Heute legte er King Crimson auf, allein die ersten Takte von *In the wake of Poseidon* waren schon überwältigend, und erst der Schluss! Der Bass arbeitete majestätisch im Hintergrund wie der liebe Gott höchstpersönlich und das kaskadenartig losgehende Schlagzeug hörte sich an, als würde es ständig die Treppe runterpoltern und sich dabei noch und nöcher überschlagen. Danach folgte *Islands*, volles Rohr.

»Starkes Kornett«, sagte Edgar, als es zu Ende war, und Janosch nickte vielsagend. Es rutschte ständig irgendwie betrunken durch die Notenlinien, kam aber trotzdem immer genau auf den Punkt.

Dann unterhielten sie sich mit Anja und ihrer Freundin Maike, im Hintergrund liefen Pharoah Sanders und Miles Davis.

Anja hatte irgendwie mit Behindertentherapie zu tun und erzählte einige interessante Sachen, anscheinend machte der Job ihr Spaß. Sie war Genesis-Fan und sie hatte etwas zu viel Speck auf den Rippen, aber immerhin an den richtigen Stellen. Maike dagegen hätte ein bisschen mehr Oberkörperpolsterung gut gebrauchen können, wie es aussah. Sie war eher zurückhaltend und nicht so lebhaft wie Anja, arbeitete aber auch irgendwie im Krankenhaus und stand auf Bee Gees. Na ja, damit konnten sie leider nicht dienen.

Als Nächstes machte sich Janosch in der Küche zu schaffen und servierte erst mal eine Ladung Tee für alle. Als er eingoss, erzählte Anja gerade, wie irgendein neuer Hilfspfleger auf der Nervenstation, der das frisch angelieferte Essen aus den großen, verbeulten Kübeln gleich mal austeilen sollte, sich dabei schon am ersten Tag blamiert hatte.

»Der lüpft also den Deckel von einem der Blechpötte und sieht nur irgendso 'n braunes Zeug umherschwappen. Mist, denkt er, schon wieder Suppe, na ja, was soll's, und kellt das Zeug eben aus, immer rauf auf die Teller. Und natürlich löffeln die armen Neuros auch schön brav die Soße, kein Problem. Bloß als der zweite Kübel drankommt, da kriegt er das große Glotzen, denn da waren nur trockne Kartoffeln drin. Und im dritten die Rouladen.« Sie prustete los.

»Echt irre«, bestätigte Edgar ihr grinsend und ließ anschließend selber ein paar herbe Storys vom Stapel. Allmählich wurden sie warm miteinander. Die beiden waren bestimmt ganz nett mit ihren dunklen Locken und ihrem sorglosen Gelächter, fand Janosch nach einer Weile. Aber andererseits auch wieder nichts so richtig für ihn. Nett allein reichte eben nicht. Oder vielleicht doch? Er grübelte ein bisschen hin und her, bei Frauen konnte er sich nie entscheiden. Und überhaupt, es hatte ja sowieso alles keinen Sinn, wenn er vielleicht morgen schon seine paar Sachen packte und Richtung Westen abdampfte.

Etwas später kam noch Manni mit zwei Bräuten aus seiner Clique im Schlepptau reingeschneit. Lisa und Simone alias Moni. Wenn sie als Duo auftraten, nannte Janosch sie meist Moni Lisa. Sie schienen das zu mögen. Manni war Edgars jüngerer Bruder, er arbeitete seit einem halben Jahr auf Montage und kam jetzt nur noch selten nach Wittmar. Alle drei hatten früher schon mal auf der Crazy Farm mit Janosch und Edgar zusammen gefetet, sie kannten sich seit Jahren.

Neuer Tee wurde gebrüht und sie machten erst mal einen kleinen Schwatz. Anschließend gönnten sie sich alle zusammen noch eine halbe Stunde Bob Marley. Es dauerte nicht lange und sie hotteten alle dermaßen in der kleinen Behausung umher, dass der Fußboden fühlbar nachzugeben begann und der Kachelofen in der Ecke schon bedenklich im Reggaetakt mitwippte. Nicht schlecht für den Anfang, dachte Janosch und er merkte, dass er langsam ins Schwitzen kam. Ausgelassen brüllte er immer wieder: »Bob, Rastaman, Bob is the greatest, yeah!« Gott, dieser Sound ließ einen total ausrasten!

Zuweilen war eben alles nur eine Frage der richtigen Beschallung.

Die Mensa war gerammelt voll.

Erst mal wurden Hände geschüttelt und Mädchen kriegten Begrüßungsküsse, dann kam Edgar mit Bier an.

»Jeder Motor braucht sein Öl«, stellte er nüchtern fest und verteilte die Gläser. »Prost.«

Als die Band zu spielen begann, schnappte Edgar sich seine Anja und ging nach vorne. »Na los, Alter«, rief er noch und Janosch zog Maike hinter sich her.

Am Anfang tanzten nur wenige.

Umso besser, mehr Platz für uns, dachte Janosch und machte die Augen zu, er folgte einfach den Gitarrenlinien. Es dauerte nicht lange, dann ging er voll mit, Schauer rannen ihm über den Rücken, Gänsehaut überall. Die Mädchen hüpften und warfen die Arme hoch, besonders Maike mit ihrem kleinen straffen Jeanshintern tanzte wie eine biegsame Sprungfeder. Und Edgar sprang mit eckigen Bewegungen umher, als wäre er ein verrückt gewordener Derwisch.

Nach jeder Nummer wurde gebrüllt: »Weiter, mit Power, Vollgas, aber laut!« Sie rockten ab, was das Zeug hielt. Auch als die Tanzfläche sich gefüllt hatte, ließ man ihnen respektvoll Raum. Dann war Pause und alles stürzte an die Bar. Bis auf Janosch und zwei, drei andere, die ebenfalls nahtlos weitermachten. Denn vom Band lief Bob Marley, *Waiting in vain*. Da gab's kein Abschlaffen, klarer Fall. Tanzen reinigte bekanntlich die Seele und manchmal tat das eben Not. Als die Musik dann schließlich doch wechselte und er sich genug verausgabt hatte, blieb er langsam stehen und machte die Augen auf, er brauchte erst mal einen Moment, um sich zurechtzufinden.

Irgendwer hatte Türen und Fenster weit geöffnet und für Durchzug gesorgt, ein frischer Wind wehte, Dunst und Qualm waberten nach draußen.

»Die schlechte Luft muss raus, die schlechte Luft«, hörte er Edgar mit nachgemachter Reibeisenstimme durch den ganzen Laden krakeelen, immer wieder. Janosch röhrte ein paarmal dasselbe zurück und latschte dann zu ihm rüber. Neben ihm standen Manni und Moni Lisa und lachten, Anja und Maike kamen auch gerade dazu. Belustigt sahen sie ihn an. War was?

»Das ist natürlich als rein philosophische Aussage gemeint«, erklärte er ihnen lakonisch, »die schlechte Luft steht für negative Schwingungen. Eine Frage der Interpretation.«

Er beugte sich zu Maike rüber.

»Vibrations«, raunte er geheimnisvoll, »negative vibrations, verstehst du?«

Sie nickte und lachte zwar, aber irgendwie ein bisschen zu aufgesetzt. Janosch war das gewohnt, mit seinen abgedrehten Sprüchen kam er bei den meisten nicht voll durch.

»Deine Freundin kennt sich ja aus mit Behinderten«, sagte er noch zu ihr, »alles klar?«

Danach tanzten sie wieder und tobten sich aus, durcheinander, mit anderen und allein, jeder, wie er gerade Lust hatte. In den Pausen standen sie zusammen, alberten rum und umarmten sich ab und an. Und sie tankten kräftig Bier, besonders Janosch und Edgar. Bald liefen ganze Schweißbäche an ihnen runter.

Zum Schluss spendierte irgendwer noch etliche Wodka-Cola, dann hatten sie plötzlich ihre Jacken an und standen draußen rum, zu viert. Die Mädchen wollten sich verabschieden und alleine nach Hause gehen.

»Watt denn, watt denn, und wer bringt uns in die Heia?«, lallte Edgar und machte auf volltrunken. »Wollt ihr, dass wir vor ein Auto latschen? Oder wie?«

Er legte Anja die Hände auf die Schultern.

»Ich pack dir extra noch mal *Genesis* auf die Maschine, nur für dich«, versprach er etwas schwankend und schließlich willigten die beiden ein.

Der Heimweg dauerte zwar bloß eine Viertelstunde, aber trotzdem hallte noch etliche Male »Die schlechte Luft muss raus« durch die dunklen Altstadtgassen.

Als sie ankamen, verschwand Edgar gleich mit Anja im hintersten Gemach. Janosch hockte noch eine Viertelstunde mit Maike auf dem Fußboden rum und hörte Musik, dann ließ er sich ermattet auf den Rücken plumpsen, schloss die Augen und sagte: »Du kannst nebenan im Bett schlafen, ich penn vorn auf den Matratzen.« Kalter Schweiß klebte an ihm, er stank und er fühlte sich sowieso viel zu kaputt, um sich auf irgendwas anderes einzulassen.

Wortlos nahm sie ihre Handtasche und ging, und er starrte an die Decke. Aus den Boxen rieselte *Music for Zen Meditation*, Tony Scott, Klarinette.

Janosch brauchte ein bisschen, um zu sich zu kommen, er fühlte sich ausgelaugt wie ein zwei Mal aufgebrühter Teebeutel. Sein ganzer Körper war irgendwie taub und in den

Gedärmen gluckerte es morastig. Und dann erst der Kopf. Alkohol war nicht nur schädlich, er hatte auch schädelige Wirkung. Immer der verfluchte nächste Morgen.

Er hörte, wie sich jemand raschelnd im Flur anzog, dann ging leise die Tür und Schritte entfernten sich draußen auf der Treppe. Als er eine Weile später doch endlich hochkam und in die Küche schlurfte, erblickte er Edgar durch die geöffnete Tür hinten in seinem zerwühlten Bett.

»Au Backe, Alter«, stöhnte der, und diesmal war die Reibeisenstimme echt. Ächzend erhob er sich und wankte in Richtung Toilette. Die Haare standen ihm zu Berge, auf der linken Wange hatte er Spuren von Lippenstift und auf der anderen Seite dicke rote Striemen, lauter vom Bettzeug eingedrückte Liegefalten, das ganze Gesicht war irgendwie verschoben.

»Du siehst aus wie ein Apache«, meinte Janosch bloß und Edgar knurrte: »Kein Wunder, nach dem Kriegstanz von gestern, Mann.«

Er blickte in den Flurspiegel und fuhr sich über den Schopf.

»Häuptling Harte Eichel hat wieder zugeschlagen. Hugh!«, teilte er seinem Konterfei mit tiefer Stimme mit und öffnete dann die Klotür. »Mir drückt der Lehm im Analkanal«, verkündete er und stapfte ins Kämmerlein.

Dieser Tag fing nicht gerade viel versprechend an.

Edgar ließ das Frühstück ausfallen und verschwand dann gegen Mittag, er wollte zu Anja, und Janosch machte Waschtag und räumte auf. War auch dringend nötig.

Erst abends ging er noch mal raus, um sich die Füße zu vertreten, die übliche Runde. Aus der Kirche kam leise Orgelmusik. Janosch schlich etwas näher an die hintere Tür und lauschte eine Weile, es klang nach Übungsstunde. Wahrscheinlich der Sohn des Pfarrers, dachte er und spazierte weiter.

Bei Gottfried stand sein altes Auto vor der Tür, dann war er diesmal wohl zu Hause.

Schon im Treppenhaus hörte Janosch an den verschiedenen Stimmen, dass die Bude einigermaßen voll sein musste. Also nichts wie rein.

Der Pope trug wie immer nur schwarze Klamotten, und sein Rauschebart, der ihm bis fast zum Bauchnabel runterging, war frisch aufgekämmt, beinahe wie ein Fächer. Heute hatte er dazu noch seine selbst genähte eckige Goldrandmütze aufgesetzt, und damit sah er erst recht aus wie ein Orthodoxenpriester in vollem Ornat. Aber immerhin hatte der Kerl tatsächlich Stil, das musste man ihm lassen. In seiner Küche hingen lauter Kräuterbündel von der Decke wie bei einem mittelalterlichen Hexenmeister, in den Ecken gab es selbst getöpferte Tassen und Schalen und lauter so Schnickschnack, und anständige Musik lief auch immer, Charlie Mariano, Don Cherry, Coltrane. Und ständig hockten diverse Leute bei ihm rum, meistens von irgendwelchen Kirchengruppen und Umweltkreisen, darunter etliche selbst ernannte Weltverbesserer, die ganz kolossal an der Menschheit herumdoktern wollten. Aber auch reichlich Ausreiser. Eben so ziemlich die komplette Palette, von originell bis abgedreht. Lauter esoterische Verschwörergestalten. Zwei Korbflechter waren regelmäßig da und meistens auch ein Heilkräutersammler, der stundenweise in einer Arztpraxis sauber machte. Und vor allem immer Mädchen, die auf seine großen dunklen Kinderaugen standen und von seiner Heiligenaura fasziniert waren. Da hatte er den Bogen nämlich erst recht richtig raus. Jedenfalls verteilte er Gottes Liebe reichlich unter seinen Schäfchen, besonders unter den wohlgeformten, nix von wegen Zölibat und Mönchsgelübde, so viel stand zumindest fest.

Heute waren aber nur Tobias und die beiden Bahl-Brüder Hansi und Ronny da, alle drei natürlich Antragsteller. Der harte Dissidentenkern. Janosch begrüßte jeden mit Handschlag, kriegte eine Tasse Tee und hörte eine Weile zu.

Der Pope erzählte Anekdoten aus jener fernen Vorzeit, als auch er einst noch zu den Hoffnungsträgern dieser Gesellschaft gehört hatte. Er war tatsächlich einmal Lehrer gewesen, hatte aber dann bald das Handtuch geworfen. Oder werfen müssen. »Ich wollte Kinder unterrichten, keine Parteisoldaten backen«, meinte er dazu bloß schulterzuckend. Er trauerte seinem Abgang aus der Welt der Angepassten anscheinend nicht allzu sehr hinterher.

Kurz darauf kam noch ein Latzhosen-Lockenkopf mit Nickel-brille, der ständig von seinem Ausreiseantrag laberte und jedem damit auf die Nerven ging. Janosch hatte ihn noch nie vorher gesehen. Vielleicht war es ein Spitzel, vielleicht aber auch tatsächlich nur einer mehr, der die Backen dick hatte. Schwer zu sagen manchmal. Glücklicherweise blieb er aber nicht lange und verzog sich bald wieder.

Anschließend begann der Pope mit den Bahl-Brüdern über die apokalyptischen Reiter und irgendwelche anderen biblischen Symbole zu diskutieren. Janosch rückte dichter an Tobias, den bulligen Riesen neben ihm, der seit einem Jahr als Schwimm-meister im Stadtbad arbeitete.

»Na, was ist los in der Badeanstalt?«, erkundigte er sich.

»Erstmal geschlossen«, antwortete Tobias trocken, »wegen Verkotung.« Er machte nie viele Worte, am liebsten benutzte er bloß ein Dutzend cooler Sätze aus Männerfilmen, harte Western und so. Mehr Vokabular brauchte er nicht. Immerhin, zu ihm passte das wenigstens. In seiner Freizeit stemmte er meistens schnaufend Gewichte, schweißtriefend und mit puterrotem Kopf. Das Mobiliar in seiner spartanischen Junggesellenbude bestand im Wesentlichen aus einer Trainingsbank und einem Satz Hanteln, alles andere hatte er bereits abgestoßen. Zum Schlafen reichten ihm ein paar alte Matratzen auf dem Fußboden. In Gedanken war er sowieso schon längst als Bodybuilder auf der anderen Seite, und wie es aussah, würde er es wohl auch schaffen.

Einmal war Janosch mit ihm zum Bluesfestival nach Mattenburg gefahren und sie hatten anschließend bei ihm im Arbeiterwohnheim übernachtet. Damals war Tobias noch Bergmann gewesen, Kalisalzbergbau, und Janosch hatte schnell begriffen, warum jeder mit auch nur einem Funken Grips in der Hirnschale so schnell wie möglich da weg musste: Die Kumpel taumelten nur bewusstlos zwischen Wohnheim, Schacht und Kneipe umher, gefangen im sinnlosen Bermudadreieck der Proleten. Die kriegten todsicher nichts mehr mit. Janosch hatte zufällig gesehen, wie zwei besoffene Bergleute *gleichzeitig in ein* Klobecken gereihert hatten, und das war selbst für seine Verhältnisse allerhand. Es war nicht die Arbeit, die sie kaputtmachte, sie besorgten es sich aus eigener Kraft.

Tobias hatte es immerhin geschafft, da rauszukommen und diesen Irrsinn hinter sich zu lassen. Nun saß er eben auf Durchgangsstation, jobbte ein bisschen als Rettungsschwimmer und wartete gelassen auf seine Chance in Westberlin. Er hatte die Ruhe weg. Manchmal sagte er aber auch: »Ich hab Zorn«, und bei einem Hünen wie Tobias klang das ziemlich bedeutungsschwer.

Janosch schenkte neuen Tee nach und unterhielt sich mit ihm eine ganze Weile über ein paar vor kurzem ausgereiste Bekannte, und als sich Tobias dann gegen zehn erhob und gemächlich seine Riesenarme in die Riesenärmel seines ausgebeulten Mantels schob, stand Janosch ebenfalls auf. Wenigstens für die Abgangsszene wollte er ihm eine einigermaßen anständige Vorlage liefern.

»Wer hier draußen falsch kombiniert, der lebt nicht lange«, grunzte Janosch daher probehalber. Mit stoischer Ruhe streckte Tobias ihm die Hand entgegen, keine Regung im Gesicht.

»Vergiss das nie«, gab er dumpf zurück und sah Janosch einen Händedruck lang in die Augen. Nur die Mundharmonika fehlte. Dann ließ er los, drehte sich um und verschwand mit schweren, gleichmäßigen Cowboyschritten. Klappe und Schnitt. Perfekt.

Anschließend ging Janosch in die Küche, als versierter Hausknecht braute er schnell noch eine frische Kanne Tee für alle. Als er ins Zimmer zurückkam, hatte Gottfried einen Kalender vor sich liegen und redete mit den Bahl-Brüdern über irgendwelche Termine.

Janosch goss die Tassen voll und lehnte sich zurück. Die beiden Bahls waren ein Fall für sich. Das heißt, eigentlich waren es drei, aber der Älteste saß im Knast, »versuchte Republikflucht«. Er hatte es eines Tages nicht mehr ausgehalten, sich ohne Papiere in den Interzonenzug gesetzt und einfach hochnehmen lassen, in der Hoffnung, dann vom Knast aus in den Westen entlassen zu werden. Bisher war seine Rechnung nicht aufgegangen.

Hansi, der mittlere Bahl-Bruder, saß neben Gottfried und rollte sich gerade eine Selbstgedrehte aus den letzten krümeligen Tabakresten. Er arbeitete auf der Werft als Anschläger und musste riesige Bleche an den Kranhaken der Laufkatzen festmachen. »Ich bin für jeden Anschlag zu haben«, war seine Devise. Für die meisten hieß er nur »der Protestler«, weil er keiner Gelegenheit aus dem Wege ging, sich mit den Behörden anzulegen, der blanke Aktionismus war sein Lebenselixier. Er sorgte jedenfalls ständig für Wirbel. Erst letztens bei der Wahl, als Sonntag früh um acht eine Russenblaskapelle vor dem Wahllokal gegenüber aufgezogen war, hatte er fluchend seine Zottelmähne aus dem Fenster gesteckt und sich über den Krach beschwert, schließlich dann seine Tonbandboxen aufs Fensterbrett gewuchtet und volle Pulle »Hurricane« von Neil Young dagegen gewummert. Als Krönung war er dann noch in Pantoffeln rübergelatscht und hatte die verblüfften Genossen von der Wahlkommission gefragt, ob er auf dem Stimmzettel bloß alle Namen zusammen durchstreichen soll oder jeden einzeln. Das hatte ihm viel Ruhm und Ärger eingebracht. Aber ein bisschen merkwürdig war er manchmal schon. Zur Zeit machte er immer »Verhörtraining« mit seiner Frau, hatte Janosch erfahren. Na ja, es gab schlimmere Marotten.

Ronny dagegen, der jüngste Bruder, war zwar weitaus intelligenter, aber irgendwie auch ein bisschen seltsam. Janosch unterhielt sich gern mit ihm über Literatur, sie tauschten ständig Bücher miteinander aus. Dieser Bursche hatte mit seinen gerade mal neunzehn Lenzen wirklich schon so ziemlich alles gelesen und mental abgespeichert, was in einschlägigen Kreisen Rang und Namen hatte. Er konnte zitieren am laufenden Band, angeblich schrieb er sogar selber, ein echtes Naturtalent. Leider war er wegen permanent aufmüpfigen Verhaltens aus der Abiturklasse geflogen, nach Meinung des Schuldirektors ein »renitenter Rüpel«. Jetzt machte er eben seine Tischlerlehre fertig.

Janosch erzählte ihm, dass er morgen früh wieder einen Vorladungstermin hatte und am Nachmittag dann bei Jürgen als Zuckerwatteverkäufer anfangen würde.

»Und was ist mit dem süßen Job, wenn sie dir morgen grünes Licht geben und dich rauslassen?«, grinste Ronny.

»Dann sag ich dir Bescheid, damit du meinen Koffer zum Bahnhof tragen kannst«, antwortete Janosch.

»Einer trage des anderen Last, so sei es«, bestätigte Gottfried, der mitgehört hatte, und goss feierlich neuen Tee ein.

Janosch blieb noch ungefähr eine Stunde, dann ging er gleichzeitig mit Hansi und Ronny. Zusammen liefen sie ein Stück die schmale Straße runter, weiter unten trennten sie sich und Janosch bog in seine Gasse ein. Er sah zu Birgits Fenster hoch, es brannte noch Licht oben, aber er hatte vorerst keine Lust auf Partys mehr, jedenfalls nicht auf solche. Da ging er lieber ins Bett.

Janosch stand früher auf als sonst, frühstückte hastig, steckte sich die Vorladungskarte ein und machte sich auf den Weg zur Stadtverwaltung. Es war das große Gebäude direkt neben der Polizei.

»Tach«, grüßte er den Pförtner unten, »ich soll mich hier melden.« Der Pförtner schaute auf seinen Plan.

»Zimmer dreizehn«, brummelte er, »oben rechts.«

Dreizehn, dachte Janosch und stieg die Treppen rauf, na, das kann ja heiter werden.

Im Flur oben roch es nach frisch gebrühtem Kaffee.

Er suchte nach der richtigen Nummer, klopfte an und horchte. Drinnen stand jemand auf und kam zur Tür. Einen Spaltbreit wurde geöffnet.

»Bitte warten Sie draußen«, gab ihm eine Frau in einem irgendwie merkwürdigen Kostüm Bescheid und zeigte auf die Stühle im Gang. Janosch setzte sich und wartete.

Im Flur hing eine jener kindischen »Wandzeitungen«, die angestrengt irgendetwas zu beweisen suchten. Es wimmelte von Begriffen wie ARBEITER-UND-BAUERN-STAAT und DIKTATUR DES PROLETARIATS. Janosch gähnte bloß gelangweilt. Nach entspannter Weltoffenheit und Toleranz sah das Ganze jedenfalls nicht gerade aus. In der Schule hatte er mal bei einer dieser Propagandatafeln mit der Überschrift WAFFENBRÜDERSCHAFT aus Jux ein paar von den Pappbuchstaben geklaut, bis AFFE DER HAFT übrig geblieben war. Es gab ein Heidentheater deswegen. Die ganze Klasse wurde vom Direktor persönlich zusammengestaucht, Herr Oberstudienrat faselte schwer angesäuert gleich vom Klassenfeind in den eigenen Reihen. Und trotzdem hatte ihn keiner verraten. Na ja, aber damals war das alles noch Spaß gewesen, eher Pubertät als Politik.

Sie ließen ihn eine Viertelstunde lang hocken, dann öffnete sich die Tür erneut.

»Herr Petermann«, rief die Sekretärin und Janosch stand auf und trat ein. Hinter dem Schreibtisch saß ein Mann um die fünfzig, massig und mit aufgedunsenem Gesicht, und blätterte in einer Akte.

»Bitte setzen Sie sich«, sagte er.

Ein paar Sekunden lang herrschte absolute Stille, nur die Sekretärin raschelte ein bisschen mit ihren Papierstapeln.

Der hinterm Schreibtisch ließ die Akte sinken und sah ihn an.

»Sie haben Abitur«, stellte er fest. »Lagerarbeiter, Küchenhelfer, Beifahrer, Waldarbeiter«, er schüttelte den Kopf, »warum?«

»Es ging mir um die Freiheit«, lag Janosch schon auf der Zunge, aber er besann sich und erwiderte stattdessen: »Ich bin nun mal ein geborener Angehöriger der Arbeiterklasse, und Tätigkeiten wie die eines Produktionsarbeiters in der Rohholzerzeugung haben ja auch ihre guten Seiten.«

Der andere blieb weiter reglos, sein Blick lag immer noch auf Janosch. »Ziehen Sie Ihren Antrag zurück, und wir werden sehen, was wir für Sie tun können.«

Er nahm ein Blatt in die Hand.

»Sie machen eine Umschulung zum Gabelstaplerfahrer«, bot er an. »Ist doch ein anständiger Beruf, gut bezahlt, und die werden gebraucht im Seehafen.«

Janosch wusste nicht so recht, was er von dem Typen halten sollte, und blieb daher lieber stumm.

»Sie sind doch noch jung«, sagte der Mann beinahe väterlich. »Mensch, machen Sie was aus Ihrem Leben.«

Eben, dachte Janosch, deshalb will ich ja weg.

Sein Gegenüber wartete ab, dann räusperte er sich und fuhr nach einer Weile fort: »Wir können Ihnen auch eine Wohnung besorgen, Sie müssen nur wollen.«

Komisches Verhör, dachte Janosch und erwiderte in die Stille hinein: »Ich glaube, das ist nicht das Problem.«

Der andere nickte langsam, zog dann hinter sich einen Ordner aus dem Regal, klappte ihn auf und legte eine Handvoll Blätter vor Janosch hin.

»Meinen Sie, im Westen ist alles Gold? Hier, lesen Sie das«, sagte er, »das sind Briefe von Leuten, die rübergegangen sind und wieder zurückwollen. Bitte schön, lassen Sie sich ruhig Zeit.«

Janosch war zwar etwas überrascht von diesem merkwürdigen Angebot, begann schließlich aber doch zu lesen. Lauter Briefe von Leuten, die alles bereuten, natürlich. Arbeitslos, voller Heimweh und ohne die alten Freunde, wahrscheinlich waren einige von den Dingern sogar echt. Einer schrieb: »*Ich möchte nur mal wider mit meine alten Mutti zusammen Hant in Hant über den Markplatz gehen, bitte lassen Sie mich wider zurük.*« Tja. Janosch hatte allmählich genug davon.

Er reichte den ganzen Stapel wieder rüber.

»Wissen Sie, ich könnte Ihnen aber auch andere Briefe zeigen«, war sein einziger Kommentar dazu. »Bloß die dürften Sie hier wohl nicht verwenden.«

Sie wechselten noch ein paar belanglose Worte, dann konnte er gehen. »Lassen Sie es uns wissen, wenn Sie es sich anders überlegt haben«, rief ihm der Mann noch nach, als Janosch schon halb aus der Tür war.

»Ich bin sicher, dass das nicht passieren wird«, beschied ihn Janosch ruhig und machte sich auf die Socken.

Zu Hause angekommen, weckte er Edgar mit Frühstück und erzählte ihm von dem merkwürdigen Gespräch.

»Echt, der war beinahe Kumpel«, beteuerte Janosch, selbst erstaunt, und Edgar nickte wie selbstverständlich.

»Mmh«, brummte er, »du kannst ja demnächst die ganze Stasi zum Biertrinken einladen.«

Er schlürfte seinen Tee und sagte: »Mensch, wie naiv bist du denn eigentlich, die Heinis haben auch nur ihre Quoten zu erfüllen und müssen die Leute wieder rumkriegen, und diesmal hat er es eben auf die sanfte Tour versucht. Beim nächsten Mal geht's anders lang, Alter.«

Er stand auf, ging in die Küche und holte neue Marmelade aus dem Schrank. »Gabelstaplerfahrer«, höhnte er und lachte. »Junge, der wollte dich vielleicht bloß verarschen.«

Am Nachmittag traf sich Janosch mit Jürgen am Lindenplatz. Nach dem üblichen Schwätzchen brachten sie den Wagen erst mal richtig in Position und machten die Anschlüsse klar. Dann wuschen sie sich die Hände, jetzt konnte es losgehen. Janosch zog sich einen weißen Kittel an, setzte sich den neuen Strohhut auf und schaltete den Motor ein. Brummend begann die Spindel in der Mitte der Trommel zu rotieren. Er ließ einen halben Becher Zucker in den Zylinder rieseln und regelte langsam die Heizung hoch. Schon fingen die ersten Kristalle an zu schmelzen und die Fliehkraft schleuderte das heiße Zeug durch die vielen winzigen Siebdüsen nach draußen, wo es an der Luft sofort wieder zu unzähligen schneeweißen Fäden erstarrte. Die Schüssel füllte sich allmählich, angenehmer Karamellgeruch machte sich breit.

Janosch griff sich ein Holzstäbchen und wickelte die süßen Spinnweben geschickt auf. Das war nicht weiter schwer, mit etwas Übung hatte man den Bogen schnell raus.

»Einmal Flaumfedern am Stiel, bitte schön«, sagte er und reichte Jürgen sein erstes Exemplar zur Begutachtung.

Er erntete einen anerkennenden Blick.

»Wie in alten Zeiten«, bestätigte Jürgen.

Er drückte Janosch die Wagenschlüssel in die Hand und verabschiedete sich, er hatte es eilig. Bevor er in sein Auto stieg, stemmte er aber noch von draußen die Verkaufsklappe mit auf.

»Zucker ist nicht mehr allzu viel da«, rief ihm Janosch hinterher, »nur die paar Tüten in der Ecke.« Er hatte erst jetzt bemerkt, dass die große Truhe hinter ihm leer war.

»Kaufst was nach und nimmst dir das Geld raus«, erwiderte Jürgen bloß und ließ den Motor an.

Er grüßte noch mal mit der Hand und zischte ab.

Logisch, dachte Janosch, er wusste natürlich, dass es dabei um die Steuer ging. Bei jeder Würstchenbude konnte man beweisen, wie viel Stück durchgingen; was roh beim Großhandel eingekauft wurde, musste auch als Bratwurst wieder rausgehen. Da hatte es das Finanzamt mit dem Umsatz leicht. Beim Zucker war das schon schwieriger. Jürgen orderte zwar regelmäßig seine paar Zentner beim Großhandel, die er dann auch brav abrechnete, aber zwischendurch wurde immer mal ordentlich was dazugekauft und an der Steuer vorbeigezaubert. Wer wollte da was beweisen? Jürgens Leute hielten jedenfalls dicht.

Janosch bediente ein paar Leute, meistens Schulkinder, die auf ihren Bus warteten. Viele hatten gar kein Geld mit, es musste sich eben erst herumsprechen, dass es hier was zu naschen gab. Das Geschäft lief dementsprechend schleppend. Nach drei Stunden machte Janosch dicht. Das Ganze lohnte die Mühe eigentlich nicht, aber morgen würden wahrscheinlich schon ein paar Kinder mehr kommen.

Janosch wusch sich zu Hause und aß alleine Abendbrot, Edgar war nicht da. Er trödelte noch ein bisschen rum, dann machte er sich ausgehfertig und schnappte sich wieder seine Wattejacke. Gottfried hatte nämlich Ronny und ihm für heute Abend eine Kirchenführung der besonderen Art versprochen.

Als Janosch bei Gottfried ankam, zogen sich die beiden Korbflechter gerade an und schüttelten dem Popen die Hand. Wahrscheinlich hatten sie wieder den ganzen Abend lang den Umsturz geplant.

»Kräftige Ruten braucht das Land!«, rief Janosch ihnen im Flüsterton von der Tür aus nach und sie drehten sich noch einmal auf der Treppe um und grinsten tiefsinnig zurück. Mit so was konnte man ihnen immer eine Freude machen. Der eine von ihnen arbeitete gerade hart daran, seinem einjährigen Sohn als erstes Wort nicht etwa Mama oder Papa, sondern *Alter* abzuringen. Auf gewisse Details legte man in seinen Kreisen nun mal gesteigerten Wert.

Es dauerte keine zehn Minuten, da traf auch Ronny ein und kurze Zeit später machten sie sich dann zu dritt auf den Weg.

In der Kirche war es stockdunkel, es herrschte Grabesstille. Gottfried zündete schnell ein paar Kerzen in der Sakristei an, dann schloss er eine kleine Seitentür auf und knipste das Licht an. Ganz langsam stapften sie die in dem mächtigen Gemäuer verborgene steinerne Wendeltreppe hoch.

»Vorsichtig«, mahnte Gottfried, als sie in luftiger Höhe über den Deckengewölben umherkletterten, da, wo die Restauratoren gerade arbeiteten. An einigen Stellen lag Werkzeug, in den Ecken waren Steine aufgestapelt. Hier wirbelte jeder Schritt ganze Wolken auf.

»Der Staub der Jahrhunderte«, sagte der Pope und hüstelte. Schweigend gingen sie weiter, zwängten sich durch enge Durchgänge, stiegen über die Balken der mächtigen Dachkonstruktion, duckten sich unter niedrigen Verstrebungen und wischten hin und wieder Spinnweben weg.

Einmal schaltete Gottfried für eine Weile das Licht aus und das Mittelalter kehrte zurück. Er zündete eine Kerze an und öffnete die Dachluke neben sich und stumm sahen sie auf die stillen Lichter der Altstadt herunter.

Dann stiegen sie die wuchtigen Holztreppen im Turm hoch, klopften weiter oben prüfend mit den Knöcheln gegen die massiven Bronzepanzer der Glocken und blieben ab und zu stehen, um im Wandmörtel verborgene Jahreszahlen freizuwischen.

Schließlich waren sie auf der obersten Plattform angelangt, wo der kühle Nachtwind flüsternd durch schießschartenartige Mauerschlitze strich.

Gottfried leuchtete mit der Lampe auf die gegenüberliegende Wand, körniger Putz rieselte aus den Mauerritzen.

»Gottes Sanduhr«, meinte er lakonisch.

Dann wies er nach oben auf die wackligen Leitern.

»Jetzt wird es spannend«, erklärte er und ging als Erster.

Vorsichtig kletterten Janosch und Ronny hinterher.

Der Pope balancierte bereits auf der obersten Sprosse und öffnete schon die Turmluke, als sie den halben Weg noch vor sich hatten.

»Na los«, forderte er sie ungeduldig auf, »worauf wartet ihr?«

Und dann standen auch sie endlich ganz oben, alle drei bis zur Brust aus der engen Öffnung gelehnt, und ließen das glitzernde Panorama auf sich wirken, unten die Häuser und über sich die Sterne.

»Am Licht erkennt man die Zivilisation«, predigte Gottfried feierlich. »Und am Müll«, ergänzte Janosch trocken. »Bis am Ende konsequenterweise nur noch beleuchtete Müllberge übrig sein werden.«

Er machte eine raumgreifende Geste, zeigte nach unten und zitierte:

Von diesen Städten wird bleiben,
der durch sie hindurchging: der Wind.
Wir wissen, dass wir Vorläufige sind,
und nach uns wird kommen:
nichts Nennenswertes.

Ronny schien einen Moment lang zu stutzen, vielleicht war ihm tatsächlich aufgefallen, dass zwei Zeilen fehlten. Aber so klang es nun einmal besser. Unschlüssig schnipste er ein paar Krümel auf das Dach unter ihnen.

»Brecht«, sagte er dann schließlich betont beiläufig, »und zwar so ziemlich seine besten Zeilen. Das meiste von ihm taugt nicht sonderlich viel.«

»Ist dein Zeug etwa besser?«, provozierte ihn der Pope ein bisschen und grinste herausfordernd. Ronny antwortete bloß mit einem ziemlich fiesen Blick.

Eine Viertelstunde später machten sie sich an den Abstieg.

»Konzert?«, fragte Ronny unten und drehte sich zu Janosch um. Der nickte.

»Konzert«, bekräftigte auch Gottfried und wollte wie üblich zur Orgel hinter latschen.

»Heut hab ich *lyrics* dabei«, erklärte Ronny plötzlich und machte eine bedeutungsvolle Pause. »Wir brauchen die Anlage.«

Der Pope zog für einen Moment die Augenbrauen hoch und zündete erst mal ein paar dicke, mannshohe Kerzen an, verschwand dann aber doch schließlich im Sakristeikabuff, brachte einen Kassettenrecorder in Stellung und fummelte mit den Kabeln herum.

Ronny saß derweil mit Janosch auf den Altarstufen, kritzelte, strich und paffte vor sich hin.

»Verseng dir nicht die Griffel«, warnte Janosch, immerhin kannte er Ronny und wusste, dass er sich in Phasen schöpferischer Ekstase zuweilen an den letzten Stummelresten die Finger verbrannte.

»Okay«, sagte Gottfried schließlich und schaltete die Mikrofonanlage ein. »Knack« machte es und ein leises Summen hing plötzlich überall in der Dunkelheit zwischen den hohen Pfeilern.

Wie ein lauernder Bienenschwarm vorm Angriff.

Spannung lag in der Luft.

Ronny und Janosch erhoben sich, nickten dem Popen zu und gaben ihm ausgestreckte Daumen. Gottfried verschwand in der Finsternis. Sie hörten, wie er die Treppe zur Orgel hochstapfte.

Janosch trat ans Mikro.

»Eins, zwo, get up, stand up«, sprach er probeweise.

Die Akustik war beeindruckend.

Er räusperte sich kurz, senkte den Kopf zwecks besserer Konzentration und begann mit der Ansage: »Ladys and Gentlemen, es ist so weit, THE ANGEL OF FREEDOM.«

Vier Hände produzierten heftigen Applaus.

»30.000 hier im seit Wochen ausverkauften Stadion, außerdem live übertragen von zwölf Fernsehstationen und 34 Rundfunksendern.« Ronny johlte, pfiff und klatschte und Janosch wurde langsam warm. »Die Band: Charlie Parker, alt sax, Charlie Mariano, soprano sax, Jimi Hendrix und Jimmy Page, guitars.« Der Pope drückte hinten die ersten Tasten und Ronny ließ leise den Recorder anlaufen.

»The cryin' voices«, stellte Janosch die imaginären Chorgirls vor und wies zur Seite, »Judy, die amtierende Miss Kanada, Rama – Miss Indien, Juanita – Miss Spanien, Jackie – Honorarkonsulin der Jungferninseln, und Irina Petrowna – Miss Sowjetunion 1952.«

Mit gedämpfter Stimme fuhr er fort: »Ihr Mikrofon ist leider abgeschaltet, aber sie hat halt eine verdammt nette Enkelin, gerade 17 geworden, die tanzt nachher ihren berühmten Bikini-Spagat vor.«

Und dann drehte er sich zu Ronny um.

»Ladys and Gentlemen, IHN brauche ich nicht vorzustellen«, rief er in die hallende Leere und langsam begann er das Publikum vor sich wirklich zu *sehen*. »Seine spektakuläre Flucht ging damals weltweit durch die Medien. Er laborierte lange an seiner Minenverletzung, aber die Narben sind verheilt und die Augenklappe ist mittlerweile verschwunden. Trotzdem, auch jetzt, noch etwas gezeichnet von seiner letzten Welttournee, muss er hin und wieder eine Dosis reinen Sauerstoff hinter der Bühne inhalieren. Ladys and Gentlemen: THE ANGEL OF FREEDOM.«

Lautes Klatschen und Pfeifen folgte.

Der Pope veranstaltete mittlerweile ein beträchtliches Orgelgewitter. Entweder er interpretierte sehr eigenwillig eine verloren gegangene Bach-Partitur mit dem Zusatz »Für Einarmige« oder es war das Jaulen und Wimmern des Antichristen höchstselbst. Für sensible Ohren also eher ungeeignet. Die Musik vom Band dagegen war okay, irgendein größeres Ensemble, mehrere Bläser, Drums und Piano, an sich starkes Zeug, jedenfalls kein profanes Gedudel. Bloß der lange Nachhall im Kirchenschiff verfremdete das Ganze zu abgerissenen Soundfetzen, die hin- und herwabernd durch den Raum zogen. Und zusammen mit der Orgel klang es dann eben ziemlich *psychedelisch*.

Janosch trat einen Schritt vom Mikro zurück und im Geiste erblickte er die tobenden Massen vor sich. Das übliche schneidende Rückkopplungspfeifen der E-Gitarren unmittelbar vor den ersten Takten schrillte ihm in den Ohren. Selbst die Jungs von der legendären Renft-Combo waren angereist und schwenkten dicht vor der Bühne ihr berühmtes Transparent: »Leben ist wie Lotto, doch die Kreuze macht ein Funktionär«.

Janosch starrte in das dunkle Nichts vor sich, wo die flackernden Kerzen gespenstische Schatten zu Orgeljazzechos tanzen ließen, und gab sich vollends seinen Phantasien hin.

Er war bereits restlos weggetreten.

Dann ging Ronny ganz nach vorn, griff sich mit beiden Händen den Mikrofonständer, nuschelte: »The first song is called: GENUG« und legte los:

Kaum geboren im Osten,
wird dein Traum schon erstickt,
junge Seelen verrosten,
zwischen Posten und Pfosten, jodelte Janosch,
wohin man auch blickt.

Auf einer Riesenleinwand neben der Bühne wurden Grenzpfähle und bestahlhelmte Soldaten mit Kinnriemen eingeblendet.

Ronny steigerte sich:

Die Sterne verboten,
am Leben Verrat,
es herrschen Despoten,
an der Macht nur Idioten, schrie Janosch aus vollem Halse,
im verdorbenen Staat.

Idioten!, Idioten!, echoten die Wände klar und deutlich.
Ronny sammelte sich einen Moment, schloss die Augen, legte
sich voll ins Zeug und gab alles:

Doch ich will nicht versauern,
verreckt am Betrug,
hinter Zäunen und Mauern,
wo die Wächter stets lauern, röhrte Janosch,
ich hab jetzt GENUG.

Tumult. Üppige Blondinen rissen sich ihre blauen FDJ-
Hemden vom Körper, bevor sie ohnmächtig wurden.
Ein Stasimann sprang auf die Bühne, zog seine Dienstwaffe
und richtete sich per Kopfschuss selbst.
Und über all dem Chaos lag Ronnys Stimme:

»Dem Käfig entrinnen …
die Freiheit gewinnen …
das Leben beginnen …«

»Freedom, Freedom«, skandierten Zehntausende, hüpfende
Rastazöpfe und erhobene Fäuste überall. Aufruhr. Der Volks-
aufstand, die Revolution, endlich. Es war unglaublich.
Und dann war es vorbei.
»Oh Lord!«, brach Janosch schließlich das Schweigen.
»Halleluja.« Und dann sehr sachlich: »Aber den nasalen Part
musst du noch besser bringen.«
»Hä?«, machte Ronny, der noch nicht ganz wieder da war.
»Nasal klingt immer so 'n bisschen naiv«, erklärte Janosch und
fuchtelte dazu unbestimmt mit den Händen, »so ehrlich.
Wehrlos, offen. Dann kommt was rüber.«

Ronny schien immer noch nicht zu begreifen.

»Na, wie bei Marley«, wiederholte Janosch, »so 'n bisschen durch die Nase und am besten schön heiser.«

Wirre Blicke kreuzten sich.

»Polypen und so«, versuchte es Janosch noch einmal. Keine Reaktion. Ronny guckte bloß.

Als endlich auch der Pope wieder bei ihnen stand, stellte Janosch nüchtern fest: »So, das war die Generalprobe.«

Und fragend fügte er hinzu: »Wann treten wir auf?«

Alle drei sahen sie sich schulterzuckend an.

»Ich hab jedenfalls alles notiert«, meinte Ronny und tippte sich an die Stirn. »Starkes Material. Für die Nachwelt.«

Hinterher tranken sie bei Janosch noch Tee, Edgar war inzwischen auch gekommen. Gähnend gingen sie um eins zur Ruhe.

An den nächsten Tagen lief die Zuckerwatte bereits etwas besser, es kam schon ein bisschen Schwung in das Ganze. Manchmal blieben ein paar Bekannte bei Janosch vorm Wagen zum Quatschen stehen, Neugierige und Langweiler drängten ihm Gespräche auf und eine Handvoll Kinder mit Fahrrädern trieb sich stets in seiner Nähe rum. Am dritten Tag kam auch Edgar mit Anja und Maike im Schlepptau mal zum Gucken vorbei.

»Und dabei hätte er doch Gabelstaplerfahrer werden können!«, klagte Edgar kopfschüttelnd und Janosch musste noch mal von seiner letzten Vorladung erzählen.

»Was, wie hieß der Typ?«, fragte Maike nach. »Krath? So ein Dicker um die fünfzig?«

Janosch nickte.

»Den kenne ich«, sagte sie, »der muss immer zu uns auf Station kommen wegen seiner Blutwerte. Der hat Krebs.«

Edgar pfiff durch die Zähne.

»Das ist also des Rätsels Lösung«, stellte er fest, »kurz vor dem Abnippeln werden selbst die härtesten Genossen weich.«

Anja und Edgar blieben nicht lange, sie hatten zusammen irgendwas vor und wollten weg. Maike stand zwar noch ein bisschen länger unschlüssig bei ihm an der Luke rum, aber zu guter Letzt dampfte dann auch sie ab. Janosch starrte ihr eine

Weile hinterher, während er sich neue Stäbchen zurechtlegte und sein Wechselgeld ordnete.

Vielleicht sollte er es doch mal mit ihr probieren?

Am Abend kam Ronny kurz bei ihm zu Hause vorbei, um sich Salingers »Fänger im Roggen« zu borgen.

»Muss noch mal was nachgucken«, murmelte er und verschwand.

Was tun?, dachte Janosch und zog sich schließlich an. Auf Studentenkeller hatte er keine Lust und Gottfried war auch nicht zu Hause, das wusste er. Also blieb nur der übliche Gang zum Alten Hafen runter, um mal wieder in Ruhe nachzudenken. Ab und zu brauchte er das.

Tja, wie sollte es weitergehen?, überlegte Janosch unterwegs. Er hatte nämlich keinen Plan, weder für den Osten noch für den Westen. Ihm fiel einfach nichts Vernünftiges ein.

Wann hat das alles bloß angefangen?, grübelte er wieder wie so oft schon und lief gedankenversunken seine Standardstrecke ab. Schließlich langte er unten am Wasser an und blieb stehen.

Abwesend starrte er auf die dunklen Wellen zwischen den paar vertäuten Fischkuttern. Er dachte an seine Armeezeit zurück.

Damals nach dem Abitur hatten sie ihn zu den Grenztruppen gezogen, achtzehn Monate lang Todesstreifenwächter, nichts als ein einziger Albtraum. Janosch hätte sowieso nie auf Fliehende geschossen, so viel stand vorher schon fest. Aber nun wurde es ernst. Er kriegte jedes Mal mehr Ärger, wenn er den Mund deswegen auch nur andeutungsweise aufmachte. Die anderen hatten mit dem Schießbefehl offenbar weniger Probleme, zumindest schienen sie das Ganze gelassener zu nehmen als er. Am Ende bescheinigte ihm ausgerechnet der versoffene Kompaniechef »mangelnde gesellschaftliche Reife« und informierte die Uni, sein Studienplatz war damit so gut wie futsch. Aber da war es Janosch im Prinzip schon egal, er wäre sowieso nicht mehr zu dem Selbstbetrug fähig gewesen, das alles einfach plötzlich zu vergessen, heiter auf heiles sozialistisches Studentenleben umzuschalten und die Semester automatisch auf der geistigen Rolltreppe nach oben zu schweben, Anpassung als Kardinaltugend vorausgesetzt.

Ihm kam alles gleich hoch, wenn er dieses ganze verlogene Geschwafel bloß hörte. Pfui Teufel, was war das für ein Land, das seine eigenen Leute lebenslänglich einsperrte, verknackt zu Dauerarrest ohne Bewährung! Und vor allem, warum muckten die nicht auf, wenigstens wenn es ans Abknallen ging? Ein bisschen Druck und jeder ließ sich zum Killer abrichten, zu Befehl, auf wen soll ich ballern? Was waren das für Menschen, was war das für eine Welt!

Nach der Entlassung hatte sich Janosch nur noch verkriechen wollen wie ein waidwundes Tier, und es hatte lange gedauert, bis seine Lebensgeister wieder einigermaßen die Oberhand gewannen. Aber seitdem hatte er einen Knacks weg, etwas davon war geblieben.

»Das Leben ist wie ein Spargelbeet, kaum hat man sich durchgewühlt und sieht ein bisschen Sonne, da wird man auch schon abgestochen. Zack!« Dieser Spruch war von ihm, und er fand ihn ziemlich treffend.

Von der Werft auf der anderen Seite drang lautes Hämmern übers Wasser, irgendwer war mächtig am Rackern.

»Sometimes I feel like a motherless child«, ging es Janosch durch den Kopf, »a long, long way from home.«

Ja, so war's und das war nicht neu. Seitdem sein Traum von der Landkommune Freedom geplatzt war, hatte er kein Ziel mehr. Sein Schwungrad lief einfach nur noch weiter und trudelte langsam aus, aber er kam nicht mehr anständig auf die Beine.

Und wenn schon, pfeif drauf, dachte er und spuckte ins Wasser. Seine Eltern fielen ihm plötzlich ein, die endlosen Vorhaltungen seines Vaters und die stillen Tränen seiner Mutter. Sie hatten das natürlich alles kommen sehen. Er hätte studieren können, als Erster in der Familie, immer dieselbe Leier. Stattdessen war aus dem Klassenbesten nur ein verkorkster Hilfsarbeiter geworden, einer, auf den man hämisch grinsend mit dem Finger wies. Wie dumm. Kein Sohn, den man stolz vorzeigen konnte. Wie unangenehm. Sie hatten keinen Schimmer, was ihn bewegte. Entweder es überstieg tatsächlich ihren Horizont oder sie wollten ihn erst gar nicht verstehen.

Janosch betrachtete die blinkenden Bojen weiter hinten. Ein großer Pott schob sich vorsichtig durch die Fahrrinne und wurde langsam von zwei Schleppern rausgelotst.

Wo würde es ihn wohl selber einmal hintreiben?, grübelte er. Südamerika? Australien, Neuseeland? Würde er einst vielleicht am Rio de la Plata stehen und so wie jetzt ins Wasser spucken? Ich sollte eine Flaschenpost an mich selber schreiben, überlegte er. Die konnte er dann zehn Jahre später aus dem Ozean fischen, am Kap der Guten Hoffnung, um als freier Mann über dieses ganze absurde Theater hier zu lachen. Hoffentlich. Vielleicht war er dann aber auch schon längst unter der Erde. Wenn alles schief geht, kauf ich mir eben einen klapprigen VW-Bus und hau ab in den Süden, dachte er, Spanien, Portugal, bisschen Gras rauchen, blauen Himmel angucken und fertig. Hauptsache Ruhe. Was soll's, schließlich wäre das immer noch besser als das ganze Elend hierzulande.

Janosch schaute noch einmal dem großen Frachter hinterher, drehte sich um und ging dann langsam zurück.

Er war schon fast vor seiner Haustür, da hörte er, wie ihn jemand rief. »Eh, Großer, alles klar?«, kam es von oben.

Träne hing aus dem Fenster und rauchte.

»Komm hoch, ich hab 'nen Schluck da.«

»Ah, keinen Durst«, winkte Janosch erst ab, ließ sich dann aber doch überreden und trat in den muffigen teerbraunen Flur.

Unten stand alles offen, es war schummrig, die Flurbeleuchtung war kaputt. Nur eine einsame funzelige Gefängnisglühbirne hing am nackten Kabel über der ausgelatschten Treppe. Janosch ging rauf.

Oben die Wohnungstür war auch nur angelehnt.

Er klopfte und Träne winkte ihn rein in seine karge Klause. Immerhin, der Ofen funktionierte ja jetzt, ein enormer Sprung in Sachen Gemütlichkeit.

Als Erstes drückte er ihm gleich ein Bier in die Hand und räumte ein paar Klamotten vom nächstbesten Stuhl runter, damit sich Janosch häuslich niederlassen konnte, so viel Gastfreundschaft musste schließlich sein.

Dabei fiel ihm eine halb zerfledderte Zeitschrift aus der Hand und klatschte auf den Fußboden, eine doppelseitige

Nahaufnahme eindeutig weiblicher Anatomie präsentierend. Ein Gynäkologen- Fachblatt?

»Nur lauter lesbische Ritzen«, murmelte Träne erklärend und warf das Pornoheft auf den Tisch. Und mit einem sichtlich um Ehrlichkeit bemühten Blick ergänzte er: »Sagt mir eigentlich nicht so zu.« Er benutzte tatsächlich diese Wendung.

Dann schnappte er sich eine reichlich antik aussehende Zimmerantenne und versuchte damit vergeblich, einen wenigstens einigermaßen anständigen Fernsehempfang hinzukriegen. Wie ein esoterischer Wünschelrutengänger trug er das merkwürdige Holzkästchen mit der verbogenen Drahtschleife obendrauf vor sich her und brabbelte dabei mit der Zigarette zwischen den Lippen irgendwelche Erklärungen für Janosch. Seemännisch korrekt schwankend maß er jede Ecke aus, aber es klappte trotzdem einfach nicht. Immer wenn das Bild besser wurde, fing der Ton zu rauschen an.

Schließlich gab er fluchend auf.

In einem bis auf den Boden durchhängenden Sessel hatte Janosch inzwischen noch jemanden bemerkt, einen Tätowierten mit einer ziemlich exquisit aussehenden Sonnenbrille auf der Nase. Vielleicht ein frisch entlassener Knastkumpel, möglicherweise sogar einer jener legendären »Altstrafer«, von denen Träne immer mit einem gewissen Respekt erzählte. Der hier schnarchte aber bloß harmlos.

Außerdem stand reichlich Schnaps auf dem Tisch.

Janosch sah sich um und begann sich langsam zu wundern.

Ein Fernseher?, dachte er verblüfft.

Wo hatte Träne denn den her?

»Der Knaller hier kann nix ab«, schimpfte Träne plötzlich und trat ein paarmal gegen den Sperrmüllsessel, in dem der Tätowierte lag. »Der soll mal besser auf Brause umsteigen.«

Der schnarchende Typ regte sich zwar etwas, kriegte aber die Augen nicht auf.

»Hoch, du Penner«, stänkerte Träne weiter, »los, du trinkst jetzt ein' mit mein' Kumpel mit.«

Und wieder wurde der Sessel attackiert.

Bei jedem neuen Fußtritt wälzte sich der andere schnaufend ein bisschen umher, kam aber nicht hoch. So ging das eine ganze Weile, Tränes derber Arbeitsschuh donnerte gegen den Sessel, der Schnarcher verschluckte sich kurz und sägte weiter und dann alles wieder von vorn. Automatisch wie ein Puppenspiel zum Aufziehen.

Am Ende kriegen sie sich noch das Bullern, dachte Janosch und beschloss, lieber zu gehen. Er trank sein Bier aus.

»Lass gut sein, Träne, mach Schluss für heute«, sagte er, stand auf und verabschiedete sich, »ab in die Koje.«

»Hau rein«, brummte Träne bloß missmutig und hob die Hand. Verdrossen stierte er in seinen neuen Fernseher, Schneegestöber-Liveübertragung auf allen Kanälen.

Janosch ging die paar Schritte zu sich rüber und hörte von seinem Zimmer aus die Kirchturmuhr Mitternacht schlagen, genau als Edgar nach Hause kam.

Wieder ein Tag rum, dachte er und schlief kurze Zeit später ein.

Früh um acht holte ihn die Polizei ab.

»Polizeiliche Zuführung zur Klärung eines Sachverhalts«, antwortete einer der drei Uniformierten stereotyp auf seine Fragen, worum es denn eigentlich gehe.

»Fünf Minuten bitte«, sagte Janosch, putzte sich die Zähne und machte sich fertig.

Die Beamten waren keine Unmenschen, sie warteten derweil im Flur. Ein Sprechfunkgerät rauschte zwischendurch und spuckte abgehacktes Stimmengewirr aus, verzerrt wie bei der Kommunikation zwischen Bodenstation und Raketen-besatzung.

»Herr Trepte, Sie arbeiten noch?«, wurde Edgar gefragt.

»Jawohl«, gab er zur Antwort, »Heizer, wie gehabt. Ich mach Dampf.« Seit letztem Herbst jobbte er in der Möbelfabrik, er sorgte für Hitze und Warmwasser in der klapprigen Werkhalle und den paar angeschlossenen Wohnblocks, meistens Nachtschichten. Die Bezahlung war zwar lächerlich, aber dafür brauchte er auch nur ein bisschen an den Ventilen rumzuschrauben und das Manometer im Auge zu behalten, und zwischendurch haute er sich auf die speckige Couch im Keller nebenan. Manchmal ließ er sich auch krankschreiben.

Als Janosch dann so weit war, nahmen die Bullen ihn in ihre Mitte, brachten ihn zum Auto und fuhren aufs Revier.

Sie eskortierten ihn durch gebohnerte Korridore bis zu einem Seitentrakt und lieferten ihn da ab.

Gittertüren schlossen sich hinter ihm.

Janosch saß auf einer Holzbank in einem kahlen Flur und wartete, nichts geschah. Es dauerte lange, bis sie ihn holten.

Diesmal saßen ihm gleich drei Mann gegenüber.

Einer war dünn und drahtig, die beiden anderen sahen aus wie Dick und Doof. Janosch war trotzdem auf der Hut.

»Wer das gesellschaftliche Zusammenleben der Bürger oder die öffentliche Ordnung dadurch gefährdet, dass er sich aus Arbeitsscheu einer geregelten Arbeit hartnäckig entzieht, obwohl er arbeitsfähig ist, wird mit Freiheitsstrafe bis zu zwei Jahren bestraft«, las der Dicke ziemlich stockend vom Blatt vor sich ab. Janosch kannte den Paragraph auswendig und wusste, dass er gern benutzt wurde, um Ausreiser einzusperren. Der berüchtigte 249er. Nicht arbeiten an sich ging meistens noch eine Weile durch, aber wehe es kamen ein paar lächerliche Mietschulden dazu, einmal Strom nicht bezahlt oder besser noch Unterhalt fürs Kind, und ruck, zuck war man im Knast.

Die haben mich auf dem Kieker, dachte Janosch, bloß einmal noch bei Rot über die Ampel und ich bin fällig.

»Wir haben Beschwerden über Sie«, fing der Dicke wieder an, »ruhestörender Lärm in der Nacht. Ihr asozialer Lebenswandel belästigt die Nachbarn. Sie stören das sozialistische Zusammenleben der Bürger. Das ist strafbar.«

Es folgte eine kurze Pause, Papier raschelte, dann übernahm der Drahtige.

»Sie haben noch eine Chance«, redete er Klartext, »ziehen Sie Ihren Antrag zurück, hier und sofort, oder das Gericht wird sich mit Ihnen beschäftigen.«

Plötzlich war es mucksmäuschenstill, alle drei starrten ihn erwartungsvoll an.

Janosch räusperte sich und sagte in die Stille hinein: »Entschuldigen Sie bitte, aber ich muss dieses Gespräch als gegenstandslos ansehen. Ich bin nicht mehr arbeitslos, sondern seit einer Woche als Zuckerwatteverkäufer bei Herrn Bruder beschäftigt.«

Er konnte sehen, wie den dreien regelrecht die Kinnlade runterfiel, sie hatten richtig ein bisschen Mühe, Haltung zu bewahren. Zwar fingen sie sich kurze Zeit später wieder und fragten Janosch noch weiter nach irgendwelchen Belanglosigkeiten aus, aber beide Seiten wussten, das war bloß Routinegeplänkel. Es war vorbei.

Der Dritte, der bisher überhaupt nichts gesagt hatte, ging stumm in die Ecke, tippte ein kurzes Protokoll und reichte es Janosch zur Unterschrift.

»Das kann ich nicht unterschreiben«, teilte ihm Janosch einen Moment später schlicht mit.

»Warum nicht?«, wollte er überrascht wissen. »Da steht doch nur das, was Sie selbst ausgesagt haben.«

Auch die anderen beiden horchten wieder auf und lauerten.

»Stimmt«, bestätigte Janosch und nickte freundlich, »aber der Text enthält etliche Rechtschreibfehler, und wenn jemand meine Unterschrift darunter sieht, dann muss er ja glauben, dass ich der deutschen Sprache nicht mächtig bin.«

Mit unschuldiger Miene blickte er zu ihnen auf.

»Auch noch frech werden, was?«, brüllte der Schreiber los und lief rot an. »Langhaariger Gammler!«

»Okay«, beschwichtigte ihn Janosch und verbesserte selbst die paar Stellen mit dem Kugelschreiber. Man war ja flexibel. Er unterschrieb danach aber nicht auf der vorgestrichelten Linie weiter unten wie vorgesehen, sondern quetschte seine Unterschrift direkt unter den maschinegeschriebenen Text. Denn angeblich waren einigen Leuten schon ein paar Zeilen untergeschoben worden, nachdem sie unterschrieben hatten.

»Darf ich jetzt gehen, ich komme sonst zu spät zur Arbeit«, erkundigte sich Janosch. Und so langsam wollte er schließlich auch frühstücken.

Die drei tuschelten kurz miteinander.

»Moment noch«, teilte man ihm mit.

Der Dicke ging raus und kam nach kurzer Zeit mit einer Akte wieder. Er reichte sie dem Drahtigen, der eine Weile darin blätterte. Dann wandte er sich an Janosch.

»Als Verkäufer machen Sie auch die Abrechnung für Herrn Bruder?«, fragte er.

Janosch zuckte mit den Schultern. Was sollte denn das jetzt?

»Können Sie uns vielleicht sagen, wie hoch die Tages-
einnahmen sind?«, fuhr er fort, »nur so ganz grob?«
Janosch überlegte eine Sekunde, dann wehrte er erschrocken ab.
»Nee«, antwortete er, »das mit dem Geld macht der Chef alles
selber, da hab ich keine Ahnung.« Er schüttelte den Kopf.
Doch der Drahtige ließ nicht locker.
»Aber das können Sie mir doch nicht erzählen«, meinte er,
»Sie als Verkäufer müssen doch wissen, wie viel Sie
eingenommen haben, wenigstens so in etwa.«
Janosch blieb stumm.
»Kommen Sie«, hakte der Dicke noch mal nach, »wie viel, so
ungefähr?«
Janosch überlegte. Jürgen in die Pfanne hauen kam natürlich
nicht in Frage. Dann hob er unschlüssig die Hand und
beschrieb mit vager Geste ein imaginäres Häuflein vor sich auf
der Tischplatte.
»So viel vielleicht«, meinte er abwägend, »na, höchstens jedenfalls so. Alles Münzen.« Und immer schön ernst bleiben dabei.
Der Drahtige fuhr zurück, als hätte Janosch einen dampfenden
Batzen Hundekot auf seinen Tisch gezaubert.
Mit schlecht unterdrückter Wut klappte er die Akte vor sich
wieder zu und schob sie zur Seite.
»Ich ermahne Sie hiermit ein letztes Mal«, drohte er mit
schneidender Stimme, »solange Sie Bürger dieses Staates sind,
haben Sie auch dessen Gesetze einzuhalten.«
»Ich bin Weltbürger«, erwiderte Janosch jedoch bloß
unbeeindruckt, und danach hatten sie endgültig genug von ihm.
Der Dicke öffnete die Tür und ließ ihn rausbringen.
Das war verdammt knapp, dachte Janosch erleichtert, als er
wieder an der frischen Luft war.
Er sprach sofort mit Jürgen über die Sache und sie waren sich
einig, dass ein bisschen Ortsveränderung am besten wäre.
Erst mal aus dem Blickfeld verschwinden war immer gut.
»Na ja, bauen wir eben früher in Paren auf«, meinte Jürgen und
zuckte mit den Schultern.
»Ist zwar noch ein bisschen frisch und ich wollte eigentlich erst
in zwei Wochen mit der Tour anfangen, aber egal.«
Also packte Janosch seine Sachen und drei Tage später fuhren
sie los.

Er blieb volle fünf Wochen in Paren.

Jürgen hatte ihm seinen besten Wagen gegeben, sein »Hotel Royal«, einen großen Wohnanhänger mit Verkaufsteil, außen bunt angemalt und voller Mickeymausfiguren. Im Wohnbereich gab es ein Doppelstockbett, unten konnte man zur Not sogar zu zweit schlafen. Freilich fehlte leider eine Dusche. Glücklicherweise verfügte Paren jedoch über ein altmodisches »Städtisches Wannenbad«, regelmäßige Ganzkörperentkeimung war zumindest hier also schon mal gesichert. Offenbar wohnten noch mehr Leute in dieser Stadt, die sich im Alltag mit Seiflappen und Waschschüssel behelfen mussten. Gut zu wissen dachte Janosch. Denn das »Hotel Royal« bot zwar solide Unterkunft, aber mehr war eben nicht drin.

Zusammen hatten sie das Riesengefährt gleich in der Fußgängerzone aufgebockt, direkt hinter dem Wochen-marktgelände, und den Stromzähler beim städtischen Verteilerschrank angeklemmt. Dann war Jürgen wieder abgerauscht und Janosch hatte sich gefragt, was er denn hier eigentlich sollte. Noch war ringsum alles tot, der Markt würde erst in einem Monat wieder beginnen.

Die ersten zwei Wochen waren nichts als trist.

Die schüchterne Märzsonne lugte nur selten hervor, es war wieder kalt geworden. Janosch schlief mit eingeschalteter Heizdecke, und wenn er morgens aufstand, glitzerte ihm überall stachliger Raureif entgegen wie graue Bartstoppeln aus dem Antlitz des Wintergreises. Was sollte man da schon groß anstellen? Vormittags ging er einkaufen und kochte sich etwas zu essen, von Mittag an hatte er den Wagen geöffnet, und die Abende verdämmerte er stets in einer der drei Kneipen am Markt bei Schnitzel und Bier. Anschließend ging er meistens noch eine Runde im Dunkeln durch die fremde Stadt spazieren, mit oder ohne Walkman, immer nur bis zur Brücke unten am Fluss und zurück. In ein paar Wohnungen brannte meist noch Licht zu später Stunde, und vom Giebel eines Eckhauses glühte stets schwacher Kerzenschein hinter blank geputzten Fensterscheiben, warm und anheimelnd. Wer mochte dort wohnen? Vielleicht ein schönes junges Mädchen, Rapunzel, lass dein Haar herunter? Janosch kannte niemanden hier, er war allein, und er litt unter der Einsamkeit. Manchmal lag er abends in seinem Wohnwagen, die Kopfhörer auf den Ohren, starrte an die Decke und wusste überhaupt nichts mehr. Früher hatte er einmal an die verschiedensten Dinge geglaubt, aber eine Schutzhülle nach der anderen war unerbittlich zu Bruch gegangen, genau wie bei diesen ineinander verschachtelten Matroschka-Figuren, wo zum Schluss stets nur ein vertrocknetes Holzpüppchen übrig blieb, das einen mit kaum noch erkennbaren Gesichtszügen meckernd angrinste. Alles zu spät, dachte Janosch dann und wälzte sich unruhig von einer Seite auf die andere.

Aber er freute sich jeden Tag auf die Kinder.

Kaum war die Schule aus, kamen sie zu ihm gerannt und ständig spielten ein paar von ihnen auf dem leeren Wochenmarkt vor seinem Wagen. Einige hatten für ihn Bilder gemalt, die er an der Wand hinter sich aufhängte, und wenn gerade Flaute war, ließ er auch manchmal zwei oder drei zu sich in den Wagen klettern und erklärte ihnen, wie man Zuckerwatte machte. Drei oder vier echte Rabauken unter ihnen strapazierten anfangs seine Nerven, aber sie verloren meist von selber das Interesse, wenn er Grenzen setzte und nicht weiter auf sie einging. Allmählich gewöhnte er sich daran, fast nur noch mit Kindern zu reden.

An einem Sonntag kam dann endlich die Sonne durch, Frühling lag in der Luft. Janosch hatte seinen Lieblingskindern versprechen müssen, heute mit ihnen am Fluss entlang zu wandern. Als er um die Ecke bog, warteten sie an der Brücke schon auf ihn: Karina, Antje, Steffi, Sandra und Dennis mit seinem Hund. Antje war zwölf, die anderen alle zwischen acht und elf.

»Ich brauch eigentlich gar keinen Sportunterricht mehr«, meinte Dennis, »ich kann ja schon schneller rennen als mein Hund, guck mal.« Er wetzte los, quer über die Wiesen, und die anderen ihm nach, nur Antje blieb bei ihm. Janosch mochte sie sehr. Jeden Tag stand sie frierend an seinem Wagen und schaute ihm immer nur zu, stundenlang. Wenn sie kam, trällerte Janosch meistens »Frau Antje bringt Käse aus Holland«, wie in der Fernsehwerbung, und dann zeigte sie ihr schüchternes Zahnspangenlächeln. Apothekerin wollte sie einmal werden, hatte sie ihm erzählt, und Janosch fand, das passte zu ihr. Er konnte sie sich gut im weißen Kittel vorstellen, mit ihren wachen Augen und ihrem kurzen Haar.

Sie liefen eine Weile über vom Winter noch welkes Gras am Ufer entlang, es war windstill und die Sonnenstrahlen wärmten schon spürbar. Sandra hatte noch Schneereste in einer Senke entdeckt und versuchte vergeblich aus dem bisschen Frostkruste Bälle zu formen. Sie war gestern neun geworden und als Geburtstagskind hatte sie sich bei Janosch selber eine Zuckerwatte drehen dürfen, »so groß wie auf 'nem Besenstiel gerollt«, er hatte ihr Hilfestellung gegeben.

Nach einer halben Stunde gelangten sie an einen alten Bahndamm. Es waren tote Gleise, aber die rostige Eisenbahnbrücke über den Fluss stand noch. Sie suchten sich eine trockene Stelle, legten ihre Jacken ins Gras und machten Rast. Janosch hatte ein bisschen Proviant eingepackt und verteilte Tee und belegte Brote, zum Nachtisch gab es Kekse. Karina und Steffi begannen Janosch Zöpfe zu flechten, und als sie fertig waren, sollte er ihnen die Haare kämmen.

Vorsichtig bürstete er bei beiden ein bisschen an den Spitzen herum, nur so viel, dass sie zufrieden sein mussten. Natürlich wusste er diese Gunstbeweise zu schätzen und er hätte auch gern länger mit ihren seidigen Haaren gespielt und ihre zarten Hälse betrachtet, doch er berührte sie lieber möglichst wenig, denn er wollte nicht, dass es Gerede gab, unter dem die Kinder am Ende zu leiden hätten. Ein paar Leute beäugten ihn sowieso schon argwöhnisch genug. Aber manche von diesen unschuldigen kleinen Feen konnten wirklich schon dermaßen kokett sein, dass man sich ohne weiteres ruck, zuck in sie verlieben konnte, wenn man nicht aufpasste. Sie waren weiß Gott hübsch genug dafür.

Dann fingen Dennis und Sandra an, den zwischen den Schienen liegenden Schotter in einem Beutel zu sammeln und oben von der Brücke aus ins Wasser fallen zu lassen. Unzählige kleine Steinchen plumpsten auf einmal in den Fluss, es stiebte, als hätte man mit der Schrotflinte draufgehalten. Sie waren begeistert und Karina und Steffi machten sofort mit. Sie füllten sich ihre T-Shirts bis zum Bersten mit Schotter und halfen sich dabei gegenseitig, dann schleppten sie sich schwerfällig wie überfressene Hängebauchschweine bis zur Mitte der Brücke und ließen dort auf Kommando der Reihe nach ihre kiloschweren Lasten runter ins Wasser prasseln. Jedes Mal quietschten sie vor Vergnügen, wenn wieder eine neue Ladung herunterhagelte. Karina kam zu Janosch gerannt.

»Mach doch mit«, bettelte sie ganz außer Atem, zog an seinem Arm und zeigte auf die Brücke.

»Pass auf, gleich«, jubelte sie, »jetzt!«

Sie hüpfte vor Freude und jauchzte, wenn wieder einer seinen Steinvorrat fallenließ, um schon einen Moment später erstarrt und mit vor Spannung angehaltenem Atem zu verharren, wenn der nächste sich zum Abwurf anschickte.

So ging das in einer Tour, sie war gänzlich außer Rand und Band. Gebannt starrte Janosch sie an. Nichts als totale Hingabe an diesen Moment leuchtete aus ihren völlig entrückten, weit aufgerissenen grünen Kinderaugen, es war einfach unmöglich an ihr vorbeizusehen.

Janosch stand wie verzaubert und nahm den Augenblick in sich auf. Er konnte sich nicht erinnern, jemals einen solch intensiven und ausschließlichen Ausdruck von Freude in einem menschlichen Gesicht wahrgenommen zu haben, und das alles wegen ein paar ins Wasser fallender Steine.

Das schöne Wetter hielt sich auch am nächsten Tag, das bisschen Morgendunst verschwand schnell und die Sonne lachte von einem knallblauen Himmel herunter. Janosch kaufte ein paar Sachen zum Essen ein, dann sah er den Lieferwagen vor der kleinen Drogerie stehen. Hier hatte er immer mal wieder wegen Lebensmittelfarbe nachgefragt, als Pulver, denn flüssige konnte er für seine Zuckerwatte nicht gebrauchen.

Schnell ging er die paar Schritte bis zu dem Geschäft und trat ein. Es war leer und die junge Verkäuferin winkte ihm schon von weitem freundlich zu, heute hatte sie tatsächlich welche gekriegt. Er kaufte, soviel sie ihm geben konnte, und sie gab ihm fast alles. Schließlich hatte er nicht umsonst jeden Tag mit ihr geflirtet. »Und Shampoo brauch ich auch noch«, fiel ihm ein. Sie zeigte auf ein paar Fläschchen hinter sich.

»Mit Kräutern, gegen Schuppen oder normales Haar«, zählte sie auf. »Ich probiere mal das gegen normales Haar«, erwiderte er verschmitzt, und sie lächelte zurück.

An diesem Tag öffnete er schon etwas früher und es gab rosa Zuckerwatte. Sofort kamen ein paar Leute zu ihm, mehr als sonst.

»Mutti, guck mal, so eine schöne Blume«, staunte ein kleiner Junge und betrachtete mit verträumten Augen das luftige Gespinst, das Janosch von oben zu ihm runterreichte. Er probierte erst gar nicht, er umklammerte bloß fest den Stab in seiner Faust und trug das rosa Ding wie eine Art Laterne vor sich her.

Dann humpelte Helmut um die Ecke, wie fast jeden Tag.

»Gu…gu…gutes Geschäft ge…gemacht?«, erkundigte sich der zahnlose Stotterer. Er war höchstens vierzig, wohnte aber im Altersheim. »Helmut vom Hinterhof«, hänselten die Teenies ihn immer und spotteten: »Der ist adlig, der hat ein *von* im Namen.« Mit fachmännischem Blick glotzte und gaffte er eine Weile aus ein paar Metern Entfernung und nuschelte dazu seine sinnlosen Kommentare vor sich hin, dann wackelte er weiter. Morgen würde er wiederkommen.

Janosch hörte von weitem in der Schule die Mittagspause klingeln und kurze Zeit später kamen die ersten Kinder um die Ecke gerannt. Diesmal hatten sie auch ein paar Lehrerinnen mitgebracht. Sie musterten seinen Wagen und bewunderten die vielen schönen Zeichnungen an den Wänden, die täglich mehr wurden. Janosch unterhielt sich eine Weile mit ihnen.

»Wissen Sie, die ganze Klasse erzählt nämlich nur noch von Ihnen«, sagte schließlich eine der jüngeren Lehrerinnen, die noch ein bisschen länger bei ihm stehen blieb, während die anderen bereits wieder zurückgingen.

»Sie müssen ja unheimlich Ausstrahlung auf Kinder haben.«

Sie war vielleicht fünfundzwanzig, klein, schlank und schwarzhaarig und hatte lustige Kulleraugen. Sie gefiel ihm.

»Och, wenn es nur auf Kinder ist«, erwiderte er mit gespielter Trauer. »Nein, im Ernst«, meinte sie lachend, »vielleicht kann ich mir bei Ihnen ja noch was abgucken.«

»Jederzeit«, bot Janosch an, »bei Bedarf gebe ich auch Privatstunden nach Feierabend.«

Sie lachte wieder. »Sonst noch gute Ratschläge?«

»Klar«, antwortete er locker und beschloss einen Testballon loszulassen.

»Behandeln Sie im Unterricht möglichst bald *Des Kaisers neue Kleider*, Andersen, Sie wissen schon, wo alle Erwachsenen die Lüge mitmachen, bis zum Schluss ein Kind aufsteht und die Wahrheit rausposaunt: Aber er hat ja gar nichts an!«

Er zuckte mit den Schultern. »Immer aktuell, finde ich.«

Sie sah ihn mit einem merkwürdigen Blick an.

»Ich komme wieder«, versprach sie und beeilte sich ihre Kollegen einzuholen.

Zum Feierabend erschien Jürgen.

Janosch hatte die Klappe bereits geschlossen, ließ Musik laufen und war beim Kleingeldrollen. Mit dem alten Kuchenblech zwischen den Knien hatte er sich gerade gemütlich hingehockt, um die sortierten und abgezählten Münzen an der unteren Kante fest ins Papier zu wickeln, da erkannte er den Mercedes am Leerlaufgeräusch, Dieselmotor.

Türen klappten, er hörte, wie zwei Männer miteinander sprachen. Neugierig ging Janosch vor die Tür und erblickte Jürgen und Ronny.

»Hab mir gedacht, ich kreuze mal bei dir auf«, begrüßte ihn Letzterer.

Sie gaben sich die Hand. Ronny hatte eine Woche Urlaub und er wollte ein paar Tage davon bei Janosch im Zuckerwattewagen bleiben. »Natürlich nur, wenn du nichts dagegen hast«, sagte er und Janosch schüttelte den Kopf, hatte er nicht. Er war über jedes bisschen Gesellschaft froh.

Jürgen machte den Kofferraum auf, er brachte Nachschub.

Zu dritt schleppten sie Zucker und Stäbchen in den Wagen, auch Ronnys Sachen und zwei Kisten mit Vorräten und Bier.

Jürgen drückte ihm noch ein paar Briefe in die Hand, die er vorher bei Edgar für ihn abgeholt hatte. Eine Vorladungskarte war nicht dabei.

Dann gingen sie in die Kneipe.

Ronny hatte neue Schuhe an, neue alte natürlich, so spitze, nach oben gewölbte Dinger, die er irgendwo von einem Dachboden runtergeholt hatte. »Echte Arschtreterschuhe«, wie er sie stolz bezeichnete. Er war inzwischen endgültig bei seinen Eltern rausgeflogen, danach für eine Woche bei seinem Protestlerbruder Hansi untergekrochen und hauste jetzt in einem leer stehenden Geisterhaus. Da fand man manchmal solche Schätze.

»Nanu, ihr Langhaarigen, habt euch wohl vermehrt?«, fragte die Kellnerin mit freundlichem Spott in der Stimme, als sie Essen und Bier bestellten.

»Klar«, krähte Ronny, »wir brauchen aber immer noch mehr Frauen dafür.«

Meckernd lachte er ihr hinterher. Groß und vornüber gekrümmt saß er am Tisch, im schwarzen Hemd, eine dürre Gestalt wie ein krächzender Rabe.

Die Kellnerin war vielleicht knapp dreißig und verheiratet, zumindest trug sie einen Ring. Janosch bezweifelte, dass Ronny mit dieser Masche bei ihr landen würde.

Er las erst mal zurückgelehnt sein bisschen Post, hauptsächlich Briefe von anderen Aussteigern, die den letzten Sommer über bei Janosch und Edgar auf der Crazy Farm Urlaub gemacht hatten. Das heißt, Urlaub war das falsche Wort, sie hatten ja keinen Job, *großfrei* nannten sie es grinsend, das passte da schon besser. Einige von ihnen waren mittlerweile ziemlich aktiv, es brodelte in den großen Städten, Kirchen- und Umweltkreise hatten Zulauf wie nie. Und ein paar Leute meinten es ernst.

Das wäre doch eventuell was, überlegte Janosch ein paarmal beim Lesen, vielleicht sollte ich da mal etwas mehr mitmischen? Er glaubte zwar nicht recht an die Weisheit der christlichen Großversammlung, schließlich war damals schon auf das erste Dutzend Jünger ein Verräter gekommen, und mit dieser gängigen Quote musste man wohl auch heute noch rechnen. Aber zu sagen hatte er einiges und zu verlieren nicht mehr viel. Glaubte er zumindest. Er würde jedenfalls ein paar lange Briefe zurückschreiben, nahm er sich vor.

Jürgen und Ronny hatten bereits jeder ihre dritte Kippe in den Aschenbecher gedrückt, als endlich das Essen kam. Hungrig vertilgten sie ihre Steaks mit Bratkartoffeln, eben was die bescheidene Küche zu bieten hatte. Hinterher bestellte sich Jürgen auch noch Weinbrand, Ronny und Janosch tranken nur Bier.

Sie sahen sich um. Die anderen Tische waren zur Hälfte leer, es saßen noch ein paar langweilige Pärchen rum, alles alte Leute, keine jungen Frauen.

Gegen halb zwölf winkten sie nach der Rechnung. »Vierundfünfzig fünfundfünfzig«, sagte die Kellnerin und Jürgen zog ein paar Scheine aus der Tasche und legte sie auf den Tisch.

»Wir runden auf, also sechsundfünfzig siebenundfünfzig«, meinte Ronny zu ihr noch und ließ sein meckerndes Lachen wieder los. Zu dritt übernachteten sie bei Janosch im »Hotel Royal«.

Jürgen fuhr am nächsten Morgen wieder weiter, Ronny blieb.

Er schleppte den merkwürdigen Korbstuhl von nebenan rüber, setzte sich Janosch gegenüber und guckte zu.

Karina kletterte zu ihnen in den Wagen und übte ein bisschen Blockflöte, *Fuchs, du hast die Gans gestohlen* und *Alle meine Entchen*. »Und jetzt kommt *Alle meine Erpels*», rief sie ausgelassen und fiepte wild drauflos. Sie hatte sich in der Schule mit schwarzem Filzstift das Gesicht angemalt, lange Schnurrhaare, bis über die Wangen. Janosch nannte sie grinsend bloß noch Kater-Ina. Das Tintenzeug ging bestimmt nur schwer wieder ab, dachte er. Es schien sie aber nicht weiter zu kümmern. Schließlich packte sie ihre Flöte zusammen und trank einen letzten Schluck Milch, dann verschwand sie wieder. Als Letztes hatte sie von Janosch noch wissen wollen, was Milch auf Chinesisch hieß.

Frau Antje kam, beobachtete sie beide aufmerksam aus ihren braunen Augen und schwieg. Nach einer Stunde fing sie an zu frieren, aber sie wollte nicht nach Hause gehen, obwohl sie bloß über die Straße wohnte. Janosch ließ sie für eine Weile in den Wagen, zum Aufwärmen an seiner Elektroheizung. Von selber bat sie nie darum, sie bettelte auch nie wie die anderen um ein bisschen Zuckerwatte. Dann erschien Steffi, sie hatte in der Schule bei einem Mal- und Gedichtwettbewerb gewonnen, einen dritten Preis für eine kleine Igelfamilie, die unter riesigen Fliegenpilzen entlangtrippelte.

»Und einen ersten Preis für das Gedicht«, verrieten die anderen, die vor dem Wagen standen.

»Lass mal hören«, forderte Janosch sie auf.

Sie zierte sich erst ein bisschen, fing aber schließlich doch an aufzusagen: »Es heißt DER REGEN«, erläuterte sie noch kurz mit ihrer näselnden Kinderstimme, dann legte sie los:

Es regnet und regnet und immer aufs Blatt.
Bald hat der Baum den Regen aber satt.

»Genial«, entschied Ronny anerkennend von seinem Thron und auch Janosch war ehrlich beeindruckt und applaudierte.

Steffi stand verlegen da und zupfte sich mit ihren Fingern am wippenden Pferdeschwanz herum, ihr zartes Mädchengesicht strahlte. Dafür gab's eine Zuckerwatte umsonst, klarer Fall.

Danach kam Dennis zusammen mit Sandra, sie wollten in den Osterferien zu ihren Großeltern, die beide im selben Dorf wohnten.

»Opa hat Kaninchen, für die mäht er immer Gras mit soo einer Riesensense«, erzählte er mit ausholendem Armschwung und haute eine offene Zuckertüte hinter sich um.

»Auweia!«, hauchte Steffi erschrocken und hielt sich die Hand vor den Mund. Janosch machte bloß eine beruhigende Handbewegung und reichte Dennis Handfeger und Schaufel.

»Sie sind aber nett, Sie werden wohl nie wütend«, staunte Sandra. Janosch zuckte mit den Schultern.

»Was machst du eigentlich in den Ferien?«, wollte er von ihr wissen, und sie grinste. »Faxen«, antwortete sie schließlich.

Zum Schluss musste Ronny mit den Kleinen Vogelfamilie spielen: Die Kinder standen draußen vor dem Wagen und riefen »piep, piep« mit aufgesperrten Schnäbeln und er beugte sich runter von seinem Hochsitz und fütterte sie reihum mit flauschigen Häppchen.

»Bringt mal eure großen Schwestern mit, dann gibt's morgen eine Zuckerwatte extra«, rief er ihnen nach, als sie am Abend verschwanden. Karina und Steffi hatten noch ihre Puppen dagelassen und in einer Schublade verstaut, sie sollten unbedingt im Zuckerwattewagen schlafen. Außerdem lag noch ein Stapel frischer Bilder auf dem Tresen, Janosch musste ein paar alte abnehmen, um die neuen befestigen zu können.

Da hab ich mir ja was Schönes eingebrockt, seufzte er dabei in stummer Ergebenheit vor sich hin, wenn das so weitergeht, wächst mir das Ganze allmählich noch über den Kopf.

Langsam dämmerte ihm, dass er sich von den Kindern wohl ein bisschen hatte überrumpeln lassen.

»Geht dir dieser Zirkus nicht auf die Nerven?«, wunderte sich Ronny. »Ist ja schon richtig lästig, Bilder aufhängen und alles.« Janosch hob den Zeigefinger und belehrte ihn: »Der Umgang mit Kindern ist seelisch stets überaus bereichernd. Dafür nimmt der interessierte Laienpädagoge gern einiges in Kauf.« Ronny grinste bloß. »Meinst du, ja?«, erwiderte er zweifelnd.

»Na ja«, ging Janosch etwas ernster auf ihn ein, »je mehr ich mich mit den Zwergen beschäftige, umso mehr erinnere ich mich plötzlich an Sachen aus meiner eigenen Kindheit. Und das alleine lohnt sich eigentlich schon.«

Erst heute war ihm wieder eingefallen, wie er damals als Kindergartenknirps ständig versucht hatte, kleine Stückchen von alten rotbraunen Dachziegeln möglichst fein zu zerhämmern. Nicht einfach nur so aus Spaß, oh nein, sondern voller Inbrunst, weil er felsenfest davon überzeugt gewesen war, dass am Ende dabei Kakaopulver herauskommen würde. Selbst andauernde Misserfolge hatten diesen Glauben lange nicht erschüttern können.

Janosch pinnte die letzte Zeichnung an die Seitenwand, spülte die Tassen aus und räumte zusammen.

Kinder leben in derselben Welt wie wir Erwachsene, dachte er. Aber oft sehen sie die Dinge ganz anders.

Später, beim trüben Funzellicht in ihrer Wohnkammer, rückte Ronny mit seinen unsterblichen Werken raus. Er gab ein paar Kostproben, meistens lauter kopflastiges Zeug, frühreife Frischlingsmanuskripte eben. Eine Story war aber wirklich nicht schlecht, eine Kurzgeschichte von einem total desillusionierten Typen, voller Reflexionen, wie er halt so durch die Gegend lief. Man hatte den Eindruck, es ging um einen richtigen alten Sack, der alles durchhatte. Und dann kam der letzte Satz: »Sie lauerten draußen, um mir zu gratulieren: Es war mein neunzehnter Geburtstag.« Das hatte einen gewissen Effekt, zumindest nicht schlecht gemacht. Janosch lobte die Stellen, die ihm gefielen, mit Kritik hielt er sich lieber zurück. Er war sich nicht recht sicher, ob er der kompetente Mentor für so was war. Am Ende hatte Ronny wirklich was drauf?

»Und das hier sind bloß Fragmente«, erläuterte er und reichte Janosch den letzten Hefter aus seinem Konvolut, »aber der Titel steht wenigstens fest:

GOTT HAT DEN RÜCKWÄRTSGANG EINGELEGT – ZYNISCHE BETRACHTUNGEN ZUM TOTALSUIZID.«

»Hört sich ja schlimm an«, urteilte Janosch.

»Ist es auch«, bestätigte Ronny, »soll ja schließlich eine stramme Menschheitsbeschimpfung werden.«

Janosch nahm die erste Seite und begann zu lesen:

»*Zur globalen ökologischen Situation: Die Lufthülle – ein gigantischer Industriefurz, abgeblasen ins Angesicht einer retardierten Menscheitspopulation ...*«, nanu, dachte er und blätterte erst mal weiter, »*nimmermüde robuste Göpelochsen mit amorpher Hirntektonik und Schrumpfpsyche, agil und geschwätzig und dabei um Größenordnungen geistloser als das mumifizierte Hirn eines Neandertalers; erethische Oligophrene mit verhornten Rudimentärseelen, ausgestattet mit abgeplatteten Birnenschädeln und asymmetrischen Charaktermustern (maximale Ansprüche an Umgebung – minimale Anforderungen an sich selbst), unter den Haarwurzeln nur verbeulte Sumpfgaskavernen mit Resten von verrottendem Nervengewebe, wo Intelligenz nur in homöopathischen Dosen nachweisbar ist; routinierte Totalverdränger mit Generaldefekt, klägliche Virtuosen der Einseitigkeit; genetisch hoffnungslos entgleiste, ethisch komatöse Böse; perverse Atombombenjongleure, absolut skrupelimmun und egozentrisch; völlig degenerierte Humankadaver, die ...*«, ratlos ging er wieder ein paar Seiten zurück, »*MÄNNER: ejakulationsbesessene Spätprimaten mit ausgeprägter Schwellkörper-Hirn-Gegenkopplung und Glatzenphobie, die mit zunehmendem Alter (und proportional abnehmender Kopulationsfrequenz) mehr und mehr zu pseudophilosophisch verbrämten Schwatzmonologen neigen; allesamt eifrige Vorhautverschieber, deren Großhirnrindenaktivität bestimmt wird durch den jeweiligen Verhärtungszustand ihres abdominal ausgestülpten Genitalstummels (eine Art externer Wurmfortsatz); etwaige über den Paarungstrieb hinausgehende postkoitale Bedürfnisse sind meist leicht durch Verabreichung regelmäßiger Dosen Äthylalkohol in Kombination mit Horden-TV (»Sport«, am besten »Fußball«) zu befriedigen; das Auftreten vernunftbegabter Ausnahmen unter diesen primitiv strukturierten Wesen ist strittig ...«*, nächstes Blatt: *»FRAUEN: kosmetikgläubige Hüterinnen eines sorgsam gehätschelten Stückchen Extradarms, bei denen die Persönlichkeitsspaltung schon zwischen den Beinen beginnt; überparfümierte Kerbtiere, die ...«*.

Janosch blickte verwirrt auf. Was ist denn das?, dachte er.

»Bisschen sehr kaputt«, sagte er vorsichtig zu Ronny.

»Aber rein sprachlich nicht schlecht.«

Mit fahrigen Bewegungen kassierte Ronny seine Blätter wieder ein. »Klar, muss ich noch bisschen dran feilen«, murmelte er und zog seine Arschtreterschuhe an.

Dann gingen sie in die Kneipe, alles wie gehabt, Steak, Bratkartoffeln, Bier, und Ronny paffte ständig sein billiges Kraut. Nur die junge Kellnerin von gestern war nicht mehr da, ein muffliger Ober mit aufgedunsener Alkoholikervisage bediente sie stattdessen.

In der Ecke saßen ein paar versoffene alte Kerle mit einer auch nicht mehr ganz taufrischen Schönen, die sie mit Schnaps traktierten. Die Typen kriegten sich aber bald in die Wolle und die Angetrunkene stand plötzlich schwankend auf und ließ ihre Kumpane sitzen. Weg war sie.

»Blöde Pissnelke!«, rief ihr der eine noch laut hinterher und auch die beiden anderen maulten jetzt natürlich erst recht los, jeder gab dem anderen die Schuld. Plötzlich schnappte sich der eine die Streichholzschachtel vom Tisch, setzte sie wie ein Blasrohr an die Lippen und pustete blitzschnell aus Leibeskräften in die Papprohre.

Es machte plopp und seinem Gegenüber flog die Innenhülse nebst einem guten Dutzend Hölzer an die Birne.

»Hä, hä, hä«, grölte der Schütze triumphierend.

Der so Getroffene holte aus, langte aber daneben und der Dritte hatte zusammen mit dem Kellner Mühe, die Situation einigermaßen unter Kontrolle zu kriegen. Zu guter Letzt wurde aber wieder eine neue Runde bestellt.

»Die wollten wohl Liebe machen mit der vertrockneten Schnepfe«, höhnte Ronny, »bisschen abhöckern auf Lady Lederstrumpf, hm?«

Sie leerten noch ein paar Gläser, aber mehr ereignete sich nicht. Als sie um kurz vor elf das Lokal verließen, saßen nur noch die drei alten Knaben da, niemand sonst.

Auf dem Heimweg unter einem schmutzig trüben Fratzenmond hörten sie eine betrunkene Stimme irgendetwas rufen und im Näherkommen sahen sie die Frau von vorhin aus der Kneipe, wie sie vor einem ziemlich verfallen aussehenden Haus auf dem Straßenpflaster stand und immer wieder schrie: »Komm raus, du Penner, ich weiß genau, dass du da drin bist. Komm raus!« Ihre glasigen Augen stierten dabei ausdruckslos ins Nichts.

„Latsch mir doch nicht andauernd vor die Latichte«, nuschelte sie halblaut vor sich hin, als Janosch und Ronny stumm an ihr vorübergingen. Kurz darauf gellte es hinter ihnen wieder: »Komm raus, du Penner! Du oller Saufkopp!«

Ronny wieherte los.

»Der verführerische Sirenengesang von Paren«, krächzte er, »Penners kleine Nachtmusik, vorgetragen von einer alten Megäre.« Schlurfend trotteten sie weiter.

»Ist doch alles wurscht, Fjodor«, murmelte Ronny auf einmal resigniert und blieb an der Brücke stehen, um im hohen Bogen ins Wasser zu strullern. Es hörte sich an wie Springbrunnengeplätscher, heiter und sorglos.

Lustlos spuckte er zum Abschluss noch einmal hinterher.

»Wir gehn eh alle den Bach runter, so oder so.«

Danach galoppierte er plötzlich wie besessen los, immer im Kreis, und brüllte dazu: »Hüjah, aus dem Weg, ihr Narren, die eukalyptischen Reiter kommen.«

Er war so richtig in Fahrt und kicherte ununterbrochen vor sich hin. Einmal legte er Janosch seine Hände auf die Schultern, sah ihn eindringlich an und sagte bedeutungsschwer:

»Wir beide sind zwei eingefrorene Asteroiden, die mit derber Schlagseite durch einen Kosmos von Fixsternen taumeln. Einsam und frei, so wie alle Großen. Jaaa!«
Dazu nickte er ein paarmal heftig und grunzte bestätigend.
»Stark elliptische Bahn, stark eukalyptisch«, brabbelte er anschließend noch mehrmals vor sich hin.
Als sie kurze Zeit später am »Hotel Royal« angelangt waren, stellte er sich mit erhobenen Armen in Positur und rezitierte:

Doch uns ist gegeben, auf keiner Stätte zu ruhn.
Es schwinden, es fallen die leidenden Menschen
blindlings von einer Stunde zur andern,
wie Wasser von Klippe zu Klippe geworfen,
jahrlang ins Ungewisse hinab.

Er ließ die Arme sinken.
Hölderlin, dachte Janosch und fragte sich, ob Ronny wirklich schon genug Tiefgang hatte, um so was zu verstehen.
Die Betrunkene hatte mittlerweile aufgehört zu rufen, endlich war alles wieder friedlich und mitternächtlich still.
So wie jeden Abend blickte Janosch zum nahe gelegenen Kirchturm rüber, von dessen Spitze ein dreieckiges Flugsignal unablässig sein blutrotes Blinken in die Nacht feuerte; dicht hinter dem Stadtrand war ein Feldflugplatz der Russen.
Entgeistert starrte Janosch den grellen Spuk da oben an.
Der Drei-Sekunden-Takt hypnotisierte ihn diesmal regelrecht und der Alkohol in seinem Blut steigerte noch die Wirkung. Sollte er wirklich mit ansehen, wie dieses satanische Ding, dieses hässliche Symbol der Ignoranz, die Botschaft seiner barbarischen Herrschaft unangefochten über das schlafende Land verkündete? »Raufklettern und abreißen!«, war sein erster Impuls, »weg mit dem Dreck!«, dröhnte es in seinem Schädel. Verwirrt schüttelte er ein paarmal den Kopf, dieser Blinkrhythmus machte einen richtig kirre.
Hinter ihm donnerte Ronny mit der Faust gegen die »Villa Klaustrophobia«, wie er das »Hotel Royal« getauft hatte.
Er schwankte ein bisschen und grunzte: »Kommt rein, all ihr drallen Bauerndirnen, ich weiß genau, dass ihr da draußen seid. Kommt zum Saufkopp in die Rammelbuchte.«

Meckerndes Gelächter folgte, dann ein Rülpser.

Janosch schloss den Wagen auf und blickte noch einmal hoch zu dem rötlichen Leuchten. Die schrecken vor nichts zurück, die verschandeln auch alles in diesem Staat, dachte er schließlich bloß deprimiert und kletterte in sein Schlafabteil. Hier haute jedenfalls nichts mehr richtig hin.

Die Kinder schenkten Janosch immer mehr Bilder, er kam mit dem Aufhängen kaum noch nach, die ganzen Wände waren bereits voll.

»Da ist meins!«, riefen sie aufgeregt, wenn ihre Mütter oder Väter mitkamen, und zeigten stolz auf ihre Werke.

Karina brachte auch einmal ihre Mutter mit und tuschelte ihr ständig ins Ohr. Janosch wusste, dass sie geschieden war und einen Mann suchte. Er machte eine Viertelstunde artig Konversation mit ihr, aber er hatte keinerlei Ambitionen in dieser Hinsicht.

Marina, die junge schwarzhaarige Lehrerin, erschien in den folgenden Tagen noch zweimal in der Mittagspause, sie hatte sich ihre Haare ziemlich kurz schneiden und etwas rötlich färben lassen, mal was Neues ausprobieren, wie sie erklärte. Abends hatte sie aber immer schon was vor. Sagte sie.

Helmut vom Hinterhof kam täglich angeschlurft, blieb eine Weile mit halb offenem Munde glotzend stehen und watschelte dann wieder weiter.

Einmal torkelte ein Besoffener auf den Wochenmarkt und brabbelte eine Weile bei den Kindern herum, Ronny verscheuchte ihn.

»Der Kerl war so voll, der lief unten schon wieder aus«, fluchte er und Karinas kleine Schwester, so um die fünf, meinte dazu empört: »Ja, manche Menschen sind überhaupt nicht nünftig, die wissen gar nicht, wie man Kinder hält.«

Das gefiel Janosch ziemlich gut.

Die hat Recht, dachte er. Überhaupt nicht nünftig.

Ronny hielt permanent nach älteren Schwestern Ausschau, und wenn tatsächlich mal ein, zwei Sechzehnjährige auftauchten, dann versuchte er sie in ein Gespräch zu verwickeln und sich mit ihnen zu verabreden, um sie vielleicht später doch noch ins »Deflorationsmobil« zu kriegen, wie er das »Hotel Royal«

neuerdings nannte. Manchmal klappte es sogar, neugierig guckten die Mädchen dann ein bisschen umher, rauchten und verschwanden wieder. Eine hatte sich küssen lassen, mehr lief nicht. Es war den Aufwand nicht wert.

Also philosophierte Ronny lieber mit Janosch über das Universum oder ging gelegentlich nach nebenan, um ein bisschen zukünftige Weltliteratur zu kritzeln. Oder er schmiedete Fluchtpläne.

»Du warst doch an der Grenze damals, du musst dich doch auskennen«, redete er auf Janosch ein, wenn sie alleine waren, und sie spielten die verschiedensten Varianten durch.

»Am besten wäre, wir würden uns in Prag oder Budapest in einer Westbotschaft einnisten und von da aus abdampfen«, meinte Janosch, »aber das fällt ja leider aus.«

Wie den meisten Ausreisern hatte man auch ihnen beiden den Ausweis abgenommen und stattdessen eine Klappkarte verpasst, die sich PM 12 nannte. Normalerweise kriegten diesen Sträflingspass nur Träne und Konsorten, damit sie gleich als potentielle Missetäter erkannt werden konnten. So ein Ding produzierte garantiert immer Probleme, ob bei einem Einstellungsgespräch oder einer Verkehrskontrolle, und ins Ausland kam man damit erst recht nicht.

»Mit zwanzig will ich jedenfalls die Kurve gekratzt haben hier«, redete sich Ronny wieder in Rage, »und zwar richtig. Ich setze mich aber nicht wie Ralle in den Interzonenzug und lass mich hochnehmen wie 'n kalter Kürbis, das ist Fakt.«

Ralle war sein älterer Bruder, der jetzt in einem Nest am Oderhaff brummte, sie hatten ihn beide einmal hinter Gittern besucht. Ein Dutzend Tische in einer kahlen Halle, die Besucher auf der einen Seite und die Knastis, alle in ausrangierten Armeeuniformen ohne Schulterstücke, auf der anderen. Und an der Wand dahinter der Spruch: WIRKEN SIE IM SINNE DER SOZIALISTISCHEN MORAL AUF IHREN ANGEHÖRIGEN EIN! Na prima! Da wollten sie beide jedenfalls nicht hin, nicht mal als Besucher in so ein Totenhaus. Keine zehn Minuten.

Mist, ging es Janosch manchmal bei ihren Gesprächen durch den Kopf, ich hätte abhauen können damals an der Grenze. Aber da war ich noch nicht so weit.

Am Samstag trafen sie zufällig Marina in der Stadt, die kulleräugige Lehrerin, als sie gerade vom Essen aus der Gaststätte am Markt kamen.

Die Sonne schien, es war schon richtig warm.

»Schöner Tag heute, mh?«, rief sie munter und Ronny brummte mürrisch: »Erst mal sehen, bis jetzt ist jedenfalls nur schönes Wetter.«

Auf Optimismus reagierte er meistens ziemlich gereizt.

»Los, wir gehen uns unten am Fluss die Beine vertreten«, schlug Janosch vor. »Und hinterher einen Kaffee.«

Marina war einverstanden, diesmal hatte sie sogar ein bisschen Zeit und Janosch freute sich. Aber der kurze Ausflug mit ihr ging voll gegen den Baum. Es fing eigentlich ganz harmlos an. Sie waren ein kleines Stück gewandert und sie hatte von sich erzählt. Geschieden und zwei kleine Kinder, sah man ihr aber nicht an. Kurz hinter der ersten Flussbiegung blieben sie dann alle drei stehen und blickten auf die Stadt zurück. Von hier aus verdeckte die Kirche genau das Heizhaus der Konservenfabrik am Stadtrand, nur der qualmende Schornstein dahinter war zu sehen. Es schien, als ob die Kirche einen Riesenschlot hatte.

»Gottes Hörrohr ist verrußt«, spottete Ronny, »der hört schwer und kriegt nix mehr mit.« Er kicherte plötzlich.

»Genau, das ist die Idee«, grinste er. »Deshalb haben die bösen Geister nämlich die Macht im Lande übernommen.« Beschwörend hob er die Arme und proklamierte: »Ein Gespenst geht um in Europa, das Gespenst des Kommunismus.«

Marinas Lächeln wirkte nicht ganz echt.

»So weit würde ich aber nicht gehen«, meinte sie darauf bloß kurz angebunden.

»Wieso?«, entgegnete Ronny völlig selbstverständlich, »ist doch bloß noch ein Gespensterstaat hier, oder was?«

Ihr Gesicht verfinsterte sich ein bisschen und die schönen Kulleraugen verloren erheblich an Reiz.

»Trotz aller Fehler, das ist unser Staat und nur meckern ist ein bisschen einfach und hilft überhaupt nicht«, erwiderte sie leise.

»Watt?«, lachte Ronny hysterisch los, »unser Staat? Soll das 'n Witz sein?«

Er klatschte sich mit der flachen Hand an die Stirn und ihre Kulleraugen verengten sich zu Schlitzaugen.

»Man muss sich einbringen und selber was verändern!«, rief sie leidenschaftlich, »nicht nur danebenstehen!«

»Jawoll, Genossin, alles klar, kannst du ja machen«, nickte Ronny heftig und jetzt begannen seine Augen irre zu funkeln, »aber erst die Knastwächter zu akzeptieren und sie *danach* ganz sanft zu überzeugen versuchen, doch vielleicht bitte, bitte ein bisschen größere Fenster in die Zellen einzubauen, das ist höchstens was für den Pioniernachmittag. Oder für naive Paukerinnen.«

Er schnaufte höhnisch. »Die exhumierten Wackelköppe da oben sollen endlich abtreten und fertig, plumps in die Grube mit den Kalkfossilien, und dann mit 'ner dicken Schicht Kuhmist drauf versiegelt, das wär mal wenigstens ein Anfang.«

Er reckte sich und begann plötzlich den unschuldigen Himmel anzuschreien:

IM KÄSEGLOCKENLAND

Wo kalte Gestalten schalten und walten,
da lauscht der Weise zunächst verhalten.
Dann aber legt er sich auf die Lauer,
guckt genauer, wird bald sauer,
und schon nach ziemlich kurzer Dauer
verduftet er mit List und Power.
Denn er ist eben wirklich schlauer
als die blöden Mauerbauer.

Er schnaufte befriedigt und blickte zu Marina.

»So was muss ich mir nicht anhören«, sagte sie darauf bloß tonlos, drehte sich um und ging. Stumm sahen sie beide zu, wie ihre sich eilig entfernende Gestalt immer kleiner wurde. Und tschüss.

»Die Alte kannst du jedenfalls vergessen«, knurrte Ronny angeekelt, »voller Schuss in den Ofen.«

Er spuckte auf das Gras an der Uferböschung.

»Soll sie selber an ihrem kostbaren Schlitz rumfingern, blöde rothaarige Doppelmutter.«

Schweigend latschten sie noch ein bisschen weiter ziellos durch die Gegend. So ein herrliches Wetter, und trotzdem nichts los.

»Europa krepiert«, prophezeite Ronny plötzlich düster, »ich werde gleich weiter nach Indien gehen.« Er breitete die Arme aus, machte »Oommmmh« und murmelte entrückt irgendwas von mantrischen Keimsilben und Mahatma.

Janosch tippte sich an die Stirn. »In Indien sterben sie doch erst recht wie die Fliegen«, erwiderte er unwillig.

»Das schon«, gab Ronny zu. »Aber Europa krepiert von innen, während die Dritte Welt von uns ermordet wird«, rief er pathetisch mit verzerrtem Gesicht, »verstehst du?«

Janosch nickte einfach, er wollte seine Ruhe.

»Hare Krishna«, meinte er bloß und dachte: Entweder ein kreativer Schub oder noch zu viel Bier vom Mittagessen intus.

Am Sonntag fuhr Ronny nach Hause und Janosch hatte das »Hotel Royal« wieder für sich.

An den nächsten Tagen nieselte es oft, aber Janosch war es eigentlich egal, dass nicht allzu viel Kundschaft kam. An sich konnte er auf die paar Klimpermünzen sowieso locker verzichten, Hauptsache, er hatte einen Job, damit sie ihn nicht einsperrten.

Zwei oder drei Kinder waren mittlerweile ständig bei ihm im Wagen. Janosch fragte Gedichte ab und erklärte Hausaufgaben, gab ihnen Tee oder ein bisschen zu essen und bei den Kleineren wischte er gelegentlich Zuckerwatteschnuten oder Milchbärte ab und tröstete, wenn sie sich irgendwo gestoßen hatten. Er fühlte sich oft mehr zu ihnen gehörig als zu den Erwachsenen. Vielleicht waren sie ihm auch deshalb so vertraut, weil er sich ungefähr auf gleicher Augenhöhe mit ihnen befand, wenn er auf seiner niedrigen Bank hockte und sie neben ihm saßen oder standen.

Ich kenne fast nur Kinder hier in dieser Stadt, zog er an einem der letzten Tage Bilanz. Kinder und den Stadtdeppen, mehr nicht.

»Wenn du weggehst, ist gar nichts mehr los hier«, seufzten Karina und Steffi traurig, als der Abschied näher rückte, »dann bist du und dein schönes Spielhaus weg.«

Sie hatten ihre Poesiealben für ihn mitgebracht, zum Schluss musste er sich noch überall verewigen und immer wieder seine Adresse aufschreiben.

Dann schaltete er die Maschine aus, machte zum letzten Mal die Luke dicht und schickte seine Kinder endgültig nach Hause. Ein paar schluchzten und er musste noch mal trösten und Tränen trocknen. Janosch war freilich auch traurig zumute, denn viele der Kinder hatte er ins Herz geschlossen. Er fragte sich, was aus ihnen einmal werden würde, aus ihren kleinen Seelen. Hoffentlich hatten sie mehr Glück als er.

Den ganzen Abend lang machte er noch klar Schiff, packte zusammen und schrieb die Abrechnung. Auf einen letzten Kneipenabend verzichtete er.

Jürgen kam erst gegen Mittag, er hatte sich verspätet.

Gerade als sie den Anhänger eingehakt hatten und losfahren wollten, kam Antje über die Straße auf ihn zugerannt. Sie versuchte tapfer zu lächeln, man sah aber, dass sie kurz vorm Weinen war.

»Ich wollte bloß noch mal auf Wiedersehen sagen«, brachte sie heraus, »und ich hab auch ein kleines Geschenk für dich.«

Sie hielt ihm ein adrett eingewickeltes Päckchen hin, nicht größer als eine Seifendose. Janosch war gerührt.

»Danke«, sagte er und gab ihr einen Kuss auf die Stirn, »na das ist ja vielleicht eine Überraschung! Ich mach es aber erst auf, wenn ich aus Paren raus bin, okay?«

Sie nickte stumm und winkte ihm noch hinterher, als sie schon auf die Hauptstraße eingebogen waren.

»Na wenn da mal nicht ihre Ersatzzahnspange drin ist«, meinte Jürgen grinsend und drückte auf die Tube, soweit das hinter ihnen schlingernde »Hotel Royal« es eben zuließ.

Neugierig wickelte Janosch das Schächtelchen aus und erblickte schließlich etwa ein Dutzend kleine gelbe Würfel.

Er verstand zuerst überhaupt nichts.

Dann sah er den Zettel dazu, auf den sie mit ihrer sauberen Kinderschönschrift geschrieben hatte: »Käse aus Holland für dich. Deine Frau Antje.«

Neue Stadt, neues Glück, dachte Janosch, als sie am Spätnachmittag in Bülzow eintrafen. Drei Tage Stadtjubiläum erwarteten sie. Unterwegs hatten sie noch einen Langhaarigen eingesackt, einen von Jürgens Leuten, der mit seinem Wagen gerade in einer anderen Stadt stand und jetzt zur Verstärkung bloß übers Wochenende mitsollte. Janosch kannte ihn vom Studentenkeller her, er wohnte auch in Wittmar und wurde von allen nur Lewu genannt. Als Kind hatte er am liebsten immer bloß Leberwurstbrote essen wollen, das war dann zu Lewu geworden, und jetzt riefen ihn eben alle nur noch so. Seinen richtigen Namen kannte sowieso kaum einer und er selber hatte sich längst daran gewöhnt. Außerdem gefiel es ihm besser als »Bodo«.

Als sie in Bülzow auf der Festwiese aufkreuzten, war bereits allerhand los, es wimmelte wie in einem Ameisenhaufen. Das große Bierzelt grüßte schon, Anhänger wurden rangiert, Karussells aufgebaut.

Ein paar Kinder und Halbwüchsige standen am Rande und schauten zu. Als sie Jürgen, Janosch und Lewu erblickten, wie sie aus dem Mercedes stiegen, sich streckten und ihre Mähnen schüttelten, kamen einige von ihnen neugierig näher und strichen witternd um sie herum.

»Sind Sie aus Westdeutschland?«, fragte ein etwa zehnjähriger Junge schließlich mit großen Augen und Janosch lag schon auf der Zunge: »Nee, aber da wollen wir hin!« zu erwidern, doch er überlegte es sich anders und antwortete stattdessen: »Norddeutschland.«

Jürgen machte mit ihnen die Runde, Hände wurden geschüttelt und alte Bekannte begrüßt. Die Waffelbäcker ganz vorn kannte auch Janosch von früheren Märkten her, die Familie war immer unterwegs und überall zu Hause. Sie hockten sich eine Viertelstunde hin und schlürften den angebotenen Kaffee.

»Na ihr Schießbudenfiguren!«, rief Jürgen beim nächsten Wagen und grüßte die Männer, die gerade ihren Stand aufbauten.

»Komm her, Jürgen, wir brauchen noch Zielscheiben«, erwiderte einer und machte Zigarettenpause, um Neuigkeiten auszutauschen.

Dann gingen sie weiter zur Losbude.

»Und, Roland, wie läuft's?«, erkundigte sich Jürgen bei dem auf der Leiter stehenden Mann, der mit Akkuschrauber und Hammer zugange war. »Hast du nun das große Los gezogen mit dem Geschäft?«
Offenbar war er also noch nicht lange der Eigentümer.
»Ach weißt du«, antwortete der Angesprochene betont philosophisch, »ich würd eher sagen, sowas wie 'n Freilos.« Und dann lachte er. Janosch fand ihn auf Anhieb sympathisch.
Der Vorbesitzer war ein stotternder Geizkragen gewesen, erfuhr er später von Jürgen, deshalb hatten ihn alle nur »Money-Manni« genannt. Als sie am Autoscooter vorbeikamen, grüßten sie die drei dort arbeitenden Männer, es kam aber nur ein ziemlich kühles Nicken zurück.
»Fiese Knilche«, meinte Jürgen bloß und verzog ein bisschen sein Gesicht, »ich hatte mal Stress mit den Heinis.«
Schließlich langten sie an dem für die Zuckerwatte vorgesehenen Platz an, dicht beim Karussell.
Sie brachten ihren Wagen noch in Position für den nächsten Morgen, dann gingen sie mit fünf oder sechs Mann von der Schaustellertruppe in die Kneipe. Es musste einfach sein.

Das Karussell nebenan drehte am nächsten Morgen schon die ersten Proberunden, und mit einer gewissen Befriedigung registrierte Janosch, dass wenigstens *Foreigner-* und *Fleetwood-Mac*-Songs dazu liefen und nicht der übliche gehirnerweichende Rummelschmalz.
Am Abend vorher in der Kneipe hatte er sich mit den »Karussellfritzen« (sie hießen tatsächlich Fritz, allerdings mit Nachnamen) unter anderem über Musik unterhalten und ihnen (gegen ein Extrabier, spendiert nach Mitternacht in ihrem Wagen) seine »easy-music«-Kassette ausgeborgt. Offenbar wurde sie nun angetestet.
»Hier Doc, dein OP-Kittel«, rief Lewu von draußen und warf ihm durch die Tür ein frisches weißes Bündel zu.
Dann wuchtete er die Blechtrommeln in die Bude und zeigte auf die Uhr, es war kurz vor zehn.
»Mundschutz auch?«, fragte Janosch und strudelte seinen letzten Schluck Kaffee ein.

»Hama nich«, schüttelte Lewu bedauernd den Kopf, »und außerdem unzulässig, weil gefährdet die sofortige Kussbereitschaft. Man weiß ja nie, wer alles kommt.«

Kaum hatten sie dann pünktlich die Klappe aufgemacht, bildete sich eine Schlange, die sich erst wieder abends um acht auszudünnen begann. Es war schier unglaublich.

Janosch und Lewu schufteten durch wie Automaten, sie hatten kaum Zeit für eine Pinkelpause. Maschinensklaven im Akkord. Von Schulkindern, denen sie Kleingeld in die Hand drückten, ließen sie sich Würstchen und Fleischspieße bringen, die sie dann mit einer Hand beim Drehen verschlangen. Zuckerwattefäden schwebten durch die Luft und verklebten Kittel und Haare, die Münzschubladen quollen über und wurden in den Putzeimer entleert. Und als dann endlich die Klappe zufiel, ging es weiter: Die verkrusteten Trommeln mussten ausgekratzt werden, der Tresen war verdreckt, überall lagen aufgefetzte Zuckertüten und zerbrochene Stäbchen auf dem klebrigen Fußboden umher. Und danach dann das ganze Kleingeld: Münzen sortieren, zu Stapeln abzählen und einrollen, immer wieder. Endlos. Um Mitternacht krochen sie in die Wohnhälfte des Wagens und hauten sich auf die Matten, bloß schnell Zähne putzen und Katzenwäsche, der Rest war Luxus, und früh gleich nach dem Morgenkaffee ging es wieder zurück nach nebenan zu ihren Maschinen. Wie perfekt dressierte Affen.

Am letzten Nachmittag gönnten sie sich trotzdem jeder eine halbe Stunde Pause. Janosch streckte seine steifen Beine und wanderte ein bisschen umher, holte sich eine Waffel und ging dann rüber zum Karussell. Seine Kassette war inzwischen längst zur Geschäftsbeschallung tauglich befunden worden.

»Ah, der Herr Soundingenieur macht einen Kontrollgang«, wurde er begrüßt und ein paar Teenies guckten ehrfürchtig.

Janosch kriegte eine Freirunde und betrachtete den ganzen Betrieb zur Abwechslung mal von oben. Mit flatterndem Kittel schwebte er zu *I want to know what love is* durch die Luft. Das hatte was, und wenn es zehnmal kitschig war.

Wieder unten angekommen, bedankte er sich cool per Handzeichen und ging mit federnden Schritten die Treppe runter.

I've been waiting for a girl like you, sang er die Titelzeile vom nächsten Song noch mit und streckte schmachtend die Hände nach einer der wartenden Fünfzehnjährigen aus. Die wurde prompt rot und die anderen kicherten.

Gott, gibt es hübsche Mädchen, dachte Janosch bestimmt zum tausendsten Mal an diesem Tag und trottete dann trotzdem voller Pflichtbewusstsein wieder zu Lewu rüber.

Denn seine halbe Stunde Freiheit war leider um.

Spät am Abend tauchte schließlich Jürgen auf, um sie abzuholen. Die letzten paar Kilo Münzgeld lagen noch lose im Eimer. »Rekord«, sagte Jürgen bloß beeindruckt, als er die verbliebenen Stäbchen in der Ecke abgecheckt hatte. Von den ursprünglich zehntausend Stück war nicht mal mehr ein Drittel übrig.

Sie klickten den Wagen an, verdreckt wie er war, und zogen ab. Janosch war heilfroh, er hatte fürs Erste die Nase voll vom Rummel. Endlich wieder nach Wittmar, richtig duschen und saubere Klamotten! Und endlich fast eine ganze Woche Pause!

Im Winter war er losgefahren und im Frühling kehrte er zurück, Janosch kam es vor, als wäre er ein Jahr weggewesen.

Edgar hatte inzwischen seinen Dampfventildreherposten im Heizungskeller gekündigt, schriftlich und mit der Begründung: »Die kommenden wärmeren Tage wecken ein erhöhtes Freizeitbedürfnis bei jedem intelligenten Menschen.«

Wer wollte das bestreiten? Er und Anja waren jetzt fest zusammen, sie wohnte bei ihm, zögerte aber noch mit ihrem Ausreiseantrag.

Janosch lief erst mal auf gut Glück über den Marktplatz und genoss die Sonne. Zwei ehemalige Arbeitskollegen starrten von weitem zu ihm rüber und drehten sich dann schnell weg.

Was soll's, dachte Janosch. Ihm machte das nicht viel aus, er war das gewohnt. Die meisten hatten eben einfach Angst, mit einem Ausreiser zusammen auf der Straße gesehen zu werden. Fiete Denger brabbelte an der Ecke vor sich hin wie eh und je, schien ihn aber auch nicht zu erkennen. Vermutlich hatte er gerade wieder zu viel schlechte Luft unter der Schädeldecke.

Schließlich begegneten ihm Birgit und ihre Schwester Iris, die ein schillerndes Veilchen im Grüngelb-Stadium vorzuweisen hatte. Janosch verschonte sie mit neugierigen Fragen und erfuhr stattdessen, dass Träne wieder saß.

»Der hat mit Norbi 'nen Bruch gemacht und ist letzten Monat eingefahren«, teilten sie ihm lapidar mit, »der ist weg vom Fenster. Selber schuld.«

Janosch nickte bloß dazu, wahrscheinlich hatten sie ja recht. Arme Sau, dachte er aber trotzdem. Es sagte Träne bestimmt nicht zu, wieder im Knast zu sitzen.

Am ersten Abend ging Janosch mit Edgar in den Studentenkeller, sie wollten sich da mit Anja treffen. Maike konnte nicht kommen, sie musste die ganze Woche Nachtschicht im Krankenhaus schieben. Laut Edgar war sie noch immer solo.

Als sie durch die Metalltür traten, sahen sie als Erstes Max.

Er hatte sich nicht verändert, mit debilem Schimpansengrinsen lehnte er entspannt an der Wand und schluckte seine halben Liter wie immer, höchstens um die Augen rum vielleicht ein bisschen eingesunkener als sonst. Er grüßte sie schon von weitem mit seinem Lieblingmotto: »Und ist der Morgen auch nicht heiter, wir stehen auf und saufen weiter!« Dazu strahlte er wie ein satter Säugling kurz vorm Bäuerchen. Sein klar formuliertes Ziel war neuerdings, »pro Monat mindestens einen Hektoliter Bier in Pisse zu verwandeln«. Eine hehre Aufgabe, gewiss, aber offenbar lag er gut im Plan. Er war garantiert ein überdurchschnittlich guter Fäkalienproduzent, so viel stand fest.

Anja kam kurz nach ihnen, Janosch gab ihr ein Küsschen, dann holte er Bier. Es war voll, sie mussten im Gang stehen, und als er die Gläser brachte und auf dem Wandbrett abstellte, erblickte er plötzlich seine Sonnenblume. Er hatte sie fast vergessen. Karin sah verändert aus, sie trug eine Brille, so ein leichtes, unauffälliges Metallrahmending, wahrscheinlich Modell FEMININ-FRAGIL oder so ähnlich. Er hatte sie früher schon mal damit gesehen und sie stand ihr gut. Aber ihre schönen Zausellocken waren futsch, eingetauscht gegen einen feschen Kurzhaarschnitt. Sie lächelte, kam auf ihn zu und gab ihm einen Kuss auf die Wange.

»Lange nicht gesehen«, meinte sie, »warst du woanders studieren?«

Janosch betrachtete sie möglichst unauffällig.

Sie stach vielleicht nicht mehr so auf den ersten Blick ins Auge, aber ihr Lächeln war noch genauso unwiderstehlich wie vorher, stellte er fest. Und ihre rehbraunen Augen wirkten jetzt sogar noch größer. Eigentlich kam so ihr sportlicher, burschikoser Typ erst richtig zur Geltung.

Er erzählte von seiner Zuckerwattetour, von den Zeichnungen in seinem Wagen, von Karinas glücksstrahlendem Gesicht am Bahndamm, als der Schotter ins Wasser plumpste. Nebenbei erwähnte er seinen Ausreiseantrag.

Sie hörte zu, eine Viertelstunde lang.

»Es sind auch noch andere Frauen hier«, rief Anja tadelnd in seine Richtung und Karin schaute auf die Uhr. Es war gerade mal zehn.

»Morgen früh fahre ich für eine Woche nach Prag«, sagte sie, »ich muss jetzt gehn.«

»Mit deinem Freund?«, hakte Janosch nach.

Sie lächelte geheimnisvoll.

»Mit meiner Studiengruppe«, antwortete sie schließlich.

Janosch war trotzdem enttäuscht. Sie zog ihre Jacke an und verschwand zusammen mit einer Freundin.

Janosch trank sein Bier aus und ging auf die Toilette.

Zwei reichlich angesoffene Kerle mit unterschriftsbekritzelten Halstüchern unterhielten sich lautstark beim Pinkeln, offenbar waren sie gerade erst von der Armee zurückgekommen. Dutzende von frisch Entlassenen wankten ja seit Tagen überall durch die Straßen.

»Die neuen Säcke haben mich bedient wie 'nen König!«, verkündete der eine lautstark und der andere nickte dazu und erwiderte: »Kannste glauben, die Frischlinge hab ich rundgemacht wie nix, sag ich dir.«

Janosch hatte keine Lust, sich zu den beiden zu stellen.

Er trat in eine der Kabinen, machte die Tür hinter sich zu, klappte den Deckel hoch und ließ es laufen.

Er dachte daran, wie es ihm damals ergangen war.

Achtzehn endlose Monate. Zuerst »Frischer«, dann im zweiten Halbjahr »Vize« und zum Schluss EK, »Entlassungskandidat«. Dass die zuletzt Eingezogenen die Buden und Klos zu schrubben hatten, nun gut, damit konnte er sich noch abfinden, aber nicht mit der sadistischen Willkür, die alltäglich dabei herrschte. So wie alle Neuen war er gezwungen gewesen, sämtliche farbige Thermosflaschen, Kugelschreiber und weiß der Geier was noch mit Pflaster zu beschriften, auf dem dick ROT zu stehen hatte. Irgendeinem der EK war anscheinend aus lauter Übermut mal eingefallen, dass es doch prima wäre, wenn die Frischen nur ROT sagen dürften. Dem Vize freilich wurde es schon erlaubt, GRÜN zu kennen, nur BLAU blieb weiterhin tabu und allein den Herren EK vorbehalten. Wie im Kindergarten. Janosch fasste sich noch heute an den Kopf. Wem sollte er das erzählen? Es war so absurd, das glaubte einem ja doch keiner.

»Wie sieht das Gras da hinten aus, Frischer?«

»Rot, natürlich, Herr EK.«

Und dazu gefälligst grinsen. Erwachsene Männer!

Wer nicht mitspielte, wurde vom Diensthabenden nach der Nachtschicht aus dem Bett geholt, zum Beispiel zum Knarreputzen. In Uniform natürlich. Zweimal, dreimal, immer wieder neu umziehen. Denn da fand sich garantiert noch irgendwo Dreck an dem Ding, und wenn es auch nur der Kontrolleur sehen konnte. Und schließlich gab es ja auch noch andere Methoden. Aber schon allein mit Schlafentzug kriegte man jeden irgendwann weich. Einmal hatten sie Janosch so fertig gemacht, dass er hinten auf dem Motorrad eingepennt war und in einer holprigen Grenzkurve beinahe runtergeknallt wäre. Er hätte sich den Hals brechen können dabei. Pech, so was passierte nun mal. Den meisten anderen Neuen war es auch nicht gerade viel besser ergangen. Jedenfalls hatten sie alle in den ersten sechs Monaten fürchterlich über diese sinnlose Gängelei geflucht, was für ein perverser Schwachsinn, da war man sich einig gewesen. Doch oh Wunder, als sie ein Jahr später dann selbst am Drücker waren, da fanden immer mehr der nun frisch zum EK Aufgerückten eigentlich alles ganz okay. Voller Begeisterung machten sie genauso weiter wie bisher, Opfer wurden jetzt zu Tätern und alles hatte wieder seine Ordnung. Der Irrsinn pflanzte sich so einfach fort.

Janosch zog die Spülung, auch geistig. Ab in die Sickergrube mit dem ganzen Kram. An seine Armeezeit mochte er jedenfalls nicht einmal mehr auf dem Klo zurückdenken. Ansonsten verlor er noch seinen letzten Rest Glauben an die Menschheit.

Er wartete, bis die beiden Besoffenen weg waren, dann ging er raus, holte sich am Tresen ein neues Bier und setzte sich zu Edgar und Anja an den Tisch. Inzwischen war auch noch der Protestler Hansi dazugekommen. Er schwatzte von irgendwelchen neuen Antisprüchen an seinem abgejuckelten Moped. Einen Mercedesstern wollte er sich besorgen und vorn an das Schutzblech schrauben. Außerdem machte er sich genüsslich über die Parteilosungen zum 1. Mai lustig.

»Abartig, total beknackt«, konnte er sich immer wieder aufs Neue daran begeistern, »die Sprüchemacher da oben werden immer bekloppter.«

Für Janosch war so was jedoch schon längst kein Thema mehr.

»Losung ist in der Förstersprache der Fachbegriff für Tierkot«, fiel ihm dazu bloß gleichgültig ein. Er nahm diesen geistlosen Propagandaquark ganz bewusst erst gar nicht zur Kenntnis, alles andere hielt er für reine Zeitverschwendung.

Die Stammbesatzung hinterm Tresen machte inzwischen ganz gut Stimmung, die Musik wurde merklich lauter und besser, Supertramp, Peter Gabriel, The Doors, allseits akzeptierte Sachen halt, ein paar angesäuselte Jungs krakeelten ab und zu schon mal mit.

Und dann brachten sie »Stairway to Heaven« und in den ganzen Laden kam erst recht Bewegung. »There's a lady who's sure …«, zumindest den Anfang kannten die meisten und jeder nuschelte und mhmhte danach weiter vor sich hin so gut es eben ging. Der Song war ja an sich schon ein echter Fetzer, besonders die Liveversion, aber ein paar Fans hierzulande hatten neben der Begeisterung für die akustische Seite dieses Meisterwerks auch noch ihre eigene, sehr bestimmte Deutung, was den Text betraf. Perfekte Englischkenntnisse waren dazu allerdings nicht unbedingt nötig, es ging im Wesentlichen nur um drei Zeilen. Janosch und Edgar zählten sich jedenfalls entschieden zu den Vertretern dieser eigenwilligen Zunft. Aber noch saßen sie brav am Tisch, schlenkerten mittlerweile zur zweiten Strophe ein wenig mit den Armen und brummelten genau wie alle anderen mit. Selbstverständlich kannten sie jede Nuance dieses perfekten Led-Zeppelin-Stücks so ziemlich im Schlaf, sie hätten auch durchgängig mitsingen können, doch darauf kam es nicht an. Sehnsüchtig warteten sie auf die entscheidende Stelle. Dann kam »it makes me wonder« endlich zum zweiten Mal und sie machten sich bereit, die Arme hoch, die Finger zum V-Zeichen und zusammen mit Robert Plant schrien sie die magischen Worte raus, laut und deutlich, aus voller Kehle:

THERE'S A FEELING I GET WHEN I LOOK TO THE WEST AND MY SPIRIT IS CRYING FOR LEAVING …

Ahh, welch erhebende Wohltat, welch innere Befreiung! Konnte man es klarer sagen? Der Rest dieser Strophe ging in Hansis und Anjas Gejohle unter, mit den Händen veranstalteten sie zusätzlich noch Tischgepolter und auch ein paar Typen in der Nachbarschaft pfiffen Zustimmung. Danach setzte allmählich das Schlagzeug ein und schließlich ging die Gitarre ab und stellte alles andere in den Schatten. Immer wieder ein Ereignis.

Später kam Henning, einer der Tresenjungs, zu ihnen rüber, sammelte die leeren Gläser ein und meinte nebenbei: »Mann, ihr macht euch wohl überhaupt keinen Kopp mehr.« Es sollte wohl besorgt klingen, etwa wie ein guter Ratschlag, und bestimmt war es tatsächlich auch so gemeint.

Aber Edgar sprang sofort darauf an.

»Watt denn, is doch pures internationales Liedgut, oder soll Rock 'n' Roll mal wieder verboten werden?«

Er imitierte Ulbricht, wie der seinerzeit mit »jääh, jääh, jääh« die Beatles nachgeäfft hatte. Anja kriegte einen Lachanfall.

»Ein paar Bier mehr und ich bring noch ganz andere Gesänge«, rief er Henning hinterher, der schon am übernächsten Tisch wuselte. Edgar musste so was ja immer auf die Spitze treiben, Janosch hatte oft ein komisches Gefühl dabei. Doch diesmal tauchten keine Schlapphüte aus dem Nichts auf und es klickten keine Handschellen, sie blieben verschont.

Den restlichen Abend lang blödelten sie mehr oder minder witzig miteinander rum, aber irgendwie fand Janosch es dennoch ein bisschen lahm und fade. Außerdem ging ihm das andauernde Reservistengegröle auf die Nerven. Er war in Gedanken woanders und langweilte sich.

Für die nächsten Tage fuhr Janosch zusammen mit Edgar und Anja nach Gollnhusen, mit Anjas Auto, sie hatte sich ein paar Tage freigenommen.

Gollnhusen bestand nur aus fünf Häusern und war eigentlich mehr eine alte Förstereisiedlung oder so was. Das Haus gehörte Anjas Eltern und lag direkt am Waldrand, sie wohnten in der nahe gelegenen Kleinstadt und kamen oft übers Wochenende hierher. Es war alt, aber gemütlich, sogar mit Kamin. Und eine Katze gab es auch, die vom Nachbarn gefüttert wurde.

Neben dem Haus standen zwei stattliche Lärchen, echte Prachtexemplare, diese eher unscheinbare Baumart hatte sich hier wahrhaft üppig entfaltet. Unzählige frische Triebe baumelten wie schwere Algenschnüre von den stärkeren Zweigen herab und jedes der winzigen Knötchen daran trieb ein hellgrünes, rasierpinselähnliches Nadelbüschel aus. Der leiseste Windstoß ließ diese seltsamen Zotteln ineinander wogen, als würden zwei riesige grüne Bären behäbig auf der Stelle tapsen.

In einer Senke vor dem Gartentor wuchsen etliche Erlen, weiter hinten schlossen sich Wiesen und Felder an.

»Die letzte Idylle«, meinte Edgar spöttisch.

Janosch fühlte sich wohl. Zu dritt erkundeten sie die Umgebung, spazierten über Frühlingswiesen voller Gänseblümchensterne in milchstraßenähnlichen Mustern und wanderten stundenlang auf federnden Waldwegen und dabei unterhielten sie sich über Gott und die Welt. Edgar hatte vor einiger Zeit angefangen, Saxofon zu spielen, er war viel ausgeglichener seitdem und trank weniger. Schaurige Töne drangen jedes Mal aus dem Horn, wenn er es quälte, aber er ließ sich nicht abhalten und nahm neuerdings sogar Klarinettenunterricht, der besseren Tonbildung wegen. Für das Altsax hatte ihm Janosch noch Geld dazugegeben, es war ein schönes Stück, per Glücksfall bei der Auflösung eines Musikernachlasses erstanden.

»Es geht um den Ausdruck dabei, rauslassen, das ist wichtig, nicht um den Eindruck, den ich damit auf andere mache. Zumindest jetzt noch nicht«, erklärte Edgar und fuchtelte dazu aufgeregt mit den Händen, er war wieder bei seinem neuen Lieblingsthema.

»Tja, ich hätte auch Musiker werden sollen«, meinte Janosch daraufhin, »Pianist oder Geiger oder Sänger vielleicht, so richtig aus voller Kehle wie Janis Joplin oder Cocker, oder besser noch wie Hendrix, Stimme und Gitarre, der hatte gleich doppelt Spaß.« Aber da musste man wohl früher anfangen, wenn es wirklich was taugen sollte. Bei Janosch reichte es jetzt höchstens noch zum Triangelspieler in der letzten Orchesterreihe. Edgar hatte wenigstens Grundkenntnisse, als Kind war er ein paar Jahre im Fanfarenzug der Musikschule gewesen, und holprig Klavier spielen konnte er auch.

»Richtig herben Männergesang rauslassen, nur so für einen selber, das hat immerhin auch was«, tröstete sich Janosch laut und dachte daran, wie er manchmal allein oder zusammen mit Edgar vor den voll aufgedrehten Boxen losröhrte, so wie erst gestern zu Pharoah Sanders' *The Creator has a masterplan*. Das befreite jedenfalls ungemein.

Nach dem Abendessen saßen Edgar und Janosch allein am prasselnden Kamin, die Katze hatte sich in der Sofaecke zusammengerollt und leckte sich hingebungsvoll die Pfoten. Anja war schnell noch zu ihren Eltern gefahren, ihr Vater hatte heute Geburtstag. Sie würde in zwei oder drei Stunden zurück sein.

Edgar nahm die Scheibe vom Plattenspieler, zuletzt hatten sie Charlie Parkers *How deep is the ocean* gehört.

»Klassen besser als das übliche Rockergeschrei«, meinte er bewundernd und Janosch stimmte ihm zu.

»Unerreicht«, stellte er fest.

Er nahm die Plattenhülle in die Hand.

»Bird wurde bloß Mitte dreißig«, las er vor. Er sah Edgar an.

»Die Besten sterben jung, yeah, Alter, genauso ist es. Marley starb mit sechsunddreißig, Hendrix noch jünger. Und wir sind auch bald dran.«

Edgar winkte ab.

»Kalter Kaffee. Du hast den Blues, Junge, weil du Blondie nicht rumkriegst, das ist dein wahres Problem. Ich kenn dich, vergiss den Weltschmerz.« Grinsend imitierte er die Charles-Bronson-Stimme aus Lindenbergs »Cowboyrocker«: »Junge, fahr zu deiner Rockerclique und sag der Alten, die du liebst, dass du sie jetzt haben willst.«

Janosch antwortete nicht und Edgar lachte.

»Was du suchst, gibt's nicht, Alter«, fing er wieder an zu bohren. »Ich weiß schon, du willst mit deiner erlesenen Schönen ins Bett und verstehen soll die dich natürlich auch noch. Ja woher denn? Für Mädchen wie sie ist die Puppen-stubenwelt doch in Ordnung, ein Hauch von Lyrik überall, wenn sie durch die Bibliotheksflure schwebt und die ätherischen Gedichtbände in die Regale zurück verfrachtet. Erzähl ihr ein paar von deinen Kneipenstorys, und sie fällt ins Koma.« Er hatte aufgehört zu grinsen und sah Janosch ernst an. »Ich will dir mal was sagen«, fuhr er fort, »hier kommt der Rat von deinem besten Kumpel: Was du mal wieder brauchst, ist eine mit großen Beulen im T-Shirt vorne, eine, die ihre Beine im Bett richtig nach hinten nimmt und bis an die Ohren zieht. Punkt. So was bringt dich nämlich auf Vordermann, dann macht das Leben wieder Spaß. Lass dir die trüben Gedanken einfach wegblasen, so einfach lautet mein Geheimrezept.«

Beim Reden hatte er sich ein ganz klein bisschen vorgebeugt, jetzt lehnte er sich aber gleich wieder zurück, lässig und entspannt wie immer. Und wartete.

Janosch räusperte sich. »Es geht mir nicht in erster Linie um die Geilheit«, erwiderte er schließlich und es klang, als ob er sich verteidigen würde.

Edgar machte bloß eine wegwerfende Handbewegung.

»Vergiss Blondie«, brummte er versöhnlich, »für die bist du mit deinen schrägen Klamotten höchstens ein origineller Wald-mensch, ein Zuspätgekommener aus dem Mittelalter. Okay, und selbst wenn sie dich vielleicht mag, ihre Sorte hat genug Auswahl, die entscheidet sich am Ende sowieso für den Schmucken aus der Studiengruppe, der bald seinen Doktor macht.«

Edgar schüttelte den Kopf. »Mann, Janosch, Menschenskinder noch mal.« Eine Weile war es still, keiner sagte etwas.

»Wir kennen uns lange genug, aber manchmal weiß ich nicht, was mit dir los ist«, redete Edgar ihm weiter ins Gewissen. »Du willst immer nur das, was du sowieso nicht kriegen kannst, und was in deiner Reichweite ist, das lässt du links liegen. Siehe Maike. Bis du am Ende gar nichts hast. So warst du schon immer, nicht nur bei Frauen.«

Er stand auf, um sich Zigaretten von nebenan zu holen, und sie hörten, wie draußen Anjas Auto knirschend auf dem Schotter vorfuhr und an der Giebelseite stoppte.

»Ich werd drüber nachdenken«, versprach Janosch und er meinte es auch ernst, denn er wusste schließlich, was er an Edgar hatte. Manche hielten ihn für einen groben Klotz ohne Feingefühl, weil er meistens so direkt und drastisch war, aber das täuschte. Und außerdem hatte er nun mal ziemlich oft Recht mit dem, was er sagte.

Janosch erhob sich, griff sich seine Wattejacke an der Tür, gab sich mit Anja die Klinke in die Hand und ging in die kühle Nachtluft hinaus.

Er brauchte jetzt erst mal einen Spaziergang.

Die Mondsichel leuchtete trübe und bleich, ein leichter Wind fächelte am Waldrand durch die Zweige der Buchen. Weiter hinten auf der Wiese standen knorrige Eichen wie aus einem Gemälde von Caspar David Friedrich, oder eigentlich eher umgekehrt, denn das hier waren ja schließlich die Originale. Irgendwo in der Nähe raschelte es leise, ein Igel vielleicht oder eine Maus. Janosch sah hoch zum matten Bleiglanz der Nachtwolken.

Reine Stille gibt der Welt das rechte Maß zurück, dachte er. Wo hatte er das bloß schon mal gelesen?

Edgar lag vielleicht gar nicht so verkehrt, überlegte er.

Sex war verdammt wichtig und in letzter Zeit hatte er nicht gerade eine Überdosis davon abgekriegt. Er dachte an Anne, eine seiner früheren Freundinnen. Sie war von der stillen Sorte, immer zufrieden und mit allem einverstanden, »die Stumme« hatte Edgar sie getauft, weil sie buchstäblich keine drei Sätze hintereinander rausbekam. Aber im Bett brauchte er sie bloß anzutippen und schon wand sie sich in Ekstase und hechelte wie weggetreten, ein echtes Phänomen. Ihm wurde heiß, wenn er nur daran dachte, jeder Mann träumte schließlich von solch einer Frau. Damals jedoch hatte es ihn ziemlich irritiert, er verstand einfach nicht, was sie an ihm fand. Vielleicht hatte sie ihn ja wirklich geliebt, eben auf ihre Weise, wer weiß. Jedenfalls war er damit nicht klargekommen.

Janosch beobachtete eine Weile das Ziehen der dunklen Wolkenschleier, wie sie den Mond verdeckten, sein Licht schluckten und wieder freigaben. An und aus, wie bei einem Leuchtturm.

Vielleicht hätte ich ja doch bei ihr bleiben sollen, grübelte er wieder weiter. Rein sexuell wäre es bestimmt sehr lehrreich und befriedigend gewesen, jede Wette. Aber irgendetwas hätte trotzdem gefehlt, so wie immer bisher, nicht nur bei Anne. Er konnte bloß nicht so recht ausdrücken, was es eigentlich war. Irgendeine imaginäre Sehnsucht. Die Liebe wahrscheinlich. Tja. Wo war die Eine, die ihn verstand? Wen sollte man da fragen, wer wusste Rat? Edgar? Maike? Sonnenblume Karin? Oder sollte er seine Traumfrau mal ganz woanders suchen? Statt Studentenkneipe auf zur Dichterlesung? Sollte er mit den Pfeife rauchenden Baskenmützen zusammen fragile Verse hauchen, um dabei heimlich mit zur Schau getragener Betroffenheit nach den sensiblen Girls zu schielen? Oder sich als andächtiger Unterjünger zum Gebetskreis beim brünstigen Popen einschleichen, um dort mit ihm um die Wette den gläubigen Jungfrauen aus dem Slip zu helfen?

Janosch schüttelte in Gedanken den Kopf, für ihn war das Budenzauber, das würde nicht gut gehen, in diesen erlauchten Optimistenzirkeln war er einfach nicht mehr salonfähig. Da konnte er höchstens noch als Harmoniezerstörer auftreten, und das war ihm erst recht zuwider.

Weiß der Teufel, dachte Janosch, vielleicht hab ich auch bloß 'ne volle Meise. Frozen man syndrom, wie bei Bukowski, irgend so was. Die ganze Grübelei an sich war meistens sowieso umsonst. Und überhaupt, hier hatte doch eh alles keinen Zweck mehr für ihn. Wahrscheinlich würde sich das Ganze schon irgendwie von selber einrenken, wenn er erst im Westen war und die Richtige traf.

Zumindest versuchte er sich das öfter mal einzureden.

Janosch knöpfte seine Jacke auf, etwas hatte ihn die ganze Zeit schon vorn an der Brust gedrückt. Der Walkman war es, wie sich schnell herausstellte, er hatte ihn am Vormittag eingesteckt und inzwischen ganz vergessen. Probehalber setzte er die Kopfhörer auf, aber Garbareks erhabener Sound passte jetzt nicht zu seiner Stimmung.

Er drehte die Kassette um, auf der anderen Seite war Miles Davis, unverkennbar sein verhaltener Ton, voller Schmerz und Liebe.

Time After Time, die Liveversion, Musik, die direkt ins Herz traf und den Umweg über die Ohren eigentlich gar nicht nötig hatte. Janosch stieg auf den kleinen Hügel, erklomm oben zwischen den Eichen den Jägerhochstand und blickte auf die freie Fläche vor sich. Eine im Mondschein unwirklich daliegende silbergraue Wiese, vorn ein paar sich leise im Wind wiegende Baumwipfel, weiter hinten die Mauer des pechschwarzen Waldrandes.

Miles Davis und Charlie Parker, ging es ihm flüchtig durch den Kopf, und all die anderen Klassemusiker, durch die Bank fast alles Schwarze. Jazz und Blues waren nun mal keine Erfindungen des weißen Mannes. Nur Arschlöcher hatten sich so was wie Rassendiskriminierung ausdenken können.

Er spulte die Kassette zurück und hörte sich den Titel noch ein zweites Mal an.

Wie oft war er eigentlich überhaupt schon verliebt gewesen, fragte er sich plötzlich. Fünfzehn-, zwanzig-, dreißigmal?

In der Schulzeit ja eigentlich ständig, gab er sich gleich selbst die Antwort. Wie heilige Amulette hatte er manchmal wochenlang klein gefaltete Zettel mit sich herumgetragen, heimliche Rückwärtsbekenntnisse wie TRENNIB AKLI HCID EBEIL HCI oder so was in der Art. Die Angebetete hatte meist nie auch nur ein Sterbenswörtchen davon erfahren. Aber das waren freilich Kindergeschichten gewesen.

Er stützte sich mit den Ellenbogen auf die Brüstung des Hoch-standes, die Augen versonnen auf den Waldrand gerichtet.

In Gedanken erblickte er Juliane vor sich, so wie sie damals mit fünfzehn ausgesehen hatte, schön wie ein Engel. Er war damals gerade von der Armee auf Urlaub nach Hause gekommen, eine Woche Atempause von der Kasernenhaft an der Grenze, und ein Kumpel hatte ihn gleich am ersten Abend abgeholt und zur Party bei sich um die Ecke eingeladen.

Juliane war seine jüngste Schwester. Hüftlanges Haar, unschuldiges Lächeln und dazu knallenge Jeans, die wie angegossen saßen. Für Janosch eine Fee vom anderen Stern. Er kam geradewegs aus der Vorhölle der Militärsadisten und ihm war durchaus klar, dass er bald wieder dahin zurückmarschieren musste, normalerweise also Grund genug zum Volllaufenlassen. Aber als er sie erblickte, war er verzaubert. Love and Peace, Lächeln und Harmonie, er glaubte plötzlich wieder an das wahre Leben. Er brauchte einfach etwas, woran er sich festhalten konnte. Sie redeten den ganzen Abend lang miteinander, das heißt, eigentlich redete er und sie hörte zu, und zum Schluss gab sie ihm ihre Adresse. Über ein Jahr lang schrieben sie sich dann regelmäßig. Für sie war es sicher bloß ein Haufen Post von einem originellen Typen, halt ganz witzig, für ihn war es jedes Mal der Brief vom rettenden Engel. Ein Traum. Er war verknallt in sie wie sonst was. Nach seiner Entlassung trafen sie sich dann zwar tatsächlich noch drei- oder viermal bei irgendwelchen Feten, aber sie wusste nichts mehr so recht mit ihm anzufangen und er schaffte es nicht, das Eis zu brechen. Ihm war einfach viel zu elend zumute. Wie auch immer, es wurde nichts daraus.

Janosch kletterte wieder vom Hochstand runter und ging langsam durch das nasse Gras in Richtung Gollnhusen zurück. Schließlich wollte er nicht die ganze Nacht ruhelos durch die Gegend wandeln.

Bei der großen Trauerweide in der Senke blieb er dann einen Moment lang stehen, Grund zum Trauern gab es bekanntlich immer, wenn man darauf erpicht war.

Juliane, dachte er, wie das schon klang. Janosch und Juliane, das ideale Paar.

Er hatte sie danach zwar allmählich aus den Augen verloren, aber nicht aus dem Herzen. Und obwohl er später mit etlichen anderen Mädchen zusammen war, nie hatte ihn die Sache mit ihr wirklich ganz in Ruhe gelassen. Vielleicht bin ich nur in ein Phantom verliebt?, dachte er schließlich eines Tages, nahm all seinen Mut zusammen, spürte sie kurz entschlossen wieder auf und fuhr zu ihr, vier Jahre später. Inzwischen studierte sie, Tierärztin wollte sie werden. Sie trug halblanges Haar und war vielleicht auch nicht mehr ganz so gertenschlank wie früher, aber für Janosch spielte das keine Rolle.

Er blieb vier Tage bei ihr im Wohnheim und diesmal redete er sich gleich am ersten Abend alles von der Seele. Wie er damals ein langes kastanienbraunes Haar von ihrem über der Stuhllehne hängenden Pullover gezupft und jahrelang wie eine Reliquie gehütet hatte. Und wie er wochenlang durch sämtliche Kosmetikläden getigert war, um das Parfüm zu finden, das er bei ihren flüchtigen Umarmungen an ihrem Hals gerochen hatte. Es war ein Herren-Duschbad gewesen: »Tabak, Luxus für den Mann«.

Juliane war total verblüfft.

»Stimmt, ich hab einmal das Zeug von meinem Bruder probiert und bin eine Zeit lang dabei geblieben«, erinnerte sie sich staunend.

Stundenlang gingen sie zusammen spazieren, bis tief in die Nacht, es brach förmlich aus ihm heraus wie ein Wasserfall, er musste das damals alles einfach loswerden, egal was am Ende dabei rauskam.

Janosch lächelte wehmütig in Gedanken, zwei Jahre war das jetzt auch schon wieder her. Es kam ihm vor wie gestern.

Juliane war zwar auf einiges gefasst gewesen, aber nicht auf so ein Geständnis. Natürlich war sie gerührt.

»Komm her, ich muss dich einfach drücken«, hatte sie mit feuchten Augen beinahe geschluchzt, »das tut mir alles so Leid«, und stumm hatte er sich von ihr in die Arme nehmen lassen, Ende gut, alles gut.

Es war wie eine Erlösung gewesen.

Zwar schliefen sie dann brav in getrennten Betten, aber am letzten Abend wurde doch noch ein bisschen gekuschelt, nur Brust an Brust, ganz sanft und keusch.

»Janosch, du bist so harmlos«, hatte sie schließlich irgendwann gehaucht und ihn beinahe dankbar geküsst.

Am nächsten Tag auf dem Bahnhof spürte er, dass ihr noch etwas auf der Seele lag, dass sie ihm noch irgendetwas sagen wollte. Und als sie dann anfing, verstand er zuerst nicht, wovon sie redete, weil sie so leise und undeutlich sprach.

»Du bist der erste Mann, bei dem ich seitdem wieder etwas gefühlt habe«, hatte sie ganz zum Schluss geflüstert, »danke für deinen Besuch.«

Janosch war im allerletzten Moment in den Zug gesprungen und unterwegs in Gedanken gleich dreimal wieder umgekehrt, letztendlich dann aber doch nach Hause gefahren. Denn ihm war endgültig klar geworden, dass Juliane zwar ganz sicher ein liebes Mädchen war, jedoch ebenso sicher nicht dieselbe, die er fünf Jahre lang mit sich herumgetragen hatte. Diese Erkenntnis tat ein bisschen weh, aber wenigstens sein Seelenfrieden war gerettet und er war endlich wieder frei. Doch so verliebt wie in Juliane würde er vermutlich niemals wieder sein.

Janosch lief das kleine Stück auf die Häuser zu und plötzlich tauchte der Gartenzaun des Nachbargrundstücks vor ihm auf, er war wohl ein wenig von dem kaum sichtbaren Trampelpfad abgekommen. Vorsichtig tastete er sich daran entlang, unter den riesigen Bäumen war es wirklich zappenduster. Schließlich fand er die kleine Pforte in der Fliederhecke nebenan, schlüpfte hindurch und ging ins Haus.

Das Kaminfeuer war inzwischen erloschen, nirgendwo brannte noch Licht, ringsum herrschte Stille. Auch von Edgar und Anja war kein Mucks mehr zu vernehmen. Sie schlafen, nachdem sie miteinander geschlafen haben, ging es ihm überflüssigerweise durch den Kopf.

Es war ja auch irgendwie grotesk: Während er kompliziert über Sex und Liebe brütete, gaben sie sich einfach, was sie hatten, und fertig.

Er putzte sich noch schnell die Zähne und kroch ins Bett, die Kopfhörer auf den Ohren. Miles Davis, Time After Time, ein letztes Mal.

Sie blieben noch drei Tage in Gollnhusen, dann fuhren sie im Nieselregen zurück nach Wittmar.
Am Nachmittag musste Janosch wieder mit Jürgen los.

Gülzow war ein recht anständiges Örtchen. Reichlich Backsteingotik, drei Kirchen, Kopfsteinpflaster, gepflegte Häuserzeilen. Es gab Wälder und Seen ringsum und auf dem Weg dahin waren Janosch etliche Storchennester aufgefallen.

Im Sommer wimmelte es hier bestimmt vor lauter Urlaubern. Aber noch waren kaum Touristen da, alles wirkte sehr beschaulich. Janosch hatte eine ganz passable Zeit hier, er war nicht so allein. Lewu stand in der zwanzig Kilometer entfernten Nachbarstadt und kam zum Feierabend mit seinem klapprigen Auto nach Gülzow zum »Hotel Royal« rüber geknattert und dann machten sie sich immer gemeinsam auf die Socken, um in einem der halb leeren Altstadtrestaurants zu dinieren. Aber zunächst hatten sie die Duschen am Bahnhof ausgecheckt, bloß waren die eigentlich nur für die Bahnarbeiter und Rangierer. Pech. Gülzow besaß nämlich keine Badeanstalt. Das einzige Freibad am Stadtrand draußen war noch geschlossen, nichts zu machen. Also was tun? Die Großpackung Deospray kaufen und einfach alle Poren zukleistern? Sich wie ein antiker Held im Freien abschrubben? Oder eine mütterliche Freundin mit Badewanne suchen? Nach drei Tagen war Janosch schon drauf und dran, sich gut bürgerlich in einer der Pensionen einzuquartieren, wenigstens hin und wieder, um in der Wanne aufzuweichen. Aber Lewu zog ihn noch einmal mit zum Bahnhof runter. Anscheinend kostete es ihn weniger Überwindung, dem stieseligen Hausmeister dort um den Bart zu gehen, er hatte das irgendwie besser drauf. Und am Ende kriegte er den alten Griesgram tatsächlich rum, zwei Bier pro Mann lautete fortan der ausgehandelte Tarif für eine Warmwasserberieselung.

Also gingen sie meistens erst duschen und dann in die Schankwirtschaft. Mit Lewu konnte man leicht auskommen, er war ein genügsamer Geselle, gutmütig, umgänglich und mit allem zufrieden. Anscheinend erwartete er nicht allzu viel vom Leben. Früher war er Möbelträger gewesen, hatte sich aber dabei mit seinen dreißig Jahren wohl schon die Bandscheiben angeknackst. Seit dem vorigen Sommer drehte er nun Zuckerwatte. Seine Freundin sah er nur manchmal am Wochenende, sie hatte eine Tochter, die nicht von ihm war.

Das »Hotel Royal« stand diesmal vor einer kleinen Grünfläche mit Springbrunnen, direkt neben dem Eingang zum Stadtpark. Ziemlich zentral, es kamen viele Leute vorbei.

Janosch mochte den Park, sein hochgewölbtes Backsteinportal, die knirschenden Kieswege, die wuchernden Inseln aus Haselnusswildnis. Sträucher mit goldgelb herabhängenden Blütentrauben leuchteten vor der ziegelroten Umfassungsmauer und verbreiteten einen eigentümlichen Duft, dahinter erhob sich ein majestätischer Wall aus weiß blühenden Kastanienriesen mit großen breitfingrigen Blattwedeln. Ein zeitloser Ort.

In den ersten Tagen in Gülzow war Janosch etwas irritiert, manche der Kinder verdrückten nämlich drei oder vier Zuckerwatten hintereinander. Das war zwar vorher auch schon hin und wieder vorgekommen, aber nicht so häufig wie hier. Es dauerte eine Weile, bis er hinter des Rätsels Lösung kam: Es waren Zwillinge!

Er zählte insgesamt neun Paare, nur unter den Kindern. Sie erzählten ihm, dass hier letztes Jahr sogar ein Zwillingstreffen organisiert worden war, und brachten ihm ein Foto davon mit. Janosch fand es sehr eindrucksvoll, Dutzende Leute, Jung und Alt, und jeder mit seinem Spiegelbild neben sich.

Auch in Gülzow schwirrten ständig ein paar Kinder um seinen Wagen herum und auch hier verteilte er gelegentlich Apfelstückchen oder wischte klebrige Händchen ab, aber er ließ sich nicht mehr ganz so wie in Paren auf die Kleinen ein.

Eines Tages lief Janosch bis an den Stadtrand raus, Hauptsache, man blieb irgendwie in Bewegung und Zeit hatte er ja schließlich genug. Außerdem trudelte Lewu sowieso erst immer etwas später ein.

Hinter den Häusern fingen die Kleingärten an und dann kamen Obstplantagen, soweit das Auge reichte. Eine Weile wandelte er ziellos auf den Sandwegen umher und begutachtete die abgezäunten Gartenparzellen. HIER WOHNEN DIE ZWERGE stand an einer der hölzernen Pforten. Dahinter sah man ein paar von den kleinen Kerlen, wie sie gerade mit der Schubkarre losackerten oder auf die Schaufel gestützt eine Pause einlegten. Nun ja. Neben einer Böschung hatte irgendjemand lauter Felsbrocken auf einem Stück Grasland aufgeschichtet, es sah aus wie ein zerfallendes Keltendenkmal. Die Gülzower Druiden, historisch noch unerforscht. Neugierig ging Janosch zu dem Haufen runter und besah sich das Ganze aus der Nähe. Wahrscheinlich hatten die Bauern bloß Klamotten von den

Ackerflächen abgesammelt und mit dem Kran hier abgeladen. Ein paar von den dicken Dingern waren mittlerweile in den angrenzenden trockenen Graben abgerutscht, in dem der Wind Unmengen von Blütenblättern zusammengetrieben hatte. Das ergab ein irgendwie seltsames Bild: knöcheltiefe, luftige Verwehungen in rosa Pastelltönen, gefangen zwischen grauen Granitsteinen. Janosch bückte sich, griff ein paarmal spielerisch in die flaumweichen Häufchen und inspizierte das Zeug genauer. Millionen einmalig filigraner Wunderwerke, unzählige hauchzarte Gebilde, nunmehr überflüssig und als welker Humusbildner abgestoßen.

Sehen ein bisschen aus wie künstliche Fingernägel, ging es ihm durch den Kopf und er grinste vor sich hin. Alles abgefallene Floralkosmetik, dachte er. Die Blüten waren bestäubt und jetzt brauchte das Zeug eben keiner mehr. Unglaublich, wie verschwenderisch die Natur mit ihrer Schönheit umging. Händeweise schaufelte er rosa Konfetti und warf es gegen den Wind.

Auf dem Rückweg zum Wagen traf er urplötzlich Schwimmmeister Tobias. Mitten in Gülzow! Die Welt war voller Überraschungen. Vor lauter Verblüffung begrüßten sie sich ganz uncool, ohne Gringokauderwelsch und Pferdewiehern, ausnahmsweise ungeschmückter Realostern statt Leinwandwestern. Tobias war inzwischen anscheinend noch muskulöser geworden und platzte bald aus seinem T-Shirt, zumindest kam es Janosch so vor. Er hatte hier einen Kumpel besucht und wollte morgen früh dann mit ihm zusammen weiter auf Tour gehen, erzählte er. Sie unterhielten sich eine Zeit lang über Tatsachen und Trends und verabredeten sich schließlich gleich wieder für den Abend. Janosch wuselte also noch ein bisschen in seinem Wagen rum, gegen sieben kam Lewu und dann holten sie zusammen Tobias und Robert ab und gingen zu viert auf ein Glas Bier los.

Sie kehrten in eine vergleichsweise gemütliche Schenke ein, in der man halbwegs anständig saß und freundlich bedient wurde. Schließlich war Robert von hier und kannte sich aus. Er jobbte zur Zeit als Filmvorführer im »Café Kino« gleich gegenüber, einem Laden mit Backsteinfassade und kleinem Saal dahinter, der sich auch »Verzehrkino« nannte, weil man an Zweiertischen saß und Wein oder Knabbersachen bestellen konnte. Eine, höchstens zwei Vorstellungen pro Tag, ein Rentnerjob. Davor hatte er in der geologischen Erkundung gearbeitet, Maschinenführer am mobilen Bohrturm.

»Der Job wäre an sich nicht schlecht gewesen«, erzählte er, »vier Wochen irgendwo in der Pampa, mit Hohlrohr bis auf zweihundert Meter runtergedrillt und immer mal Bodenprofile zur Auswertung hochgeholt. Und dann wieder zusammengepackt und weiter. Ständig draußen, Freiheit und Abenteuer, kleine Truppe, neun Tage schuften und fünf Tage frei, immer im Wechsel. Und die Kohle stimmte auch.« Er nahm einen Schluck Bier und zuckte mit den Schultern. »Aber es taugte nix.«

Janosch nickte bloß, es war nicht schwer, den Grund zu erraten.

»Die Jungs waren stets heftig im Knatter, richtig?«, sagte Tobias zu Robert.

»Genau«, bestätigte er. »Jeden Abend in die Bauerntränke, aber nicht bloß auf drei, vier Bier, sondern wie die Männer Schnaps dazu und gestrudelt, bis die Stühle hochgestellt wurden. Und dann natürlich nur von der Arbeit gesabbelt.«

Er schüttelte den Kopf.

»Die haben nix gesehen von der Umgebung, von wegen Lagerfeuer am See mit den Dorfschönsten, vergiss es.«

»Hast du denn mal probiert, mit einem von denen zu reden?«, erkundigte sich Lewu.

»Logisch«, antwortete Robert, »Bekehrung versucht und gescheitert. Einer gab mir recht und wollte mal an einem Abend nicht in die Kneipe mitgehn. Und weil er wusste, dass er schwach ist, schloss er sich in seinem Wagen ein und warf den Schlüssel durchs Fenster raus ins Gras.«

Robert lachte. »Und eine Viertelstunde später bettelte er die anderen, die gerade losgehen wollten: Da liegt er, da hinten, macht schnell!«

Tobias trank sein Bier aus, bestellte eine neue Runde und sagte dazu bloß schulterzuckend: »Lauter mürbe Kürbisköpfe.«

Er kannte das alles von seiner Bergbauzeit her.

»Der eine Alte hieß nur noch der Graue, der ging schon gar nicht mehr nach Hause, wenn er frei hatte«, fuhr Robert nach einer Weile wieder fort. »Er hauste einfach ständig in seinem Wohnwagensarg, der Rest der Welt ging ihn nichts mehr an. Klinisch tot, nur die Leber arbeitete noch, hart wie 'n alter Treckerreifen.«

Anschließend kamen sie wie üblich auf das unvermeidliche Thema zu sprechen. Denn Robert war natürlich auch Ausreiser, seit zwei Jahren schon. Er erzählte von seinen Freunden, die jetzt in Hamburg wohnten.

Die Kellnerin kreiste zwischendurch ein paarmal um ihren Tisch, sie hatte wohl ein Auge auf Tobias geworfen. Aber das ließ ihn kalt, er war anscheinend Besseres gewohnt und wollte nur Bier von ihr.

Gegen elf tranken sie aus, zahlten und verabschiedeten sich draußen. Tobias brummte mal wieder: »Ein Mann geht seinen Weg« und quetschte mit seiner Pranke jedem die Hand, worauf Janosch markig entgegnete: »Einsam sind die Tapferen. Go west, young men!«

»Klar, Mac«, nickte Tobias noch, bevor er mit Robert heimwärts stapfte. Männer, wie sie im Buche standen.

Die restlichen Tage in Gülzow waren ein bisschen langweiliger, nur mit Lewu allein. Aber das musste man wohl relativ sehen.

An einem strahlenden Bilderbuchsonntag im Mai waren Janosch, Jürgen und Lewu durch eine breite Lindenallee in Prauen eingefahren. Sie hatten im ersten Haus am Platze gespeist, waren danach runter zum See gelaufen und hatten dann dort bei Kaffee und Eis den ganzen Nachmittag verplaudert. Dann waren Jürgen und Lewu wieder weitergezogen und seitdem war nicht mehr viel passiert. Der Nabel der Welt lag eben woanders. Immerhin gab es moderne öffentliche Toiletten in Prauen, ein richtig schickes Klohäuschen, gerade erst neu umgebaut und gestrichen. Tolle Sache. Eine luftige Kapelle der Erleichterung, den beladenen Wanderer zur Einkehr rufend, um heiter seine Bürde abzuwerfen. Der einzige Gestank kam von der frischen Farbe, aber das war auszuhalten. Janosch hatte sich sofort einen Schlüssel dafür organisiert. Endlich brauchte er seine Blasenfunktion und Feststoffausscheidung nun nicht mehr unbedingt im Rhythmus der täglichen Kneipengänge zu takten.

Ein erfreulicher Fortschritt. Und zur Not konnte man sich in dem Ding sogar auspellen und abseifen, hatte er festgestellt. Im Fall des Falles musste er bloß seinen elektrischen Teekessel mit rüber schleppen und genügend wohltemperiertes Waschwasser produzieren. Kalte Güsse sollten zwar der Gesundheit (und auch der Keuschheit!) zuweilen sehr förderlich sein, aber etwas Luxus durfte man sich ja gelegentlich noch gönnen.

Der Wagen stand günstig auf dem Markt neben der Kirche, das Geschäft lief gut, und in den Pausen genoss Janosch die warme Frühlingssonne, die ihm nachmittags immer ins Gesicht schien. Die kleine Manuela kam treu jeden Tag zu ihm geradelt und blieb für zwei Stunden oder länger. Sie war acht, hatte kurze blonde Haare und Sommersprossen. Ein drolliges Persönchen. »Mein Maskottchen« nannte sie Janosch immer, weil sie meist auf ihrem Stammplatz vorn an der Klappe saß und zuguckte.
Die Kleine hatte ein wahrhaft sonniges Gemüt, sie plapperte die ganze Zeit, erzählte leichthin aus der Schule und von zu Hause, vom kranken Vater und dem Sparen auf ein neues Auto, man hätte wahrscheinlich alles aus ihr herausfragen können.
»Bei dir ist es noch schöner als bei meiner Oma«, hatte sie ihm nach einer Woche ganz ernst erklärt. Manchmal brachte sie Janosch Schokolade mit, er bedankte sich dann artig und teilte so mit ihr, dass sie das meiste davon abbekam.
Am meisten bewunderte sie die selbst gemachte Halskette von Janosch, die er gelegentlich abnahm und ihr für ein Weilchen zum Angucken überließ. Ein ovales Holzplättchen mit Rindenrand, schräg aus einem Douglasienast geschnitten, poliert und lackiert und mit Kupferdraht an einem Lederband befestigt. Zwei, drei Dutzend davon hatte er zu LFK-Zeiten produziert, eigentlich gedacht zum Verkauf. Aber am Ende hatte er dann doch fast alle verschenkt.
Am zweiten Sonntag in Prauen war ein Opa aus einem der Häuser in der Nähe zu ihm angelaufen gekommen und hatte sich darüber beschwert, dass er seine Nachmittags-Blasmusik nicht hören konnte.
»Jeden Sonntag zwischen zwei und drei, immer schalt ich die ein. Aber heute knistert und schrammelt dat in mein Radio wie doll, der Motor von deine Maschine is nich richtig entstört.«

Der Alte war ganz aufgelöst gewesen. »Meine schöne Blasmusik«, hatte er andauernd gejammert und war erst abgezogen, als Janosch ihm entnervt eine Viertelstunde Pause versprochen hatte.

Hier in Prauen begann Janosch wieder richtig mit dem Laufen, es war jetzt längst warm genug dafür. Er hatte sich zwar nie für eine große Sportskanone gehalten und mit seinem Körper war er eigentlich auch ganz zufrieden, so mager und sehnig von Natur aus. Aber fast jeden Abend rannte er nun los, kurz nach sieben, es war ja lange genug hell. Manchmal lief er sogar schon vormittags, das Stück runter zum Wasser und um den See herum, so um die fünf Kilometer etwa. Täglich wurde die Strecke länger, mehr und mehr Umwege baute er ein. Unterwegs hielt er an, machte ein paar Klimmzüge an einem Baum oder Liegestütze am Wegrand, dann hetzte er weiter. Es ging ihm weniger um Gesundheit und Kalorienverbrennen dabei, er brauchte einfach eine Herausforderung, etwas, worin er sich so richtig verbeißen konnte. Denn wenn er sich schweißtriefend mit grimmiger Freude fast völlig verausgabte, die Augen fanatisch wie ein indischer Asket, dann spürte er in seinem Innern etwas wie Triumph, etwas wie ein *Ihr kriegt mich nicht kaputt, ihr nicht.* Instinktiv wusste er, dass er diesen Trotz zum Durchhalten brauchte, dass er sich beweisen musste, wie stark sein Wille wirklich war, dass er so gegen Selbstzweifel und Resignation ankämpfte. Vielleicht ging es Tobias ähnlich, wenn er an zentnerschweren Eisengegnern seinen »Zorn« rausließ.

Seine drei Wochen in Prauen waren schon fast um, als er eines Abends beschloss, einmal in die Kneipe weiter unten zu gehen, die schon hinter dem Markt lag. Er hatte sich am Tage vorher den Knöchel verknackst und sowieso keine rechte Lust zum Laufen. Und ständig immer nur dieselben drei halbwegs erträglichen Provinzkaschemmen abzuklappern, das wurde auf die Dauer halt doch ein bisschen öde. Sicherheitshalber aß er schnell noch ein Käsebrötchen, dann stiefelte er los.

Die »Stadtquelle« war so, wie er es sich vorgestellt hatte. Schummriges Licht, grau verqualmte Gardinen, nur Männer an den Tischen. Hier drin reduzierte sich die Welt auf den

Umfang eines Bierdeckels. Und zu essen gab es Bockwurst mit Kartoffelsalat oder Brot, sonst nichts.

Janosch setzte sich in die hinterste Ecke und bestellte Bier.

Es dauerte nicht lange, da hatten ihn ein paar Typen als Zuckerwatteverkäufer erkannt und winkten ihn zu sich an den Tisch rüber. Nette Geste, dachte Janosch und wechselte also den Platz. Alle vier gaben ihm umständlich die Hand.

Ihr Wortführer war offenbar der Alte, Alfons hieß er. So um die fünfundfünfzig vielleicht, sah aber noch ganz fit aus. Die drei anderen waren etwa fünfundzwanzig und schienen innerlich schon ziemlich aufgeweicht zu sein. Oder sie waren von Hause aus bereits ein bisschen angedummt. Meistens traf ja sowieso gleich beides zu.

Alfons bestellte sofort Bier für ihn mit, Schnaps lehnte Janosch ab. Dann wurde er ausgefragt, wo er denn herkomme, ob er dieses oder jenes Nest kenne und wie das überhaupt mit seinem Geschäft so sei.

»Selbstständig machst du das also alles, nicht schlecht«, lobte Alfons nach einer Weile, »muss man erst mal hinkriegen.«

Sofort nuschelten die drei anderen auch irgend so was in der Art, der Leitwolf hatte ja schließlich geprüft und die Richtung vorgegeben. Alfons bestellte wieder eine Runde für alle am Tisch und Janosch begann sich allmählich zu wundern. Anscheinend waren die drei Jüngeren immer mit eingeladen. Vielleicht hatten sie sich deshalb um ihn geschart.

Dann fasste der Alte plötzlich Janosch mit prüfendem Griff an den Oberarm und fühlte ihm den Bizeps.

»Donnerwetter«, sagte er anerkennend, »du hast ja ordentlich was geladen!« Er stieß mit ihm an.

»Was ist schwerer, ein Kilo Federn oder ein Kilo Eisen?«, fragte er als Nächstes, und auch diesen kniffligen Test bestand Janosch glatt mit Bravour. Mittlerweile fühlte er sich längst wie im falschen Film und wäre vor lauter Peinlichkeit am liebsten abgehauen.

»Blödmann, was hast du denn erwartet?«, schimpfte er im Stillen mit sich selber. Schließlich war er ja völlig freiwillig hier reinmarschiert. »Ich bin nicht wirklich hier, ich steh bloß neben mir«, versuchte er sich immer wieder zu beruhigen. War doch alles nicht so tragisch.

Die nächste Runde gab Janosch aus, danach orderte Alfons große Gläser. Wie wär's mit einem halben Liter auf ex, alle zugleich? Notgedrungen ließ sich Janosch auch noch dazu hinreißen, er setzte den Humpen an, gurgelte die trübe Brühe ohne abzusetzen runter und knallte sein Glas als erster wieder auf den Tisch. Knapp, aber eindeutig.

Das ist dann wohl so was wie der Ritterschlag der Gosse, dachte er, als sie ihm anschließend auf die Schulter klopften. Gratulation, Alter. Jetzt müssen deine neuen Kumpel dich nur noch zum gemeinsamen Puffbesuch ins schmuddlige Hinterzimmer einladen, das wär's. Um »Lochschwager« zu werden, wie es die Bergbaukumpel von Tobias fachmännisch auszudrücken pflegten.

Alfons hustete auf einmal los, er hatte sich wohl verschluckt. Es dauerte eine ganze Weile, bis er sich wieder im Griff hatte.

Dann blickte er einen von den drei anderen vielsagend an, guckte zu Janosch rüber und erkundigte sich: »Wie sieht's bei dir mit Weibern aus?«

Janosch wusste zwar nicht, was das sollte, wunderte sich aber nach all dem Bier über gar nichts mehr. Möglicherweise waren die Kerle schwul, ging es ihm durch den benebelten Kopf. Vielleicht wollten sie ihn abfüllen und abschleppen? Schon etwas träge antwortete er in beiläufigem Ton: »Och, ich mach's eigentlich nur zweimal im Jahr, so um den Frühlingsanfang rum und dann erst wieder am Totensonntag.«

Alfons brauchte einen Moment, bis er kapierte, dann grölte er los und die anderen drei fielen ein. Als sie sich endlich beruhigt hatten, sah der Alte noch mal zu dem einen rüber und meinte mit Verschwörerblick: »Wolfi hat da nämlich eine Schwester.«

Janosch kamen sofort Birgit und Iris in den Sinn, aber die Hafennutten hatten immerhin Westkundschaft, gehobener Standard also. Hier ging es wahrscheinlich eher um eine schmuddlige Säuferin, die jeden Zwanziger brauchte.

Alfons lehnte sich ein wenig über den Tisch zu ihm.

»Zweiundzwanzig und stramme Dinger in der Bluse«, raunte er. »Die kommt hier nachher noch vorbei.«

»Hmm«, machte Janosch, der schon den Punkt erreicht hatte, an dem der größte Teil seines Denkapparates bereits außer Kraft gesetzt war. Dafür begannen aber die Instinkte tief drinnen umso heftiger zu rumoren. Erbost hämmerten sie mit dumpfen Faustschlägen gegen die betäubte Schädeldecke, um die Führung zu übernehmen. »Zweiundzwanzig«, wiederholte Alfons und schnalzte mit der Zunge. Das klang doch wirklich nicht schlecht, überlegte Janosch. Im Gegenteil. In Gedanken sah er sie schon vor sich: langhaarig, schlank, mädchenhafter Typ, bisschen schüchtern vielleicht. Und wie ihn Alfons und die anderen stolz präsentieren würden, als den Fremden mit Format, von dem die Kleinstadtmäuschen immer träumten. Also leichtes Spiel für ihn. Da lohnte es sich bestimmt zu warten. Janosch bestellte die nächste Runde, immerhin musste er seine neuen Freunde bei Laune halten. Zwar hörte er nur mit halbem Ohr hin, was sie sagten, dafür lachte und nickte er aber umso heftiger. Gespannt lauerte er auf Miss Prauen.

Als sie dann später am Tisch stand, bemerkte er sie zuerst gar nicht, er glaubte, es wäre irgendein anderer Kneipenbruder. Zweiundzwanzig mochte stimmen, aber sonst auch nichts: dicklich und plump, Fransenhaare wie ein Wischmopp, Wulstlippen und Kuhaugen.

Miss Stadtquelle, das Fräulein für den anspruchslosen Gast. Janosch fühlte sich wie Hanswurst im Dauerregen. Die anderen faselten immer lauter durcheinander und zeigten ständig auf ihn. Was kam jetzt?

»Pass mal auf«, sagte Alfred zu ihm, hob ihr den Arm hoch und wies mit Genießerblick auf ihre Brust, »ganz schön, hm?« Gehorsam hielt sie still, sie grinste tatsächlich noch dazu. Es war wie bei der amtstierärztlichen Euterbeschau auf dem Viehmarkt, Kuhauge hätte nur noch »muh« sagen müssen.

Ein Stuhl wurde rangerückt und sie platzierte sich neben Janosch. Unsicher grinsend drehte sie sich erwartungsvoll in seine Richtung und sah ihn an. Blaue Kunstlederjacke. Am Handgelenk eine billige Digitaluhr mit rosa Plastikarmband, die Anzeige sprang gerade auf 00:00. Und sie roch wie eine schlecht ausgespülte Milchflasche.

Der absolute Nullpunkt, dachte Janosch entsetzt, ich bin doch wohl des Wahnsinns fette Beute. Vielleicht wollten die Jungs auch noch zugucken, während er sie beglückte? Langsam überkam ihn Panik. Bloß raus, raus, raus, tobte ein letzter Rest Verstand in seinem alkoholisierten Hirn, am liebsten wäre er losgerannt. Mit gehetztem Blick sah er sich um. Überall schwatzende Gestalten, die sich nichts zu sagen hatten und dennoch erregt drauflos schwadronierten und dabei gestikulierten wie verrückt gewordene Automaten, denen sämtliche Sicherungen durchgegangen waren. Janosch verschwomm alles vor den Augen.

In seiner Vorstellung vermengte sich all das leere Gebrabbel mit Bierdunst und Zigarettenqualm zu einem ekligen Nebel, der sich als schmieriger Belag an Tischen und Wänden niederließ, wie klebriger Sirup, wie weicher, stinkender Teer.

Lauter koagulierte Worte.

Hilfe, ich werd wahnsinnig!, ging es ihm durch den Kopf und irgendwelche Sätze quollen ihm aus dem Mund, an denen sein Gehirn nicht mehr beteiligt war. Dann stürzte er seinen schalen Rest Bier runter, brubbelte »na denn wolln wir mal« und stand auf. Gar nicht so einfach. Er musste sich schwer zusammenreißen, um nicht zu schwanken.

Seine ihm zugeteilte Tischdame griff nach ihrer verbeulten Kinderhandtasche und erhob sich ebenfalls.

Hauptsache erst mal raus, dachte Janosch, draußen würde er sie dann schon abwimmeln. Er zupfte zwei Scheine aus dem Portemonnaie und ließ sie neben sein leeres Glas fallen, dann klopfte er mit den Knöcheln seiner Rechten hart auf die Tischplatte.

»Jau, Männer, denn haut mal rein!«, rief er, grüßte mit der Hand in die Runde, drehte sich um und ging betont langsam in Richtung Tür. Der Fremde mit Format, der Mann, der alles im Griff hatte, überlegen und cool.

War doch ganz einfach, keiner hielt ihn auf.

Er spürte, wie sie ihm folgte.

Als er draußen war, atmete er erleichtert durch.

Komme, was da wolle, zumindest dieser Akt war überstanden.

Die frische Luft tat ihm gut und machte ihn etwas nüchterner.

Er lief ein paar Schritte drauflos, dann drehte er sich um.

Noch immer unsicher grinsend blieb sie ein Stück hinter ihm stehen und wartete auf ein Zeichen.

»Komm mal her«, sagte Janosch versöhnlich und winkte sie näher an sich ran, »wie heißt du eigentlich?«

»Evelyn«, antwortete sie leise.

Ihre Stimme klang überraschend angenehm. Janosch sah sie zum ersten Mal richtig an. Hübsch war sie nun wirklich nicht. Das arme Ding, dachte er bedauernd. Wahrscheinlich war sie es gewohnt, von Alfons und seinen Kumpanen regelmäßig vergewaltigt zu werden, für billige Uhren vielleicht.

Sie tat ihm ein bisschen leid.

Schweigend liefen sie nebeneinander bis zum »Hotel Royal«. Im Licht der Straßenlaterne fummelte Janosch zuerst an der Türverriegelung und machte dann eine Weile auf unschlüssig.

»Ich glaub, ich bin heute zu besoffen«, lallte er schließlich entschuldigend und lehnte sich an den Wagen, »sei nicht sauer.«

Sie blieb, wo sie war, und regte sich nicht.

Sinnlos schwiegen sie beide vor sich hin, während irgendwo in der Ferne ein Hund wütend kläffte. Endlich drehte sie sich wortlos um und schlurfte davon. Janosch starrte der unförmigen Gestalt hinterher, bis sie vom Dunkel der Nacht verschluckt worden war. Ihr Gesichtsausdruck hatte sich die ganze Zeit über nicht verändert.

An den letzten paar Tagen in Prauen mied Janosch die Gegend um die »Stadtquelle«. Er begegnete Gott sei Dank keinem seiner Zechkumpane wieder und auch Evelyn lief ihm nicht noch einmal über den Weg. »Vielleicht hab ich das alles nur geträumt?«, dachte er manchmal, als er seine täglichen Runden um den See abspulte. In Zukunft würde er jedenfalls besser auf sich aufpassen. Zumindest hatte er sich vorgenommen, radikal mit dem Biertrinken aufzuhören, schließlich war auch das bloß eine Willensfrage. Und damit hatte er immerhin Erfahrung. Denn damals, als sie ihr ganzes Geld in ihr Landhaus stecken mussten, hatte er wochenlang fast nur von Pellkartoffeln (eigene Ernte natürlich!) und Brot mit Zwiebeln gelebt und es war ihm nicht sonderlich schwer gefallen, obwohl er gerne aß. Aber mit einem Ziel vor den Augen steckte er so was eben locker weg. Und das Gequalme hatte er vor Jahren auch von einem Tag auf den anderen aufgegeben, ruck, zuck. Ein Mann – ein Wort. Ab jetzt würde er die Zügel jedenfalls mal wieder etwas fester anziehen. Denn egal was die Zukunft für ihn bereithalten würde, er wollte in Bestform sein, wenn es darauf ankam. Das hatte er so beschlossen.

Als Jürgen endlich am vereinbarten Montag auftauchte und sie den Anhänger anklemmten, war nur sein Maskottchen noch dabei. Janosch beugte sich zu ihr runter, streichelte sie an den Armen und gab ihr die Hand. Sie schien nicht sonderlich traurig zu sein. Dann streifte er kurz entschlossen seine Halskette ab und hängte ihr das Lederband um den Hals. Die Freude war ihr anzusehen. Was soll's, dachte er und wuchtete Rucksack plus Reisetasche auf den Rücksitz, irgendwann bastle ich mir wieder ein paar von den Dingern zurecht.

Er stieg ein, kurbelte das Fenster herunter und Jürgen gab Gas. »Und grüß die Menschen!«, rief sein Maskottchen noch zum Abschied und winkte ihm fröhlich hinterher.

»Mach ich«, versprach Janosch und dachte: Falls ich welche treffe.

Jürgen hatte ihm eine Vorladungskarte mitgebracht, für den übernächsten Tag. Janosch musste also nach Wittmar zurück. Es passte ihm ganz gut in den Kram, Klamottenwaschen war eigentlich sowieso mal wieder fällig. Sie einigten sich, dass Jürgen die ersten drei Tage am nächsten Standort selber drehen würde, in Neuenburg, gut fünfzig Kilometer weiter.

»Falls ich bis Donnerstag nicht da bin, kriegst du eine Karte aus Tahiti von mir«, feixte Janosch zum Abschied auf dem Bahnhof in Prauen, als endlich der Bummelzug nach Wittmar einfuhr. An jedem der Waggons stand »Deutsche Reichsbahn«; über vierzig Jahre nach Kriegsende lautete so noch immer die offizielle Bezeichnung für die Bahn im Osten. Sozusagen eine anachronistische Entgleisung. Angeblich zahlte der Westen aus irgendwelchen Gründen für diesen haarsträubenden Firmennamen, zumindest besagten das Gerüchte. Obwohl, vom Komfort her passte das Vorkriegsmäßige ja eigentlich ganz gut zum hiesigen Schienentransport. Aber wie auch immer, komisch war es trotzdem.

Janosch stieg irgendwo in der Mitte ein und zog knarrend die staubige Eisentür hinter sich zu. Die Wagen waren allesamt fast leer, die Strecke schien nicht gerade sehr befahren zu sein. Ein Sonderzug, extra für meine Vorladung eingesetzt, grinste Janosch amüsiert beim Wandeln durch die leeren Abteile, welch ein Luxus.

Er wusste das zu schätzen, schließlich hatte er reichlich Erfahrung mit Bahnreisen. Vor etwa drei Jahren war er regelmäßig alle paar Wochen die vierhundert Kilometer von Wittmar bis in die Ausreiserhochburg Jenna runtergepilgert, zum Nulltarif versteht sich. Praktischerweise war der Zug damals immer frisch in Wittmar eingesetzt worden, morgens um zehn, genau richtig. Janosch hatte sich einfach gleich nach dem Einsteigen aufs Klo verzogen, sein vorbereitetes Pappschild GESPERRT! draußen an die Klinke gehängt und zwei, drei Handvoll Wasser unter der Türritze durchgespritzt. So was hielt jeden Fahrkartenknipser todsicher auf Distanz. Anschließend saß er dann stundenlang ungestört in seinem Ein-Mann-Abteil und verschlang die dicksten Wälzer, ein fahrender Klomann auf Bildungsreise. Dostojewskis »Brüder Karamasow« hatte er so gelesen, beide Bände, auch Hesses »Narziss und Goldmund«, »Peter Camenzind« und »Siddhartha«. Zwar guckten die Leute manchmal komisch beim Aussteigen, wenn er wie ein zotteliges Altkleidergespenst aus seiner Kammer kam und obendrein auch noch das seltsame Pappschild wieder einsteckte. Aber solche Blicke war er ja gewohnt, da stand er locker drüber, schon damals kein Problem.

Und nun gondelte er also im eigenen Ausreiserexpress durch die Gegend und betrachtete die vertraute norddeutsche Landschaft durch das Panoramafenster. Wer weiß, wie lange er das noch hatte? Saftige Wiesen und dichte Wälder wechselten sich vor dem Fenster ab und Janosch dachte an die herrlichen alten Buchen, die er früher als Waldarbeiter massenweise hatte fallen sehen. Die besten Stämme wurden damals wie heute an Westaufkäufer verscherbelt, dieser bankrottreife Staat brauchte nun mal Devisen um jeden Preis. Zum Beispiel für funktionierende West-Motorsägen, eben zum Buchenfällen. Janosch schüttelte in Gedanken den Kopf. Welch ein armseliger, widersinniger Kreislauf. Und überall dasselbe, man musste nur die Augen aufmachen. Auf Dauer blieb die universelle Unfähigkeit der sich allwissend gebenden Parteistrategen schließlich keinem verborgen, erst recht nicht, was die Ökonomie betraf. Inzwischen verhökerten die ratlosen Genossen schon das letzte bisschen Tafelsilber, Aale,

Antiquitäten, Mastbullen und Präzisionsoptik gingen gegen harte D-Mark zum Schleuderpreis weg, alles, was nicht niet- und nagelfest war, wurde hastig verramscht und verjubelt, Hauptsache, wenigstens ein paar Valutagroschen klimperten in der notorisch klammen Staatsschatulle. Eine Ausnahme vom Billigprinzip gab es freilich: die Ware Mensch. Denn beim Häftlingsfreikauf ließ man die andere Seite gnadenlos blechen, fünfstellige Summen pro Nase galten als Minimum. Busladung für Busladung, jeder scheidende Ex-Gefangene plötzlich ein immens wertvoller Mitbürger, kaum mit Gold aufzuwiegen. Nur mit Skrupellosigkeit und Tricks hielt sich dieser marode Staat noch notdürftig über Wasser.

Für Janosch hatte es immer einen gewissen Symbolwert, wenn er auf der großen Fernverkehrsstraße hinter Wittmar die schweren Laster mit den kostbaren Furnierholzstämmen Richtung Grenze schnaufen sah, während im Gegenzug die endlosen Kolonnen der Hamburger Mülltransporter ganze Berge giftigen Abfalls zur Billigdeponie im Osten brachten. Qualität verschwand gen Westen und Schrott blieb im Land, in der tristen Heimat der Duldsamen. Das war die Realität. Deutsche II. Wahl, abgespeist mit Plunder und platten Parolen. Selbst den paar Ladungen Hausmüll von drüben haftete noch ein solcher Abglanz von verbotenem Luxus an, dass er vor neugierigen Einheimischen bewacht werden musste.

So viel zur Überlegenheit der Systeme, dachte Janosch angewidert. Mit diesem Gewäsch brauchte ihm jedenfalls keiner mehr zu kommen.

Unterwegs musste er umsteigen und fast eine Stunde in einem verschlafenen Kaff warten. Janosch langweilte sich.

Auf dem Bahnsteig standen einsam ein paar halb kaputte Holzbänke, niemand weiter war zu sehen. Irgendwo pupperte ein Trecker oder Mistbagger im Leerlauf, der Fahrer war wohl essen gegangen und hatte sich nicht die Mühe gemacht, den Motor abzustellen.

Janosch wandelte in der Sonne auf und ab und merkte allmählich, wie seine Gedärme die verdauten Reste von gestern Abend wieder loswerden wollten.

Verdammt, dachte er mit wachsendem Unbehagen, denn Janosch hasste öffentliche Toiletten, besonders auf verwahrlosten

Provinzbahnhöfen. Alle hassten diese Dinger, aber warum gab es sie dann überhaupt? Schließlich blieb ihm doch nichts weiter übrig, widerwillig latschte er rüber ins Hauptgebäude und folgte den Zeichen. Und dem Geruch. Als er die Tür zum Männerklo öffnete, schlug ihm augenblicklich unbeschreiblicher Gestank entgegen, in jedem Stall roch es erträglicher. Vielleicht hatten sich hier ausschließlich Magenkranke erleichtert? Janosch versuchte ganz flach zu atmen. Vergeblich. Das hier kommt von Menschentieren, dachte er würgend. Die Krone der Schöpfung schien auch auf diesem Gebiet alle anderen Lebewesen übertroffen zu haben.

Er ging zur ersten der vier Kabinen. Das Becken war verstopft, die Dreckbrühe stand bis zum Rand. Also weiter zur zweiten Pappzelle.

Saubere oder vollgesaute Klobrille?, wettete er grimmig mit sich selber und setzte auf das Letztere, als er die Tür mit dem Fuß aufstieß. Doch der Anblick überraschte ihn.

Verloren!, lachte er tonlos keuchend und fasste sich an den Kopf, denn die Klobrille war tatsächlich nicht schmutzig. Es war überhaupt keine mehr da. Vielleicht hatte ein Verrückter sie abgerissen, sich unter den Arm geklemmt und mit nach Hause genommen, irgendein schmieriger Geselle? Es gab mehr Abarten des Wahnsinns, als man sich überhaupt vorstellen konnte, lauter finstere Tunnel, aus denen keiner mehr zurückkam. Man konnte nie wissen, möglich war alles.

In akrobatischer Lufthocke erledigte Janosch sein Geschäft und stürzte anschließend aus dem giftigen Verlies, so schnell ihn die zitternden Beine trugen. Die Hände wusch er sich draußen auf dem Bahnsteig, mit Mineralwasser und Haarshampoo aus seinem Rucksack.

Als er in Wittmar ankam, ging bereits die Sonne unter.
Janosch beeilte sich, und schon ein paar Minuten später stapfte er in freudiger Erwartung die gute alte Treppe hoch. Endlich wieder daheim! Aber leider war niemand zu Hause, von Edgar und Anja keine Spur. Doch das Geschirr vom Abendbrot stand noch auf dem Tisch, weit konnten sie also nicht sein. Vielleicht vertraten sie sich bloß kurz die Beine oder schlürften irgendwo in der Nähe ein Bier.

Janosch ließ erst mal seinen Rucksack fallen und streckte sich ausgiebig. In der Schrankecke sah er etliches an Post für sich liegen. Neugierig blätterte er das Häufchen durch und begann zu lesen, eine Karte aus London von Katharina, die vor sechs Monaten rübergegangen war, und Briefe von zwei alten Freunden aus Jenna und Bellin, Kalle und Tommy, deren jüngste Kirchenaktivitäten ihnen Dauerbesuch von der Stasi bescherten. Ihre Ausreisenachrichten lasen sich wie Berichte von einer Völkerwanderung, massenweise verließen die Leute das Land. Tommy selber wollte jedoch bleiben, schrieb er. Mit ein paar Kirchenfreunden hatte er letzten Monat die Gesprächsgruppe DIE KLEINEN LICHTER gegründet; ein Häuflein Unverzagter, die mit flackernden Kerzen und stummen Mahnwachen für Gerechtigkeit streiten wollten. Janosch wünschte ihnen viel Glück. Ihm selber fehlte die Zuversicht für sowas, er glaubte nicht daran, dass der Angenagelte in der Kirche sie aus dem Schlamassel führen würde, und der Heilige Geist erst recht nicht. Denn das Grundproblem in diesem Lande war einfach, dass man es auf offizieller Ebene andauernd nur mit Bekloppten zu tun hatte, mit völlig vernagelten, dialogunfähigen Starrköpfen. Und das wiederum war eine höchst irdische Angelegenheit. Inkompetenz, wohin man blickte. Kleinkarierte Bürokraten hatten das Sagen, seelenlose Funktionäre spielten Schicksal und bestimmten. Zwar gab es die woanders auch, aber hier waren sie haushoch in der Übermacht und erst recht ganz oben. Eine sich selbst beweihräuchernde Kaste von unzurechnungs-fähigen Tattergreisen stellte Jahr für Jahr unangefochten die Regierung, lauter verkalkte Trivialideologen unter sich, und echter Führungsnachwuchs war nirgends in Sicht, nicht ein einziger Lichtblick. Auf Dauer nahm einem das eben den Mut. Janosch faltete die Briefe wieder zusammen und legte sie zur Seite, er würde sie später beantworten, wenn er erst wieder in seinem Zuckerwatteexil war.

Dann sah er auf die Uhr und überlegte. Noch früh am Abend. Er hatte keine Lust hier allein zu versauern, er wollte unter Leute. Also duschte er noch kurz, zog sich saubere Jeans und ein frisches T-Shirt an, schmierte sich ein Brötchen für unterwegs und machte sich auf den Weg zum Studentenkeller. Hurtig und mit strammem Schritt.

Und siehe da, die ganze Bande hockte da auf einem Haufen, Edgar, Anja und Maike, Max sowieso, auch Ronny und sein Protestlerbruder Hansi. Es gab ein großes Hallo, Janosch fühlte sich endlich wieder wie im Schoße der Familie. Ausnahmsweise genehmigte er sich ein großes Bier, aus sozialen Gründen.

Alle waren sie in bester Stimmung und alberten rum wie in alten Zeiten. Janosch debattierte mit Ronny ausgiebig über Kerouacs *On the road*, die von ihm prophezeite »Rucksackrevolution« der Millionen Großfrei-Tramps war schließlich längst überfällig. Und dann kam auch noch Karin.

»Je später der Abend …«, rief Janosch schon von weitem und lotste sie gleich an ihren Tisch. Na endlich! Insgeheim hatte er die ganze Zeit auf sie gewartet. Aber er wurde auch sofort dafür entschädigt. Denn zur Begrüßung legte sie ihm wie selbstverständlich die Arme um den Hals und zog ihn einen Moment lang ganz dicht zu sich heran, bevor sie ihm zwei züchtige Küsschen links und rechts auf die Wange pickte. Da konnte einem schon mal kurz schwindlig werden. Und wie sie wieder lächelte! Janosch hätte am liebsten gleich den zarten hellen Flaum auf ihren von der Junisonne gebräunten Unterarmen geküsst. Er fand Karin hübscher als jemals zuvor.

Als Erstes wollte er wissen, ob sie diesmal auch wieder am nächsten Morgen in aller Herrgottsfrühe aufstehen musste, um irgendwohin zu fahren. Die Antwort war ein fröhliches Kopfschütteln. Sehr verheißungsvoll, freute sich Janosch.

Er unterhielt sich mit ihr eine ganze Weile über ein paar Filme, dann kamen sie irgendwie auf Dostojewski. Fasziniert hörte Janosch ihr zu, denn normalerweise hielt er in solchen Dingen meist Monologe und sein Gegenüber beschränkte sich dabei aufs Nicken. Hier war es auf einmal umgekehrt. Janosch bemerkte gar nicht, wie die Zeit verflog. Edgar als wahrer Freund holte nicht nur ständig neues Bier, sondern ließ auch seine Beziehungen spielen und zauberte einen Gin-Tonic nach dem anderen auf den Tisch, obwohl das rare Edelgesöff eigentlich längst ausverkauft war. Optimaler Service für

Janosch und Karin. Allerdings waren die beiden so in ihr Gespräch vertieft, dass sie es kaum bemerkten.

Auch von Hesse hatte Karin zwar einiges gelesen, seine Märchen kannte sie aber nicht.

»Die hab ich zu Hause«, bot Janosch an, »kommst du nachher noch mit, dann kannst du sie für eine Weile kriegen.«

Sie guckte auf ihr Glas runter und nickte flüchtig, was wohl alles Mögliche bedeuten konnte.

Aber als der Keller gegen Mitternacht zumachte und man allgemein zum Aufbruch blies, schloss sie sich tatsächlich noch ihrem wilden Haufen an. Nur Maike hatte sich früher verabschiedet.

Die Nacht war mild und klar, ein eiriger Dreiviertelmond hing tief wie eine Laterne über der Stadt.

Max heulte plötzlich wie ein Werwolf los und Janosch zog Karin gleich noch ein bisschen dichter zu sich ran.

»Der Mond ist der Schutzgeist der Wahnsinnigen«, raunte er ihr mit verdrehten Augen ins Ohr, »du musst Obacht geben, schönes Kind.«

Spielerisch riss sie sich los von ihm und rannte ein Stück voraus, wartete dann aber wieder auf ihn, ihr magisches Lächeln im Gesicht.

Als sie zehn Minuten später zu Hause ankamen, setzte Janosch erst einmal Teewasser auf und Edgar holte noch seinen selbst gemachten Pflaumenwein vor, den aber keiner außer ihm trinken konnte.

Max schwankte unterdessen mit geschlossenen Augen vor der Stereoanlage und spielte Luftgitarre zu Santana, es schien nur eine Frage der Zeit zu sein, bis er umfallen würde.

Janosch brachte Tassen aus der Küche, machte die Kanne fertig und goss ein, während Karin mit schräg gelegtem Kopf inzwischen neugierig das Bücherregal inspizierte.

»Hier, das ist Literatur!«, rief Edgar plötzlich in ihre Richtung und wedelte mit Bukowskis »Aufzeichnungen eines Außenseiters« in der Luft umher. Auch er war nicht mehr ganz nüchtern, das sah man auf den ersten Blick. Suchend begann er in dem Taschenbüchlein zu blättern.

Bitte nicht, betete Janosch innerlich, verscheuch mir Karin nicht gleich am ersten Abend. Denn er kannte Edgars Lieblingsstellen, und wenn er die brachte, konnte er Karin erst mal vergessen, so viel war sicher. Diese Passagen hielten nämlich höchstens gehörlose Frauen aus.

Aber entweder sah Edgar doch noch einen kurzen Moment lang klar, oder das Schicksal persönlich hatte Erbarmen.

»Na, ich find's jetzt nicht«, meinte er auf einmal bloß brummig und klappte das Buch zu, »aber er sagt so ungefähr, dass die jungen Dinger heute überhaupt nichts draufhaben und nicht mal richtig knutschen können. Fühlen sich dabei an wie 'n schlapper Gartenschlauch oder so ähnlich.«

Er zuckte mit den Schultern und lachte. »Stimmt doch, mh?«

Erleichtert gab Janosch ihm recht.

Gegen eins wollten die meisten dann allmählich nach Hause, bis auf Max, der machte keinerlei Anstalten. Stattdessen rollte er sich auf den alten Partymatten in der Ecke zusammen und wickelte sich in die fusselige Pferdedecke. Er war eben ziemlich bescheiden, nicht nur was das betraf.

Die anderen zogen sich einer nach dem anderen ihre Klamotten an und verabschiedeten sich, auch Karin griff schließlich nach ihrer Jacke.

»Ach komm«, bat Janosch im Flur, »bleib doch hier, draußen ist's kalt und ich tu dir nichts.«

Karin sah ihn mit einem Blick an, als wollte sie eigentlich überredet werden. Zumindest kam es ihm so vor.

»Und eine neue Zahnbürste kannst du auch kriegen, okay?«, versuchte er sie also irgendwie weiter zu überzeugen.

Zwar schwieg sie daraufhin noch immer, schien aber schon ein bisschen mehr zu zögern.

»Ich tu dir nichts«, wiederholte er noch einmal leise.

»Versprochen?«, fragte sie zaghaft.

»Versprochen!«, nickte er und sie war einverstanden.

Sie machten kehrt in sein Zimmer, er suchte Handtuch und Zahnbürste für sie raus und ging sich kurz als Erster waschen, danach verschwand sie im Bad. Janosch zündete schnell noch eine Kerze an, legte sich ins Bett und wartete. Jetzt wurde es spannend.

Als sie etwas später wiederkam, ging sie erst mal zum Sessel in der Ecke rüber, zog ihre Jeans aus, strich sie glatt und legte sie über die Lehne. Bluse und Socken folgten. Als Letztes nahm sie noch die Brille ab und legte sie auf den Schrank. Fertig. Dann drehte sie sich um und kam zu ihm. Unter dem dünnen Hemdchen trug sie keinen BH, das war deutlich zu sehen. Und ihre langen Beine schimmerten im Kerzenlicht.

»Mach mal Platz«, flüsterte sie, pustete die Kerze aus und kletterte zu ihm ins Bett. Endlich. Wie lange hatte er von diesem Moment geträumt!

Zuerst passierte aber gar nichts. Ganz vorsichtig fing er nach einer Weile an, sie am Bauch zu streicheln, wo ihr Unterhemd hoch gerutscht war, und küsste sie auf die Stirn. Ihr Haar roch gut. Seine Hände wanderten langsam weiter, hin und her, und schließlich landeten sie auf ihren Brüsten.

Dort blieben sie lange, sie tasteten und drückten, die Daumen spielten zärtlich mit den Brustwarzen. Es tat unendlich gut.

Karin regte sich noch immer nicht, nur ihr Atem ging ein bisschen schneller. Janosch wurde mutiger, schlug die Bettdecke ein wenig zurück, hob ihr Unterhemd hoch und begann ihre nackte Haut zu küssen.

Plötzlich spürte er, dass sie ihn ansah.

»Denk dran, du hast versprochen brav zu sein«, flüsterte sie und strich ihm über den Bart.

»Versprochen? Ja, da hab ich mich versprochen«, witzelte Janosch, aber er hörte sie nicht lachen. So billig brauchte man ihr wohl nicht zu kommen.

»Okay«, seufzte er also resigniert, »aber noch ein ganz bisschen weiterkuscheln, ja?«

Als Antwort zog sie ihn zu sich herunter und sie hielten sich noch einmal lange in den Armen.

»Gute Nacht«, flüsterten sie sich schließlich ins Ohr und Hand in Hand schliefen sie dann irgendwann ein.

Um kurz vor halb sieben klingelte der Wecker. Da waren sie aber schon längst wach und machten gerade da weiter, wo sie am Abend vorher aufgehört hatten, keiner wollte den anderen aufstehen lassen. Ihre Brustwarzen wurden schnell hart und sein Ding stand von ihm ab wie sonst was, sie dürsteten beide nach Berührung.

Als Karin dann doch endlich aus dem Bett steigen und sich anziehen musste, stand Janosch hinter ihr und seine Hände waren überall, bedauernd, dass wieder ein Stück ihrer Nacktheit unter Baumwollstoff verschwand. Das Leben plante manchmal eben leider anders.

Während sie im Eiltempo ihre Morgentoilette absolvierte, brühte er Kaffee und schmierte ihr eine Brötchenhälfte mit Marmelade. Hastig frühstückte sie im Stehen.

»Denk dran, deine Zahnbürste wartet hier auf dich«, erinnerte er sie an der Tür, als sie zusammen losgingen. Er brachte sie noch das Stück bis zum Bus und holte hinterher gleich frische Brötchen. Dann frühstückte er ausgiebig mit Edgar, Anja und dem verkaterten Max und legte sich anschließend wieder ins Bett. Das Kopfkissen roch noch nach ihr.

Er dachte an ihre Haut, an ihr Gesicht, an ihren Körper.

Er wollte sie wiederhaben.

Den ganzen Vormittag lang regnete es. Aber Janosch war es eigentlich egal, er hatte sowieso genug damit zu tun, Sachen zu waschen und sauber zu machen.

Für Edgar war inzwischen ebenfalls eine Vorladungskarte gekommen, schulterzuckend las er noch einmal den Termin. Ob er sich diesmal seine Fahrkarte kaufen konnte?

Am Nachmittag klarte es dann ein wenig auf und Janosch nutzte mit Edgar und Anja sogleich die Gunst der Stunde für einen Spaziergang durch die Altstadt. Denn nur in der Bude hocken war ja auf die Dauer wirklich öde.

Als Erstes klingelten sie bei Gottfried, aber der war nicht zu Hause. Also liefen sie einfach noch ein bisschen umher und erledigten nebenbei ein paar Einkäufe, bis sie auch davon genug hatten. Außerdem begann es wieder zu nieseln.

»Ab nach Hause, it's teatime«, entschied Janosch und sie marschierten zurück.

Kaum hatten sie eine Viertelstunde später in ihrer Küche den Wasserkessel aufgesetzt, da klopfte es und Karin stand vor der Tür.

»Hallo«, lächelte sie, »ich möchte meine Zahnbürste besuchen.«

Zivilisiert tranken sie Tee zu viert und hörten nebenbei Musik.
Bei Hendrix' *Little Wing* drehte Janosch etwas lauter und meinte hinterher verzückt: »Allein für das Ding hätte man ihn heilig sprechen müssen.«

»Gediegene Klänge«, stimmte ihm Edgar bereitwillig zu, »sowas wird man noch in dreihundert Jahren hören. Oder es gibt dann keine Menschen mehr.«

Nach einer kleinen Anstandspause verdrückten sich Janosch und Karin anschließend rüber in sein Zimmer.

Zwecks Schmusestunde, nächste Lektion, wie er hoffte. Sie landeten wirklich gleich beide auf dem Bett.

Karin legte sich auf den Bauch und seine Hände krabbelten sofort unter ihr T-Shirt und schoben es an den Hüften ein Stück hoch. Endlich wieder ihre nackte Haut berühren.

Mit den Fingern fuhr er an ihrer Wirbelsäule entlang, runter bis zum Rand der Jeans. Auch hier hatte sie diesen hellen zarten Flaum, wie an den Unterarmen. Ganz von selber senkten sich seine Lippen auf diese Stelle und verweilten dort für etliche Zeit. Aber so schön das Ganze auch war, irgendwann begann ihn dann doch ihre Jeans zu stören. Seine ruhelosen Hände mussten einfach tiefer.

Nach einer Weile stützte sich Karin auf den Ellenbogen, drehte sich zur Seite und sah ihn mit einem rätselhaften Blick an.

»Was ist bloß da drin?«, meinte sie nachdenklich und tippte ihm leicht an die Stirn.

Janosch war in Gedanken noch ganz woanders. Außerdem hatte er im Moment sowieso keine rechte Lust, sich über seinen Ausreiseantrag auszulassen und darüber, dass er vielleicht schon nächste Woche raus sein könnte oder im Knast. Wozu sollte es überhaupt gut sein, ausgerechnet Karin damit zu belasten?

»Reden nix gutt, scheene Fräulein«, erklärte er deshalb mit fahriger Handbewegung und Phantasieakzent, als müsste er nach Worten suchen, »nur machen viell Knoten in Kopf, du verstehen?«

Sie lächelte schwach.

»Nein, im Ernst«, sagte sie.

Janosch legte sich auf den Rücken und streckte mit theatralischer Geste die Arme nach oben.

»Denn in den tiefsten Dingen sind wir namenlos allein«, antwortete er feierlich.

»Ist das von dir?«, fragte sie.

»Rilke«, entgegnete er, schlang die Arme um sie und presste sie lange an sich. Dann zogen sie beide die T-Shirts aus, sie streichelte ihn an den Schultern und er griff nach ihren Brüsten und küsste sie immer wieder. Schließlich begann er ihre Jeans aufzuknöpfen, aber Karin war plötzlich müde und wollte nach Hause. Also brachte er sie noch zum Bus und hockte dann den Rest des Abends geistesabwesend mit Edgar und Anja vor dem Fernseher. Morgen früh würde er wieder zur Vernehmung müssen.

»Herr Petermann«, rief ihn die dieselbe Sekretärin wie beim letzten Mal auf. Hinter dem Schreibtisch saß diesmal der Drahtige vom Polizeirevier. Wahrscheinlich Stasi, dachte Janosch. Er war allein.

»Was haben Sie an unserem Staat zu kritisieren, dass Sie ihn unbedingt verlassen müssen?«, wollte er als Erstes wissen.

Janosch starrte ihn bloß an und schwieg.

Nicht mit mir, dachte er, wenn ich das alles ablasse, buchtet ihr mich für zwanzig Jahre ein. Reden ist Silber …

»Wir sind hier, um miteinander zu sprechen«, ermunterte ihn der Drahtige und lächelte dazu wie ein Wolf.

Er wollte was hören, so viel war klar.

Da hilft nur Variante gestört, entschied sich Janosch nach einer Denkpause und begann erst einmal ein bisschen mit den Augenlidern zu zucken, mal nur ganz leicht, mal etwas stärker.

»Es liegt an mir«, fing er schließlich an zu reden, »euer Staat ist nicht schuld. Niedrige Mieten, Brot ist billig, genug Rente, das ist schon alles okay, keine Frage. Aber ich träume nun mal Tag und Nacht vom Eiffelturm, ich muss ihn sehen. Keine Ahnung, wieso.« Er zuckte mit den Schultern.

»Ah, Majakowski, ›Gespräche mit dem Eiffelturm‹, kennen Sie das?«, rief er dann enthusiastisch. »Majakowski, der große Dichter der russischen Revolution? Nein? Sehr lesenswert!«

Der andere schnaufte daraufhin bloß missbilligend und entgegnete verächtlich: »Das ist doch alles eine Farce.«

Er sprach es »Farze« aus, Janosch musste sich beherrschen, um nicht loszubrüllen. So ein Verhör verlangte einem wirklich allerhand ab.

»Wissen Sie«, setzte Janosch nach einer Weile nochmal an, »ich kann es auch nicht erklären, aber es ist so, ich muss den Eiffelturm sehen, sein schlankes Metallkorsett, die filigran auslaufende, elegante Spitze. Ja, Majakowski, der hätte das sicher verstanden.« Er machte eine Pause.

»Im Traum habe ich ihn schon oft bestiegen«, verriet er dann noch schwärmerisch mit Blick in Richtung Zimmerdecke.

Und das Augenblinkern nicht vergessen.

So allmählich merkte Janosch, wie er in Fahrt kam.

»Es klingt verrückt, ich weiß, und vielleicht ist es das auch«, phantasierte er einfach munter drauflos. »Aber so sind nun mal die Menschen. Manche spielen jede freie Minute Schach mit sich selber oder schlagen sinnlos die Zeit mit stupiden Kreuzworträtseln tot, ist das etwa normal?«

Er wartete kurz ab und überlegte, mh, ein bisschen mehr davon konnte eigentlich nicht schaden.

»Und neulich stand was in der Zeitung von so einem Gedächtniskünstler, der sein Lebensziel darin sieht, bald von der Zahl Pi die ersten paar tausend Stellen nach dem Komma auswendig aufsagen zu können, er arbeitet schon dran«, schwafelte Janosch immer weiter. »Manche quälen sich auf kahle Berggipfel und brechen sich beim Absturz alle Gräten. Tja. So hat halt jeder seinen Traum, über den andere bloß den Kopf schütteln können. Verstehen Sie, was ich meine?«

Arglos lächelnd sah er sein Gegenüber an. Es kam noch immer keine Reaktion.

»Sperren Sie zwei Leute mit 'ner Staffelei und Tuschfarben in ein Zimmer«, fuhr er also fort, »der eine dreht nach drei Tagen durch und der andere pinselt wie besessen und ist happy. Kann man so was wirklich begreifen?«

Janosch schüttelte triumphierend den Kopf.

»Van Gogh war zu Lebzeiten auch nur ein malender Irrer, der sich ein Ohr abschnitt, und heute wird er als Genie gehandelt!«

Er hatte sich erregt vorgebeugt, jetzt ließ er sich wieder etwas zurücksinken. Und bei ihm war halt der Eiffelturm das Objekt der Begierde. Klang doch ganz plausibel, fand Janosch.

Obwohl, Schottland wäre mir freilich lieber, überlegte er weiter, einmal quer durch die Highlands und sich dann mit ein paar Kumpels bei einem zahnlosen alten Fiedler den selbst gebrannten Whiskey reinziehen, das wär mal eine saubere Maßnahme, pfeif auf Paris. Janosch seufzte innerlich. Aber die Realität sah anders aus, er war hier leider nicht im Reisebüro. Und ob er nun eigentlich nach Schottland oder Paris wollte, spielte für die Stasi sowieso keine Rolle.

Der Typ hinterm Schreibtisch schien immerhin etwas verunsichert zu sein, grübelnd hielt er sich an seinen Papieren fest und suchte angestrengt nach einer passenden Erwiderung.

»Was wollen Sie denn in der BRD machen?«, erkundigte er sich nach einer Weile, »bei der Arbeitslosigkeit? Straßenkehrer? Meinen Sie, da schenkt Ihnen einer was?«

Janosch wedelte locker mit einer Hand und lächelte besonders entspannt.

»Die Menschheit stammt vom Affen ab und ich eben eher vom Faultier. Bin materiell nicht interessiert«, antwortete er lässig, »gucken Sie mich an, ich habe doch hier auch nichts.«

Dazu grinste er wie ein entrückter Guru.

»Sehen Sie, ich bin von der unbekümmerten Sorte«, verkündete er dann heiter mit Prophetenlächeln, »ich trage Zuversicht und Gelassenheit in mir. Es wird gegeben werden. Und ich hab Freunde da, die helfen mir.«

»Das glauben Sie!«, kriegte er höhnisch zur Antwort.

Etwas schwach, Herr Vernehmer, dachte Janosch und erwiderte freimütig: »Ja, das glaube ich.« Es fehlte nur noch das AMEN am Schluss. Janosch begann jetzt wieder heftiger zu zwinkern.

»Und ich habe gelesen, dass man auch als Straßenfeger Erleuchtung finden kann. Vielleicht werde ich auch spiritueller Berater beim Ostexperten der Bundesregierung, kann man es wissen? Oder Aktmaler, ein schöner Beruf. Mein Karma ist für alles offen.«

»Dann seien Sie mal lieber offen, wie wir Sie hier in unsere Gesellschaft wieder integriert kriegen«, sagte sein Gegenüber säuerlich und guckte in seine Akte, als wollte er ihm gleich dazu ein Angebot unterbreiten.

»Nicht mehr in diesem Leben«, kam ihm Janosch feierlich zuvor, »dieser Kreis hat sich geschlossen. Endgültig.«

Der andere sah das anscheinend auch so. Er schob seine Papiere zurecht und blickte auf die Uhr.

»Sie arbeiten noch?«, wollte er wissen.

»Ich nehme an, das ist eine rhetorische Frage«, beschied ihn Janosch knapp. Und grinsend dann sein Kommentar: »Arbeit macht das Leben süß, besonders wenn's um Zuckerwatte geht.« Der Drahtige erwiderte nichts darauf. Offenbar hatte er es langsam satt, sich dieses verdrehte Gefasel anzuhören. Im Stasihandbuch für Verhörtechniken kam so was wohl nicht vor.

»Sie können jetzt gehen«, meinte er schließlich sachlich.

»Darf ich um Präzisierung dieser Aussage ersuchen?«, schnarrte Janosch darauf mit flatternden Lidern.

Der andere glotzte überrascht, er verstand die Frage nicht.

»Sie sagten ›gehen‹«, erinnerte ihn Janosch sanft und mit unschuldiger Miene, »meinen Sie so richtig oder nur nach draußen?« Er erhob sich und wartete noch einen Moment, erhielt aber keine Antwort mehr.

»Wohlan denn, der Eiffelturm ruft!«, schmetterte er also zum Abschluss über den Schreibtisch, und mit einem galanten »Au revoir, Madame!« schlurfte er huldvoll grüßend von dannen.

Für den Nachmittag hatte er sich mit Karin verabredet, in ihrem Studentenwohnheim am Stadtrand. Es war ein einzeln stehender Plattenbau, aber wenigstens hatten sie versucht ihm ein menschenwürdiges Aussehen zu geben. Ein paar Ornamente an der Fassade, ein bisschen frische Farbe, immerhin. Von ihrem Fenster aus konnte man sogar ein Stück Birkenwäldchen sehen.

Kaum hatte er den Mantel ausgezogen, umarmte sie ihn und sie küssten sich zärtlich und lange.

»War das nun wie ein Gartenschlauch, oder was?«, wollte sie hinterher wissen. »Weiß nicht, muss noch mal probieren«, nuschelte Janosch grinsend, schloss die Augen und wartete auf ihren Mund.

Er fühlte, wie sich ihre weichen Lippen auf seine legten, ganz sanft zuerst, und wie sie sich öffneten. Er spürte ihren Atem, ihre Erregung. Am liebsten hätte er sie überhaupt nicht mehr losgelassen.

Sie teilte sich das Zimmer mit zwei anderen Mädchen, beide würden nicht vor elf zurück sein und es war erst kurz nach fünf. Karin stellte Tee und Kekse auf den Tisch und wechselte die Kassette im Recorder. Es kamen ein paar ruhige Takte Piano und Saxofon und dann eine Stimme, die sofort unter die Haut ging.

Janosch überlegte, wo hatte er das schon mal gehört?

»Sade«, sagte Karin, »oder Sade Adu, wie die Sängerin eigentlich richtig heißt. Von einer Freundin hab ich mir zwei Platten überspielt.«

Na klar, dachte Janosch, jetzt fiel es ihm wieder ein. Smooth Operator von Sade war ein ziemlicher Hit geworden, die Zeile »coast to coast, L.A. to Chicago« hatten Edgar und er immer gerne aus voller Kehle mitgesungen. Weil das so schön nach Freiheit und Weite klang.

»Gefällt mir«, stellte Janosch nach einer Weile fest, »die Stimme ist natürlich super. Aber auch der Rest haut hin.«

Es war jedenfalls kein seichtes Plätscherzeug, man musste bloß richtig hinhören.

Sie schwiegen beide eine Weile und tranken Tee, nur die Musik lief. Janosch sah sich ein bisschen um.

»Darf ich?«, fragte er und fischte neugierig ein Fotoalbum aus ihrem Regal und sie zeigte ihm Bilder von zu Hause, von ihren Eltern, von sich aus der Schulzeit. Karin mit Zöpfen, acht Jahre alt, mit Zahnlücke und Herzensbrecherlächeln.

»Hier drauf siehst du ein bisschen aus wie Steffi aus Paren«, fand er. Sie guckte fragend und er beschrieb die niedliche Kleine und erzählte von ihrem Regengedicht.

»Na ja«, meinte er schließlich, »ich denke mir manchmal, es gibt eigentlich sowieso nur ein paar Gesichtstypen, die immer wieder auftauchen, ein bisschen vermischt vielleicht, aber trotzdem. Bei manchen Kindern hatte ich das Gefühl, die hab ich vorher woanders schon mal gesehen. Bei manchen Menschen überhaupt.«

Er betrachtete das Album mit ihrem Kinderfoto vor sich auf dem Tisch, und als Sade gerade sang: »Is it a crime, that I still want you, and I want you to want me too«, sah er Karin einen Moment lang in die Augen und sie erwiderte seinen Blick.

Dann setzten sie sich auf ihr Bett, lasen sich gegenseitig aus seinem Hesse-Buch vor, Augustus, immer abwechselnd.

»Eine schöne Geschichte«, seufzte Karin, als sie zu Ende war, »ein Märchen und trotzdem wahr.«

Janosch blätterte. »Und das hier ist mein Lieblingsgedicht überhaupt«, sagte er, »willst du es hören?«

Sie nickte. Er konnte es auswendig:

MANCHMAL

Manchmal, wenn ein Vogel ruft
Oder ein Wind geht in den Zweigen
Oder ein Hund bellt im fernsten Gehöft,
Dann muss ich lange lauschen und schweigen.

Meine Seele flieht zurück,
Bis wo vor tausend vergessenen Jahren
Der Vogel und der wehende Wind
Mir ähnlich und meine Brüder waren.

Meine Seele wird ein Baum
Und ein Tier und ein Wolkenweben.
Verwandelt und fremd kehrt sie zurück
Und fragt mich. Wie soll ich Antwort geben?

Es gefiel ihr. »Ein Indianergedicht«, urteilte sie und Janosch fand, das passte. Er klappte das Buch zu, es war um sieben.

»Komm her«, bat er leise und sie rückte näher und schmiegte sich an ihn. Stück für Stück fingen sie an, sich auszuziehen, erst gegenseitig und ein bisschen ungeschickt, dann jeder für sich. Auf dem Stuhl mischten sich ihre Sachen, sein Hemd deckte ihre Jeans zu.

Sie streckte sich an seiner Seite aus und dicht nebeneinander liegend erkundeten sie ihre Körper, ganz ohne Hast. Beide atmeten sie tief und gleichmäßig dabei, es war, als ob sie Zärtlichkeit voneinander tranken. Sie drehten sich, lagen auf der Seite, dann auf dem Bauch und einmal standen sie sogar auf und streichelten sich eine Weile im Stehen. Das Gefühl für die Zeit hatten sie längst verloren, nichts ringsum zählte mehr.

Plötzlich rasselte der Wecker, Karin hatte ihn auf Viertel vor elf gestellt.

»Wir haben das Abendbrot vergessen!«, rief sie und küsste ihn noch einmal, »ich hatte doch was eingekauft.«

Sie schlüpften in ihre Sachen, deckten schnell den Tisch und aßen hungrig, dunkles Brot, Käse und Salat.

»Morgen Mittag muss ich wieder los, für die nächsten drei Wochen in Neuenburg arbeiten, danach kommen bis Ende August nur noch Zeltplätze«, versuchte Janosch möglichst beiläufig zu erwähnen, »wir könnten da eine Weile zusammen sein.«

Dann sah er ihr in die Augen und versuchte seine Traurigkeit dabei zu verstecken.

»Karin, mir ist völlig klar, dass das mit meinem Ausreiseantrag Gift für jede Beziehung ist und ...«

Sie wollte ihn unterbrechen und etwas erwidern, aber er machte eine abwehrende Handbewegung.

»Sag jetzt nichts, bitte«, bat er und stand auf.

»Du kannst mir jederzeit über Edgar oder Jürgen eine Nachricht zukommen lassen und ab vierten Juli bin ich dann auf dem Zeltplatz in Nierhagen.«

Er zog seinen Mantel an und ging zur Tür, plötzlich hatte er es eilig. »Ich bring dich noch runter«, bot sie an, aber Janosch wollte nicht.

»Auf Wiedersehen«, flüsterte er bloß leise in ihr Ohr und ihre Lippen trafen sich noch einmal. Dann drehte er sich um und lief die Treppe runter nach draußen, immer zwei, drei Stufen auf einmal nehmend, als wären Gespenster hinter ihm her.

Unterwegs begann es zu regnen, ein regelrechter Wolkenbruch. Janosch wurde pudelnass, aber er bemerkte es kaum.

Er war wie in Trance. Auf seinen Lippen spürte er noch ihren letzten Kuss, Sade sang »Is it a crime, that I still want you«, immer wieder, und bei jedem Schritt machte es Karin, Karin, Karin dazu in seinen Ohren. Er wusste längst, dass er sich verliebt hatte, er konnte es nicht länger leugnen. Und er war nicht glücklich damit.

Schon als er mit dem Zug in Neuenburg einfuhr, merkte Janosch, dass ihm die Stadt nicht gefiel. Sie war viel größer als die beschaulichen Kleinstädte bisher und sie lag auch viel weiter südlich, von Norddeutschland war hier nichts mehr zu spüren. Es gab bloß einen winzigen Rest Altstadt, ein Stadttor mit einem Stück Wehrturm und drei Backsteinhäuser, das war alles. Nur ein bisschen steinernes Alibi, ja natürlich sind wir an der eigenen Geschichte interessiert, seht her, da hinten links.

Der Rest bestand aus einem halben Dutzend Satelliten-siedlungen, lauter gesichtslose Neubauviertel, deren genormte Häuserblöcke aussahen, als wären sie einfach bloß wahllos vom Hubschrauber aus abgekippt worden. Seelenlose Architekten und verkaterte Bauleiter vom selben Kaliber wie Max hatten hier ganze Arbeit geleistet und reihenweise schmucklose Großraumtruhen hingewürfelt, schön geometrisch im Karree, eintönige Zweckbauten für »Werktätige«, obendrein meistens außen noch gekachelt, so praktisch und abwaschbar wie die Mentalität ihrer Erbauer. Und erst die Namen, der reinste Hohn! Am Wiesengrund, Tannenhügel, Rehberg, Buchenhain, oh wie naturverbunden und romantisch! Bloß überall leider nichts als Beton.

Janosch ging vom Bahnhof schnurstracks zu den Bushaltestellen auf der anderen Straßenseite, er musste raus in Richtung Dachshöhe.

Ein halbes Dutzend Teenager lungerte in der Nähe herum, seltsame Halbwüchsige mit zerzausten Vogelköpfen, einige die Augenlider dick mit geronnenem Make-up verklebt, Blindgeborene der nächsten Generation. Janosch kamen sie vor wie Wesen von einem anderen Stern. Sie spielten irgendwelche brutalen Fernsehszenen vom Vorabend nach, sie übten fürs Erwachsenenleben.

Janosch stellte sich an seine Haltestelle und wartete. Ein kurzsichtiger Typ mit Hängeschultern stierte auf den Fahrplan vor sich und kapierte offenbar gar nichts. Er zupfte sich dabei immer hinten am Hosenboden, als ob er damit seine Hirntätigkeit stimulieren wollte. Manche hatten da bekanntlich so ihre heimlichen Tricks.

Busse fuhren an Janosch vorbei und furzten ihm ihren stinkenden Rußatem ins Gesicht, steife Schaufensterpuppen hinter den Scheiben. Endlich kam die richtige Linie.

Er stieg ein, zahlte beim Fahrer und wurde nach hinten geschoben, wo ihm zwischen weiter Nachdrängenden und protestierend Standhaltenden ein schmaler Stehplatz im Gang verblieb. Ruckend setzte sich das Gefährt in Bewegung, wie Blasentang in müdem Seegang wogten die Menschenhalme bei jedem Bremsen und Anfahren träge mit. Eine ziemliche Tortur. Zu allem Überfluss kamen sie zwischendurch auch noch an einem riesigen Industriegelände vorbei, Gummifabrik, Reifenwerk, Klebechemikalien, es nahm kein Ende, die Luft stank die ganze Zeit wie frisch aus dem Reagenzglas. Aber wenigstens gab es dahinter auch ein großes Hallenbad, sogar mit Sauna wie es aussah. Immerhin ein Lichtblick.

Nach zwanzig Minuten stieg Janosch völlig gerädert oben am Einkaufszentrum aus, halb zerquetscht und klebrig vor Schweiß.

Das »Hotel Royal« stand seitlich direkt vor dem Haupteingang, in bester Position. Vor der Verkaufsklappe hatte sich eine kleine Schlange gebildet.

»Ablösung ist da, Kollege«, rief Janosch trocken und stieg in den Wagen. Seine Tasche plumpste auf den Boden.

»Krieg ich also doch noch keine Karte aus Tahiti«, erwiderte Jürgen mit gespielter Enttäuschung und fummelte ein neues Bund Stäbchen auf.

Janosch setzte sich ihm gegenüber und blickte in die Trommel.

»Die Maschine wirft unregelmäßig aus, schon seit einer Weile«, bemerkte er. Jürgen nickte. »Ich weiß, wahrscheinlich macht die Spirale bald schlapp«, sagte er, »und das Potenziometer regelt auch nicht mehr richtig.«

Er sah auf die Uhr.

»Die letzte halbe Stunde dreh ich noch selber«, bot er an, »kannst Bier holen gehen, wenn du willst.«

»Okay«, nickte Janosch und machte sich auf die Socken.

Als er mit dem Beutel voller Flaschen zurückkam, Wasser und Saft und drei Bier, schraubte Jürgen gerade die Luke dicht.

Beim anschließenden Geldzählen und Saubermachen berichtete Janosch von seiner Vorladung und auch ein bisschen von Karin, er brauchte einfach jemanden, der zuhörte.

»Dieser andauernde Spagat zerreißt einen, sag ich dir«, fasste er seine Misere zusammen.

»Über manche Sachen darf man gar nicht weiter nachdenken«, stimmte ihm Jürgen zu. Er machte sich ein Bier auf und erzählte von seiner vierjährigen Tochter, die er zuletzt kurz vor Weihnachten gesehen hatte, die Mutter wollte den Kontakt halt nicht. Und mit seiner jetzigen Freundin lief es momentan wohl auch nicht mehr so üppig, »sie zieht manchmal 'n bisschen Luft«, wie er es ausdrückte.

Er steckte sich eine Zigarette an, ließ das Bier gluckern und redete immer weiter, wahrscheinlich war er in den letzten Tagen auch ziemlich allein gewesen. Stumm nickend saß Janosch ihm gegenüber und lauschte, als würde er ihm die Beichte abnehmen, und so allmählich kriegte er dabei das Gefühl, dass auch Jürgen gar nicht so zufrieden und sicher war, wie es ihm immer vorkam. Am liebsten verkroch er sich eben in seine Werkstatt, ein Kasten Bier in der Nähe und die Arme bis zum Ellbogen voller Öl, oder er tourte mit seinem Mercedes von einem Zuckerwattewagen zum nächsten, der »Immer-auf-Achse-Maxe«, wie er sich zuweilen selber nannte. »Nur nicht stillstehen« war seine Devise, der Weg ist das Ziel, Einfachversion. Vom Grübeln hielt er jedenfalls nicht sonderlich viel, das konnte einem seiner Meinung nach bloß alles vermasseln. Und wenn sich irgendwelche hartnäckigen Gedanken überhaupt nicht abschütteln lassen wollten, dann griff er eben einmal öfter zum Betäubungsfläschchen, war schließlich alles nur eine Frage der Dosis. Verdrängung macht das Leben leichter, Prost.

Janosch wusste mal wieder nicht, was er von alldem halten sollte. Einerseits mochte er Jürgen, er war ein netter Kerl, keine Frage, aber andererseits hatte er wenig Verständnis dafür, wenn sich jemand freiwillig vor sich selbst so zurückzog und stattdessen aufs Malochen verfiel, Promillepegel inklusive. Sowas ging höchstens für eine gewisse Zeit gut, eine echte Alternative war es nie.

Unschlüssig blickte Janosch auf die Rauchkringel, die Jürgen in Richtung Decke pustete. Immer diese Fragen.

Sicher, jeder halbwegs intelligente Mensch hatte wohl zuweilen seine Zweifel, an sich, am Leben, an der Welt, besonders in einer Zeit wie dieser. Und vom Zweifeln bis zum Verzweifeln war es manchmal nur ein kleiner Schritt, auch das wusste Janosch, leicht konnte einen der Mut verlassen. Aber Aufgeben war für ihn noch lange nicht drin.

Okay, er war zur Zeit nicht gerade happy, doch wem ging es denn wirklich besser? Wer war denn schon richtig glücklich auf dieser Welt? Kinder?, fragte er sich. Na ja, wahrscheinlich, die meisten vielleicht, überlegte er. Und Verliebte? Janosch schnaubte bloß bitter durch die Nase. Auf jeden Fall nicht immer, er brauchte ja nur in den Spiegel zu gucken. Und es gab bestimmt noch eine ganze Menge Leute mehr, die sich vom Leben irgendwie im Stich gelassen fühlten.

Aber sollte es ihn wirklich trösten, dass andere auch ihre Probleme hatten? Das ganze Relativieren änderte schließlich nichts an der eigenen Situation, Tatsachen blieben Tatsachen.

Janosch kam wieder ins Grübeln. Für manche Situationen gab es wohl nun mal kein Patentrezept und basta. Nicht lösbar, n.l., so wie sie es im Matheunterricht neben die Aufgabe zwanzig geteilt durch drei hatten schreiben müssen, bevor die Bruchrechnung drangekommen war. Oder gab es etwa auch eine Bruchrechnung für Lebensprobleme? Musste er am Ende nur meditieren lernen und zu Gott finden und schon würde ein verklärtes Lächeln um seine Mundwinkel spielen, pfeif auf Karin, auf den Eiffelturm oder Schottland, auf das ganze äußere Leben überhaupt? Vielleicht wäre das in Wirklichkeit gar nicht so schlimm? Wer weiß, er fühlte sich doch schon oft genug nur noch als Zuschauer.

Abwesend starrte er auf das neue Schießbudenschild, das Jürgen frisch an die Innenwand der Luke gepappt hatte. *»Wer schaffen will, muss fröhlich sein!«*, sprang es signalrot aus grellbunten Blumenranken hervor.

Wie sinnig, dachte Janosch mit schiefem Grinsen.

»Komm, wir gehn was essen«, hörte er Jürgens Stimme plötzlich. Er stand schon fertig an der Tür.

»Ich verblöde wohl langsam«, murmelte Janosch seufzend, erhob sich und trottete einfach hinterher.

Wie immer war das gastronomische Einheitsobjekt in der Mitte des Neubauviertels zu finden. Am Tage diente es zum Abfüttern von zwei- oder dreihundert Schülern, Schulspeisung hieß das vornehm, und abends wurde das Ding zur Trinkerabfüllhalle umfunktioniert.
Kahle Wände, billige Tische und harte Stühle, schon zehn Mann erzeugten einen Lärmpegel wie in einem Großstadtbahnhof zur Hauptverkehrszeit. Und ein paar angestaubte Plastikblumen gaben der Gemütlichkeit den letzten Schliff. Es entsprach also völlig dem auch sonst gebotenen Niveau.
Die Kellnerin kam an ihren Tisch und brachte die Karte. Wenigstens fiel die Auswahl leicht bei den vier oder fünf warmen Gerichten. Sie bestellten ihr Essen, dazu orderte Janosch Selters. Jürgen ebenfalls, er musste später noch fahren.
»Immerhin kommt das Gesöff schnell, da gibt's nichts zu meckern«, grinste er, als kurz darauf die Gläser vor ihnen standen. Bier wäre ihm lieber gewesen.
An den anderen Tischen aß kaum jemand, vielleicht war es noch zu früh, vielleicht kamen sie auch nur zum Trinken hierher.
Jürgen sah auf die Uhr und überlegte.
»Ich fahr heute Abend noch zurück nach Wittmar«, meinte er, »und in drei Tagen bring ich dir eine Austauschmaschine vorbei. Damit du vernünftig arbeiten kannst.«
Es störte ihn nicht, dass er erst sehr spät zu Hause sein würde. Abends waren die Straßen meist ziemlich leer, da fuhr es sich besser und er ging sowieso immer erst weit nach Mitternacht ins Bett. Dafür stand er aber auch nie vor neun Uhr auf.
Jürgen hatte sich gerade eine neue Zigarette angesteckt, da wurde ihr Essen gebracht.
»Was lange währt, wird gut, das stimmt wohl nicht immer«, seufzte Janosch, als er die dunklen, stellenweise angebrannten Bratkartoffeln vor sich erblickte. Eine fetttriefende Masse, lässig hingeklatscht und versuchsweise dekorativ platt gedrückt, unglücklich präsentiert wie Hundefutter aus der

126

Westwerbung. Zum Wegrennen. Und der Rest auf den Tellern stand dem in nichts nach. Das sorgfältig von Meisterhand entsaftete Dörrsteak war frisch aufgewärmt von gestern, Marke Knorpelfilet »gut durch«, die zähen Schwarten von kräftigen Sehnen zusammengehalten, um dem Kauapparat des Endverbrauchers das Erlebnis einer echten Herausforderung zu bieten. Oder handelte es sich in Wirklichkeit um ein luftgetrocknetes Stück Grillpansen, aufwändig vorgegerbt und abgehangen nach einem Geheimrezept sibirischer Tundrajäger? Vielleicht war ja gerade »mongolische Woche«?

Am Tellerrand lauerte dann eine weitere Spezialität hiesiger Kochkunst, diesmal um dem verwöhnten Rohköstlergaumen zu schmeicheln: ein Miniaturmisthaufen aus durchgesupptem Welksalat, schön gammlig und an den Schnittkanten überall gleichmäßig braun, garantiert von ganz unten aus der Tonne gekratzt. Die Portion vom Feinsten, bereits schonend vorkompostiert und angegoren. Sehr bekömmlich, total lecker. Wie original Kuhfutter vom Rübenblattsilo, ohne Hast gereift und völlig naturbelassen. Eine klassische Delikatesse.

Der kulinarische Höhepunkt aber war die Soße: ein faulschlammartiger Bratensud aus ranzigem Altöl, so richtig deftig-kräftig, einem gesunden Entenschiss mindestens ebenbürtig, der besseren Konsistenz wegen noch dezent verfeinert mit Pulverklumpen aus der überlagerten Großverbraucherpackung. Bravo! Das war der Appetitzügler schlechthin, eine rundum gelungene Komposition, angedicktem Schweineblut virtuos nachempfunden.

»Die Raumfahrer mit ihrem Tubenbrei sind zu beneiden«, stöhnte Jürgen leise und griff zögernd nach der Gabel. Mutig schritt er zur Verkostung, ein furchtloser Streiter wider den Brechreiz. Das Einwürgen des ersten Bissens kostete ihn sichtlich Überwindung.

»Dritter Preis in der Kategorie fein abgeschmeckte Küchenabfälle«, lautete alsbald sein wohlbedachtes Urteil, »Gesamtprädikat prima Klodeckelaufklapper.«

Aber er war hart im Nehmen. Entschlossen hantierte er weiter mit dem Besteck und hievte sich den nächsten Happen in den Schlund.

»Auf zum fröhlichen Schläuchefüllen«, machte er sich dabei selber Mut, »der Hunger treibt's rein in den ledrigen Schleudermagen.«

»Und der Ekel gleich wieder raus«, konterte Janosch sofort.

Der Gourmet in ihm rebellierte heftig. Bei diesem Anblick wurde Fasten automatisch zu einer ernsthaften Alternative. Der üble Fraß war doch wirklich ungenießbar! Trotzdem begann auch er bald zu schaufeln. Bloß nicht so genau hingucken, sagte er sich immer wieder. Der menschliche Verdauungstrakt konnte erfahrungsgemäß einiges ab. Auf jeden Fall machte das Zeug im Nu pappsatt, der Zweck der animalischen Nahrungsaufnahme war also erfüllt. Angewidert strudelten sie hinterher noch ihre letzten Reste Blubberwasser runter und zahlten, für heute waren sie erst mal bedient. Dann gingen sie zurück zum »Hotel Royal«.

»Sonntag bin ich wieder da, irgendwann am Abend«, rief Jürgen, setzte sich ins Auto und rollte davon. Nach Wittmar. Dahin, wo Karin war. Janosch stand da wie gelähmt, er hatte keine Lust, seine Tasche auszupacken, er hatte zu überhaupt nichts Lust. Schließlich raffte er sich aber doch auf, er würde spazieren gehen und sich nach einer neuen Laufstrecke umsehen. Möglicherweise ergab sich dabei auch noch irgendwas anderes. Hauptsache, es machte wenigstens müde, denn ein gesunder Schlaf war ja immerhin schon etwas.

Am nächsten Morgen stand er um acht auf, zog schnell ein paar Liegestütze durch und frühstückte. Dann klemmte er seine Füße unter das Regal und tat was für die Bauchmuskeln, bald würde kein einziges Gramm Fett mehr an seinem Körper sein. Sollten andere bequeme Übergrößen kaufen, auch das ging ihn nichts an. Er schloss seinen Wagen ab und lief los, seine alten, mit Kupferdraht selbst geflickten Sandalen an den Füßen. Er hätte sich neue kaufen können, oder Sportschuhe, aber er brauchte keine, weil er keine wollte. Hatte es nicht mal einen Olympiasieger gegeben, einen afrikanischen Langläufer, der barfuß gerannt war? Das wäre doch ein Ziel, dachte Janosch. Zäh wie ein Waldläufer der Inka, Marathonstrecke.

Er trabte entlang an meterdicken Fernheizungsrohren, die wie silbrige Überlandwürmer aussahen, auf einem kleinen

Sandweg inmitten von Brachland voller Unkraut, hauptsächlich fast mannshohe Brennnesseln. Immer quer durch die Pampa. Das war das einzig Gute an diesen synthetischen Siedlungen, ging es ihm dabei durch den Kopf, man hatte sie oft auf der grünen Wiese aus dem Boden gestampft, nur ein paar Schritte und man war gleich wieder im Freien. Sicherlich gab es schönere Strecken als diesen verwilderten Trampelpfad, wohl wahr, aber davon durfte man sich nicht entmutigen lassen. Eher im Gegenteil.

»Dein Kumpel hat immer erst um zwölf aufgemacht«, meinte der Typ, der bei ihm am Wagen stand und den sie Fredie nannten. Janosch hatte ihn vorgestern Abend bei Jürgen schon kurz gesehen. Ihm fehlte ein Schneidezahn.
Die Verlierer erkennt man immer gleich an ein paar untrüglichen Zeichen, dachte Janosch, zum Beispiel an ihren schlechten Zähnen. Ganz einfach, eben wie bei den Raubtieren, wer kein intaktes Gebiss mehr vorzuweisen hatte, der konnte abtreten und war im Eimer. Vielleicht blieb ihnen deshalb gar nichts weiter übrig als zu trinken?, sinnierte Janosch.
Fredie schien Langeweile zu haben, er war arbeitslos, gestern hatte er an die zwei Stunden hier am Wagen rumgehangen, einfach so, ohne großartig was zu sagen. Janosch war es eigentlich egal, er war in Gedanken meistens sowieso woanders, beim Laufen, bei seiner Ausreise, bei Karin. Würde sie auf den Zeltplatz kommen?
Es war nicht viel Betrieb, also beobachtete er die Leute, darin hatte er ja Übung. Eine Frau mit einem merkwürdig hochgeklappten Brillengestell und komischen Blechkringel-Ohrringen ging vorüber, die Haare besenartig hochgebunden und irgendwie mit einem Kordelstrick verknotet, als wüchse ein widerspenstiges Bündel Stroh aus ihrem Schädel, oder eine eingefrorene Fontäne. Warum macht die das, wunderte sich Janosch. War das jetzt »modern«? Ihre bleichen Brüste sahen aus wie weich gekochte Frühstückseier, die man ihr abgepellt ins Dekolleté gesteckt und dort angeschraubt hatte.
Es folgte eine schöne, mandeläugige Prinzessin, die leider nur einen abschätzigen Dienstbotenblick für ihn übrig hatte.

Das nächste Dutzend vorbeihastender Leute bestand fast ausschließlich aus schwer Übergewichtigen mit verkniffenen Gesichtern, die sich schnaufend mit ihren prall gefüllten Einkaufstaschen abschleppten, eine Riege gebeugter Sumoringer, die ihre letzten Kämpfe allesamt verloren hatten. Kein schöner Anblick. Ronny hat vielleicht gar nicht so Unrecht mit seiner Menschheitsbeschimpfung, kam es Janosch plötzlich in den Sinn. Aber das konnte der Weisheit letzter Schluss doch eigentlich nicht sein.

Bloß wieso waren auch ihm die meisten Menschen manchmal dermaßen zuwider, wunderte er sich, obwohl er doch im Grunde eigentlich nichts gegen sie hatte? Die Masse der stromlinienförmigen Zeitgenossen war für Janosch jedenfalls allmählich so interessant wie ein Sack maschinell geschälter Kartoffeln.

Und dann kamen sie endlich, drei duftige Wesen mit offenem Haar und zart angebräuntem Babyteint, in ihrer Mitte die Fee der Feen, blutjung, gerade erst an der Schwelle zur Frau, die beiden anderen nur wenig älter, der anonyme Wunschtraum eines jeden lustgestrafften Schwellkörpers. Sie waren garantiert immer frisch geduscht und wechselten zweimal am Tag die Unterwäsche, sorglos sammelten sie bunte Bildchen von Popstars und erzählten sich aufgeregt, mit wem sie gerade geflirtet hatten. Vom Blues wussten sie nichts. Wozu auch? Beneidenswert glückliche Geschöpfe, deren Anblick anderen obendrein noch Freude bereitete, mehr konnte man doch von Sterblichen nun wahrlich nicht verlangen. Oder?

Nachdenklich sah Janosch dem frühlingsfrischen Mädchentrio hinterher. Eigentlich verwunderlich, dass es überhaupt noch ein paar richtig schöne, gesunde Menschen gab, ging es ihm durch den Kopf, bei all den Horrormeldungen der letzten Zeit. Akne, Allergie, Atom und Aids, alles Schlechte fing heutzutage mit A an, und wer wusste schon, was erst bei Z noch alles kommen würde, der Teufel hatte seine Trickkiste sicherlich noch lange nicht zu Ende ausgepackt.

»Junge Weiber sind klasse«, hörte er Fredie plötzlich fachmännisch lispeln, »die kommen immer wieder.«

Er erzählte von einer, die er angeblich mal als Fünfzehnjährige gehabt hatte und die noch Jahre später für ein paar Tage oder eben Nächte zu ihm zurückgekehrt war. Vielleicht phantasierte er bloß, vielleicht stimmte es auch tatsächlich, Janosch konnte es schnuppe sein.

Am Spätnachmittag zogen dunkle Wolken auf, es dauerte nicht lange und ein Gewitter allererster Güte entlud sich direkt über ihnen. Janosch war klar, für heute konnte er zumachen.

Einen Moment lang überlegte er, ob er trotz des Regens auf die Piste sollte, um seine Kilometer abzuspulen, immerhin war er ja wasserdicht. Aber Fredie hatte ihm ein paarmal angeboten, er könne mit in seine Wohnung kommen, er wohnte ja nur drei Blocks weiter. Janosch hatte eigentlich weder rechte Lust zum Schlammtreten noch zur Fredieheim-Besichtigung, beides schien ihm nicht sehr verlockend, doch am Ende gab er nach, wartete den schlimmsten Wolkenbruch ab und trottete dann mit Fredie los. Es konnte schließlich nie schaden, seine Menschenkenntnis zu erweitern.

Unterwegs sahen sie eine Horde grellbunt angezogener Jugendlicher in einem verdreckten Hauseingang hocken, der voll aufgedrehte Kassettenrecorder kreischte wie bei der Liveübertragung eines schweren Straßenbahnunglücks. Zwei verwahrloste und dennoch hübsche vierzehnjährige Mädchen spuckten aufs Pflaster und zündeten sich billige Zigaretten an, neben ihnen Typen mit zornigroten Hahnenkämmen auf den glatt rasierten Kinderschädeln. »Kikeriki« hätte Janosch ihnen am liebsten zugejodelt, aber er wollte keine Fahrradkette ins Genick kriegen.

Ein Schwarm Kinder sah zu, wie ein Müllauto scheppernd die Container am Straßenrand entleerte, johlend rannten sie ein Stück voraus und warteten am nächsten. Janosch kannte die meisten von ihnen, er fand es faszinierend zu sehen, wie sie selbst den gewöhnlichsten Alltagsdingen noch ein gewisses Quantum Spaß abgewinnen konnten.

»Das ist der Assiblock hier«, grinste Fredie, als sie durch die lädierte Tür ins Treppenhaus traten. Das Gebäude konnte höchstens fünfzehn Jahre alt sein, aber die Flurwände und Türen waren dermaßen zerkratzt und verdreckt, als ob Hühner oder große Hunde hier jahrzehntelang gehaust hatten.

Sie stapften hoch in den zweiten Stock, der Aufstieg begann. Oben im Flur war die Klappe vom Sicherungskasten halb abgerissen, über zwei Zählern hingen rote Banderolen mit amtlich aussehender Aufschrift. Fredie fummelte sein Türschloss auf und dann waren sie drin. Zwei Zimmer, Küche, Bad, graue oder gar keine Gardinen, Sperrmüllmöblierung. Eine großzügig geschnittene Rumpelkammer. Die Luft roch abgestanden, ein bisschen wie nach alten Socken und Mäusedreck.

Ganz automatisch wollte Janosch zuerst das Wohnzimmerlicht anknipsen, es tat sich aber nichts, als er den Schalter hin- und herkippte.

»Der Strom ist abgestellt«, erklärte Fredie lapidar, nahm ein in der Ecke liegendes Stuhlbein in die Hand und klopfte gegen die Rohre der Zentralheizung. War das ein Geheimsignal, würden jetzt die Kannibalen kommen?

Man hörte Geräusche auf dem Flur, Fredie klopfte noch einmal an das Haustelefon und machte dann die Tür auf.

»Bei mir«, rief er, »hier unten.«

Nach und nach trudelten die Nachbarn ein, drei, vier, zum Schluss wohl fünf, allesamt Verlierertypen. Nur eine Frau dabei, oder zumindest das, was von ihr noch übrig war. Ihre rötlich geäderten Pergamenthautwangen sprachen Bände.

Einer mit merkwürdigen grauen Strähnen brachte eine angefangene Flasche »Mehrfruchtwein« mit, in einschlägigen Kreisen auch besser bekannt als »Bretterknaller«, und das war's. Die anderen hatten gar nichts, bloß Durst. Und Fredie nur Cola und leere Gläser.

Janosch holte also sein Portemonnaie aus der Hosentasche und zog den einzigen darin befindlichen Schein vorsichtshalber so heraus, dass es jeder sehen konnte. Zwei andere legten noch ein paar Münzen drauf und der Kleinste wurde zum Bierholer ernannt und düste los.

Fredie und die Frau gossen sich inzwischen Cola ein.

»Das Zeug sieht aus wie Erdöl«, bemerkte Janosch lässig.

»Ja, schmeckt auch so«, bestätigte sie hustend, »aber wir haben gestern anständig einen auf die Lampe gegossen und jetzt muss ich erst mal mit so was anfangen, sonst fällt mir gleich wieder was aus dem Gesicht.«

Sie grinste und Janosch sah ihre schlechten Zähne.

Kurze Zeit später kam der Bierholer zurück, für eine kleine Flasche Klaren hatte es auch noch gereicht. Ein richtiger Glückstag!

»Gib her die Pulle!«, schrien drei oder vier Durstige gleichzeitig los. Flaschenverschlüsse zischten und Gläser wurden gefüllt.

Janosch nuckelte an seinem Bier, machte auf unauffällig und hörte zu, es ging meistens um Trinkerkarrieren.

Spritti, eine aufgedunsene Gestalt mit Teddybärrumpf und den Armen und Beinen eines Strichmännchens, erzählte von seiner Zeit auf dem Lande. Wie sie immer freitags das Bierauto aus der Stadt begrüßt hatten, mit heraushängender Zunge und dem Ruf: »Gott sei Dank, der Rettungswagen ist da!« Oder wie sie den reichsten Bauern im Dorf doch einmal total abgefüllt hatten und er dann damit rausgerückt war, dass er »siebenundneunzigtausend, fast 'ne Million« auf dem Konto hatte.

»Der Dussel war am Boden zerstört, sag ich euch«, erklärte er die Pointe immer noch einmal, »als er mitkriegte, dass nach neunundneunzigtausend erst mal hunderttausend kommt und es von da noch ein verdammt langer Weg bis zur Million ist.«

Die anderen lächelten nur müde, sie schienen Sprittis Geschichte schon zu kennen.

Erst jetzt bemerkte Janosch, dass das, was er vorhin von weitem bei dem nun neben ihm Sitzenden für graue Strähnen gehalten hatte, in Wirklichkeit zum größten Teil Kerzenwachs war. Besonders am Hinterkopf zogen sich dicke, milchige Talgadern über seinen Schopf, manche sahen aus wie Spaghetti. Wahrscheinlich herrschte bei ihm zu Hause auch Dauerstromsperre und er hatte sich halt ein bisschen beim Kokeln bekleckert.

Ein großer, stämmiger Kerl neben dem Bierholer von vorhin furzte plötzlich ein paarmal lautstark, so dass die in seiner Nähe Sitzenden flüchteten und das Fenster aufrissen.

»Mein Flatterventil arbeitet«, kommentierte er genüsslich und guckte in die Runde, als ob er Beifall dafür erwartete. Die anderen fanden das aber nicht besonders witzig. Dann fing er an, mit irgendwelchen Prügeleien anzugeben und zählte auf, wen er alles schon vermöbelt hatte. Und noch vermöbeln würde.

»Sechziger Oberarme, so'n Brecher, aber bevor der Trollo die Keulen hoch kriegt, hab ich schon zwei Eimer Wasser ausgesoffen!«, verkündete er triumphierend in den Raum hinein. »Dem verplätte ich locker eine an seinen hässlichen Gurkenhals. Den haut sogar Atze um, sag ich dir, und der ist bloß so breit wie 'ne Milchflasche.«

Befriedigt setzte er seine Flasche an und trank. Der harte Mann aus Eisen, aus rostfreiem Stahl. Er schien zu allen und zu keinem zu sprechen.

Janosch saß noch eine Weile rum und guckte schweigend zu, dann musste er pinkeln gehen. Zwei blakende Kerzen erleuchteten die muffelnde Toilette. Wie romantisch, dachte er, zu Gast bei DEN KLEINEN LICHTERN der anderen Art. Er sah sich flüchtig um und erblickte einen modernen elektrischen Duschboiler an der Wand hinter sich. Bloß Pech, dass da ohne Strom nun mal kein Warmwasser rauskam.

Ob sich Fredie kalt wäscht?, überlegte Janosch.

Er dachte an Tränes Abrissbude, der wäre damals überglücklich mit so einem Luxusappartement gewesen. Na ja, jetzt lebte er freilich wieder in geregelten Verhältnissen. Aber es gab genug junge Pärchen, die noch in einer winzigen Kammer bei den Eltern wohnen mussten und die jahrelang auf so was warteten. Hier vergammelte alles und es juckte keinen.

Janosch wusch sich die Hände, starrte dabei in den Spiegel und machte ein paar irre Grimassen.

»Die Ambivalenz, mein Junge«, murmelte er dem anderen augenzwinkernd zu und nickte wissend, »die Ambivalenz …«

Als er zurück ins Wohnzimmer kam, sah er eine neue Gestalt am Tisch sitzen. Eine Glatze mit schräg über den Schädel tätowiertem Reißverschluss, zwei Finger breit, der Nippel in die Stirn hängend. Dazu ein Gesicht wie eine entsicherte Panzerfaust.

Mach mal auf und lass mich reingucken, Kumpel, dachte Janosch und grinste innerlich, ließ sich aber nichts anmerken. Stattdessen grüßte er nur mit gemessener Handbewegung und der Andeutung eines Nickens. War garantiert auch besser so.

»Eh, Klatze«, rief der wieder aufs Neue losfurzende Hüne zu dem kahl rasierten Neuankömmling und warf einen Bierdeckel in seine Richtung rüber, »eh, Klatze, wenn du deine Rübe öffnest, zischt es dann wie bei 'ner vakuumverpackten Kaffeetüte?«

Er lachte schallend, offenbar war sein Humor ein wenig *eigen*. Dem sind wohl seine Blähungen zu Kopf gestiegen, dachte Janosch, als er das Ganze beobachtete. Oder war er lebensmüde?

Der Glatzenmann reagierte aber nicht, jedenfalls nicht sofort. Vielleicht sah er auch nur so hart aus und zog den Schwanz ein, wenn's drauf ankam? Oder er war frisch auf Bewährung draußen und wollte nicht gleich wieder wegen Körperverletzung vor den Kadi. Möglicherweise rauchte er aber auch bloß noch die Kippe zu Ende, bevor er dann blitzschnell einen Krummdolch zückte und den Großen damit ein bisschen anstach, um ihm den Abgang der quälenden Darmwinde zu erleichtern? Janosch konnte das schwer einschätzen, auf diesem Gebiet war er nicht allzu sehr bewandert.

»Lass ihn doch in Ruhe, Alex«, mischte sich auf einmal die Frau ein. Aber Alex stand offensichtlich nicht auf gute Ratschläge.

»Schieb dir 'n Zäpfchen hinten rein, Süße, okay?«, fertigte er sie ab und stichelte weiter: »He, Eierschädel, ich kann dir an die Omme pissen, das soll den Haarwuchs fördern.«

Plötzlich flog eine Bierflasche durch die Luft und zerschellte am Heizkörper hinter Alex, es war nur ein Schulterstreifschuss gewesen. Wütend und kampfgeil sprang er auf die Beine, endlich hatte er erreicht, was er wollte. Aber Glatze stand schon vor ihm, vielleicht etwas kleiner, aber mindestens genauso breit.

»Willst 'n Kampf, Wichser?«, brüllte er, griff sich an den Oberkiefer und riss sich sämtliche Beißer raus. Jedenfalls schien es so. Offenbar hatte er eine Brücke für die vorderen Zähne und wollte nicht, dass sie zu Bruch ging. Er legte sie auf der Schrankwand ab und schnaubte.

Das machte unbestreitbar Eindruck, nicht nur auf Alex. Auch die anderen glotzten alle mit Stielaugen.

Heiliger Strohsack, ging es Janosch durch den Kopf, wo bin ich bloß hingeraten? Für ein paar Sekunden bewegte sich niemand im Zimmer. Glatze bellte kehlig etwas Unverständliches, es sollte wohl »biet an« oder so heißen, und hob die rechte Faust, er schien vor Wut zu zittern.

»Komm, macht das wenigstens draußen aus und nicht bei Fredie«, meldete sich der Bierholer vorsichtig von hinten.

Die beiden standen sich noch immer wie eingefroren gegenüber, einer wartete auf den anderen. Janosch wartete auf den großen Knall.

»Is okay«, gab Alex schließlich auf, aber es sollte wohl wenigstens noch so klingen, als ob er hier der überlegene Schlichter war. Mit merkwürdigem Augenaufschlag streckte er Glatze seine Zigarettenschachtel entgegen und nickte ermunternd.

Der fegte sie ihm mit der Linken aus der Hand, ein Bulle kurz vorm Angriff, Zerstörung in den Augen. Zigaretten kullerten über den Teppich.

»Is ja okay, Kumpel«, wiederholte Alex noch einmal dumpf, etwas anderes fiel ihm offenbar nicht ein. Mit übertriebenem Grinsen hob er beide Hände, als stünde er vorm Erschießungskommando, von seiner vermeintlichen Überlegenheit war jetzt nicht mehr viel zu spüren.

Dann setzte er sich langsam, so als wäre nichts gewesen und die anderen folgten seinem Beispiel. Auch Glatze setzte sich, als Letzter. Seine künstlichen Zähne lagen noch eine Weile hinter ihm im Regal.

Jürgen erschien erst vier Tage später, am Montagabend gegen acht, Janosch war gerade von seiner Crossstrecke zurück. Zusammen wuchteten sie die neue Maschine ins »Hotel Royal« und schlossen sie an. Der Probelauf verlief tadellos. Danach wanderte die alte in den Mercedes-Kofferraum.

»Ach ja, deine Herzdame schickt dir Zigaretten«, meinte Jürgen schließlich grinsend, kramte ein kleines, flaches Päckchen aus dem Handschuhfach und reichte es ihm.

»Von Karin?«, fragte Janosch ungläubig und drehte es in seinen Händen. Er hatte keine Ahnung, welche Überraschung sich unter dem rötlichen Geschenkpapier verbarg. Vielleicht

Verlobungsringe? Oder irgendwelche Wohnungsschlüssel für ein Liebesnest? Ein langer, klein gefalteter Abschiedsbrief?

Janosch machte Schnellwäsche und Jürgen stellte inzwischen Bier und eine kleine Flasche Weinbrand in den Kühlschrank, er wollte im »Hotel Royal« übernachten und dann am nächsten Morgen wieder weiter seine Strecke abtouren. Weil er noch kein Abendbrot gegessen hatte, fuhren sie kurz vor neun zusammen runter zur Stadtmitte, da gab es ein paar bessere Restaurants.

Sie entschieden sich für das Nobeletablissement der Stadt, Preisstufe »S«, die höchste Kategorie. Jürgen hielt das für angemessen, um seine wiedergewonnene Freiheit zu feiern, mit seiner Freundin war seit zwei Tagen Schluss. Gott sei Dank hatte er nicht das Bedürfnis, sich haarklein über ihre angeblichen oder tatsächlichen Macken auszulassen und den ganzen Abend lang dafür auch noch bestätigendes Schulterklopfen zu erwarten. Janosch war nicht gerade darauf erpicht, solche egotherapeutischen Sitzungen zu übernehmen.

»Es lief einfach nicht mehr rund mit uns beiden«, zog Jürgen bloß nüchtern Bilanz und mit einem vielsagenden Blick ergänzte er: »Manchmal sind Blondinen schlimmer als ihr Ruf.« Damit war das Thema erst mal abgehakt.

Der Oberkellner musterte sie am Eingang zwar ein wenig argwöhnisch, aber Janosch mit seinem eigenwilligen Anzug ging bei ihm wohl als Künstler durch, und weil der Laden sowieso nur halb voll war, ließ man sie gnädigerweise ein und gab ihnen einen Tisch in der Mitte. Ihnen war es recht.

Sie bestellten Entenbraten und Flaschenbier von der guten Sorte. Am Nebentisch saßen ein paar gepflegte Herren im sogenannten besten Alter. Dozententypen, grau meliert, Goldrandbrille und sorgfältig ausrasierte Kinnbärtchen, in ihrem Benehmen sehr zuvorkommend. Sie redeten wie Tunten miteinander. Nicht dass Janosch etwas gegen Schwule hatte, aber diese affektierte Sorte ging ihm auf die Nerven. Sich betont mondän gebender Aristokratenpöbel, triefend vor Würde und Niveau. Sie hielten sich für feinsinnige Ästheten und waren doch nur übergeschnappte Pseudos. Einer trug sogar einen Siegelring, als ob er täglich von seinem Fürstentum aus Geheimdepeschen an den Zaren abfassen würde.

Nicht zum Aushalten, entschied Janosch und wandte sich zur anderen Seite um. Drei aufgetakelte alte Fregatten, die faltigen Hälse mit monströsem Kettengeschlinge behängt, selbstverständlich echt, soundso viel Karat, bestimmt alter Familienschmuck. Man hatte ja Erbtanten, man war ja selber eine. Sie nippten bloß ständig an ihren Gläsern und schnatterten dazu aufgeregt wie Gänse am Wasserloch.

Janosch sah in der Karte nach, sie tranken einen sehr teuren Wein.

»Mildsamtig, fruchtiges Bukett, guter Körper«, stand als Erläuterung dahinter. Er sah die drei Schreckschrauben an.

Das mit dem guten Körper fand er ziemlich witzig.

Die Kellnerin erschien und lud ihr Bier ab und Jürgen begann von Edgar zu berichten, von seiner Vorladung letzte Woche. Offenbar war aber nicht allzu viel dabei herausgekommen. Danach gab's das Neueste von Lewu, er hatte wohl ziemlichen Krach mit seiner Freundin, sie war mit ihrer Tochter erst mal für eine Woche zu ihrer Mutter gezogen.

»Sie mosert so lange an ihm rum, bis am Ende sogar Old Lewu in die Luft geht, und das will was heißen«, grinste Jürgen.

»Vielleicht hat er auch bald Grund zum Feiern, wenn er sie erst richtig los ist.«

Dann wurde der Entenbraten aufgetischt und er sah hervorragend aus. Hungrig mampften sie los.

»Gestern war ich im Jazzklub hier um die Ecke«, erwähnte Janosch nebenbei, »hat mich nicht gerade vom Hocker gehauen, Posaunensolo, na ja. Hier ist nicht viel los, glaub ich.«

Da war man nun schon mal in einem größeren Nest, überlegte er, und dann lief auch nichts weiter. Vielleicht gab es einfach zu wenig Studenten in dieser Arbeiterstadt. Aber Janosch kriegte sowieso keinen rechten Kontakt mehr, zu wem denn auch. An der Stadt lag es wahrscheinlich weniger. Vielleicht war er wirklich ein eingefrorener Asteroid unter lauter Fixsternen, wie Ronny es formuliert hatte. Allmählich begann er selber daran zu glauben.

Jürgen hatte seinen Teller als Erster ratzekahl abgeräumt, aber auch Janosch ließ keinen Krümel liegen. Anschließend winkten sie sofort nach der Rechnung. Als Jürgen noch schnell auf

Toilette ging, holte Janosch wieder Karins Päckchen aus der Hosentasche vor und wog es abschätzend in der Hand. Vielleicht schenkte sie ihm irgendeinen Talisman, um ihm den Abschied »leicht zu machen«? Käse aus Holland fiel wohl diesmal aus. Weiß der Teufel, ein bisschen mulmig war ihm bei der ganzen Sache jedenfalls schon.

Sie fuhren ohne Umwege gleich wieder hoch zur Dachshöhe, ab ins Quartier. Es war gerade mal zehn, noch früh am Tage. Jürgen holte Bier aus dem Kühlschrank und goss sich einen Braunen dazu ein. »Mein mobiler Kognakschwenker«, erläuterte er und hob das bauchige Glas zum Schnüffeln. Neuerdings hatte er es immer mit dabei.

Janosch trank ein einziges Bier, während Jürgen seinen Mundvorrat aus dem Kühlschrank allmählich leerte. Er wurde ziemlich gesprächig und Janosch hatte nichts dagegen. Besser, als sich mit Fredie und Konsorten einzulassen, war es allemal. Also redeten sie über ihr Leben, ihre Zukunft, übers Hierbleiben oder Weggehen. Mal wieder.

»Einer wie du packt das«, meinte Jürgen, »du bist clever und zäh und noch jung genug. Und du weißt, wo's langgeht.«

Fehlanzeige, dachte Janosch, erwiderte aber nichts.

»'ne Menge Leute fragen mich nach dir, kannst du glauben, und ich meine nicht nur die Gummiohren«, fuhr Jürgen fort. »Du hast was drauf, Mann, wenn du willst, steckst die doch alle in die Tasche, hab ich doch bei Ines und Gottfried gesehen.«

Er spielte auf die paar Nachhilfestunden an, die Janosch letztes Jahr einer Abiturientin vor den Prüfungen gegeben hatte, Chemie, Physik, Mathe, eigentlich so ziemlich alles querbeet, und die danach des Lobes voll gewesen war. Na ja, und beim Popen hatte er auch mal geholfen, eine lahme Gedenkveranstaltung zur Kristallnacht zum Ereignis des Jahres aufzupeppen, dreihundert Leute waren in die Kirche gekommen, Stasibrigade inklusive. Für ihr Plakat FRIEDEN IN EUROPA HEISST AUCH: KEINE SCHÜSSE MEHR AN UNSEREN GRENZEN wären sie damals beinahe abgegangen. Das Ganze hatte jedenfalls ziemlich Furore gemacht.

Zischend entdeckelte Jürgen das nächste Bier und haute ihm weiter verbal auf die Schulter. Janosch war ein bisschen überrascht, dass er eine dermaßen hohe Meinung von ihm hatte, auch wenn Komplimente von Angetrunkenen vielleicht nicht viel zu sagen hatten.

Oder steckte etwas anderes dahinter? Meinte er sich etwa vor ihm rechtfertigen zu müssen, weil er hier bleiben würde? Weil er nicht den Mut und die Kraft zum Weggehen in sich zu haben glaubte? Janosch schüttelte in Gedanken den Kopf. Ihm selber ging es da eigentlich nicht viel anders, das täuschte bloß von außen. Das Einzige, was er reichlich in sich spürte, war Verzweiflung, auch wenn er es gelernt hatte damit zu leben und sich nicht unterkriegen zu lassen. Der Rest war offen.

»Du bist ein Durchziehertyp«, stellte Jürgen noch einmal fest und es klang fast wie ein Geständnis, ein »und ich nicht« schien darin mitzuschwingen. Janosch winkte ab.

»Alles, was ich drüben will, ist eine neue Chance, dann bin ich schon zufrieden«, erklärte er, »Geschenke erwarte ich keine.«

Dann wechselten sie das Thema, sie redeten über Frauen, aber irgendwie hatte der Rest des Abends eine komische Stimmung. Zwei alte Freunde beim Palavern, irgend so was in der Art.

Erst als sie im Bett lagen, zupfte Janosch das Papier von Karins geheimnisvollem Geschenk.

Es war eine Kassette, Sade natürlich, die sie für ihn überspielt hatte. In der Hülle lag ein kleiner Zettel:

Bin ab 7. Juli auf dem Zeltplatz. Dein Gartenschlauch

Jürgen schnarchte schon längst, als Janosch weit nach Mitternacht endlich einschlief, das Kopfkissen in den Armen. Er hatte es tatsächlich geküsst, und das nicht nur einmal.

Die restliche Zeit in Neuenburg war Routine, es gab kaum nennenswerte Ereignisse. Wie gehabt wickelte Janosch jeden Tag seine flauschigen Spindeln und freundete sich dabei mit ein paar Kindern an, trabte Kilometer um Kilometer den langweiligen Trampelpfad durch die Brennnesselwildnis ab und malte sich ansonsten die vor ihm liegende Zeit mit Karin auf dem Zeltplatz aus.

Zweimal ging er noch in den Jazzklub und einmal auch ins Kino, die Konzerte waren okay, der Film allerdings hundert Prozent Schrott.

Der sterilen Disco neben der Neubaukneipe stattete er nur einen Kurzbesuch ab, es war ein Laden für Teenies, die auf der verblitzten Tanzfläche zuckten, als ob sie elektrische Stromstöße kriegten. Nichts für ihn. Stattdessen schrieb er lieber lange Briefe an Kalle und Tommy, auch einen entsprechend wohlformulierten an Ronny.

Den an Karin schob er etliche Tage vor sich her, ihm fiel nicht mal ein Anfangssatz ein. Dann probierte er es mit der Zeile »Briefe sind Einbahnstraßen für Gedanken, aber Sackgassen für Gefühle«, fand den Spruch jedoch plötzlich ziemlich affig und zerriss das Blatt wieder. Nach langem Hin und Her entschied er sich für eine Karte aus seinem kleinen Vorrat, Motiv Möwe mit Meer. Auf die Rückseite malte er ganz oben schön verschnörkelt »Wenn ich ein Vöglein wär ...«, dann unterschrieb er schwungvoll und betrachtete sein Werk. Hm. Entzückt war er nicht gerade. Auch nicht so doll, dachte er kritisch, es sah so flüchtig hingeklatscht aus. Also setzte er ein »Ich denk an dich« drunter und jetzt wirkte es platt. Am Ende kritzelte er noch ein Männeken in Sträflingsklamotten dazu, das per Strichkalender an der Wand die Tage zählte, und auf die Zellenausgangstür kam dick umrandet: »7. Juli«.

So gefiel ihm das Ganze schon besser und gleich eine Viertelstunde später landete die Karte im Briefkasten.

Bevor er es sich wieder anders überlegte.

Am letzten Wochenende ließ er sich noch einmal breitschlagen und ging wieder mit Fredie los, der suchte immer einen Kumpel. Es war ein regnerischer Abend und es dämmerte bereits.

Willkommen bei den Höhlenmenschen, zu Gast bei den Troglodyten, dachte Janosch, als sie wie ein Speläologentrupp mit tropfenden Talglichtern in die stromlose Assiblockbehausung vordrangen, um Fredies Flimmerkiste zwei Stockwerke höher zu schleppen, zu Ulla, die hatte nämlich Strom, aber bei ihrem Fernseher war der Ton kaputt. Na ja, letztendlich viel Aufwand wegen nichts, es lief nur Zerstreuung für zufriedene Wohlstandsbürger, zu der Janosch längst keinen Bezug mehr hatte.

Sie stellten das Ding leise, redeten über irgendwas und tranken die paar Flaschen Bier, die Janosch spendiert hatte. Fredie machte sich die von Ullas Mittagessen übrig gebliebenen Bratkartoffeln heiß, endlich wieder eine warme Mahlzeit. Anschließend wischte er die fettigen Reste ordentlich mit Klopapier aus der Pfanne. Troglodytenniveau eben. Ulla und er waren wahrlich keine Intelligenzbolzen, ihre Hirnaktivität beschränkte sich im Wesentlichen auf die Steuerung der lebensnotwendigen Körperfunktionen, unbelastet von jeglichem schöngeistigen Ballast. Fredie war dreiunddreißig und seit acht Jahren geschieden, früher auf dem Bau und jetzt eben ohne Job. Einfach keine Lust mehr. Er hatte laufend was mit dem Magen, erzählte er.

»Je älter man wird, umso mehr geht drauf«, so lautete sein nüchternes Fazit, Illusionen hatte er da keine. Er träumte höchstens noch von seiner Fünfzehnjährigen oder dass ihm jemand die Stromrechnung bezahlte. Und Ulla sagte meistens gar nichts oder winkte bloß ab. Eloquenz war jedenfalls nicht ihre Stärke.

Später probierten sie es doch noch mal mit dem Fernseher.

Die Nachrichten waren gerade vorbei, als Nächstes folgte ein Beitrag über die Slums der Millionenstädte in Asien und sonstwo auf der Welt.

»Ob in China 'n Sack Reis umfällt oder nicht, interessiert mich wie 'ne sibirische Wasserstandsmeldung«, brummte Fredie nach ein paar Minuten und schaltete um. Sie sahen den Schluss einer Reportage über Tschernobyl, das Atomkraftwerk war vor nicht allzu langer Zeit in die Luft geflogen. Die Bilder deprimierten Janosch entsetzlich, Ohnmacht und Wut schaukelten sich gleichermaßen in ihm hoch, bis er es im Sitzen nicht mehr länger aushielt. Und überhaupt, was machte er eigentlich hier bei diesen Typen? Nicht dass er sich einbildete, großartig besser zu sein als Fredie oder Ulla, das war es nicht; was ihn eigentlich störte, war, dass sie sich aufgegeben hatten und an nichts mehr glaubten, vielleicht nie wirklich an etwas geglaubt hatten. Sie interessierten sich für nichts, sie kämpften für nichts, alles außerhalb ihres miefigen Schneckenhauses war ihnen egal. In geistiger Totenstarre vegetierten sie dahin, nur Haare und Fingernägel wuchsen ihnen noch. Mumifizierte Troggleos. Aber es gab ja mehr als genug solcher Mitmenschen, die längst den Anschluss verloren hatten und bloß aus reiner Gewohnheit irgendwie weitermachten, so wie dumpf wiederkäuende Wasserbüffel, die sich träge im Schlamm suhlten und dabei wohlig rülpsend vor sich hin dämmerten. Von dieser Sorte hatte die Welt jedenfalls nichts mehr zu erwarten.

Janosch stand auf einmal mitten in dieser schäbigen Bude und starrte wie ein Gestörter vor sich hin. Er war total verkehrt hier. Freilich hatte er das von Anfang an gewusst, bloß wer kam schon immerzu ohne ein bisschen Gesellschaft aus? Manchmal musste man sich wohl oder übel an den Gegebenheiten orientieren. Fast jeder ließ sich ja irgendwann mal mit den Falschen ein, mehr oder weniger, und oft rückten einem manisch kontaktfreudige Kanaillen auch ganz von selbst auf die Pelle. Das ging meist schneller, als man dachte, vorausgesetzt, man verkehrte einigermaßen gern unter Leuten. Es gehörte halt zum Berufsrisiko bei Philantropen. Aber solange man noch rechtzeitig die Kurve kriegte und sich problemlos wieder abseilen konnte, war das ja nicht weiter schlimm.

Strudelnd zog Janosch seinen letzten Schluck Bier aus der Flasche, nur der Vollständigkeit halber, und stellte sie anschließend auf dem zerschrammten Couchtisch ab. Er brachte die Dinge eben gern zu Ende, auch die kleinen. Dann sah er sich noch einmal voller Befremden um, verwundert wie ein gerade aus dem Koma Erwachter. Hier hatte er nichts mehr zu suchen. Denn auf solch armselige Gefährten konnte er getrost verzichten; wenn schon allein, dann besser gleich richtig als inmitten von lebendig Begrabenen.

»Ich muss raus an die Luft, tschüss«, verabschiedete er sich eilig, raffte draußen im Flur sein bisschen Zeug zusammen und ließ die beiden in ihrer Gruft hinter sich hocken. Gehabt euch wohl, all ihr vorzeitig Verblichenen, dachte er bloß grimmig. Ruhet sanft und gute Nacht.

Einsam trabte er durch die dunkle Vorstadt, die Unruhe trieb ihn umher und vor seinem geistigen Auge verschmolzen die paar mickrigen Wohnblocks zu einem ganzen Meer aus

Hochhäusern, zur unheilvoll glitzernden Megastadt, wo hinter Millionen von Fenstern Licht schimmerte und Millionen von Fernsehapparaten ihr elektronisches Geflacker in die dazugehörigen Sessel samt dösiger Einlagen spien. Manhattan in Potenz, ein einziger Albtraum.

So würden bald siebzig oder achtzig Prozent der Menschheit ihr Dasein fristen, der privilegierten Menschheit wohlgemerkt, in lauter Boxen für dressierte Menschenaffen, dicht an dicht. Der Rest hauste in Pappkartons oder Lumpenzelten im Schlamm und hatte gerade mal die tägliche Handvoll Reis, um die Kinder satt zu machen. Oder auch nicht. Es war eine Tragödie ersten Ranges, buchstäblich Realität gewordener Irrsinn. Unzählige pausbäckige Hamster in fadenscheinig vergoldeten Käfigen, die das knarrende Laufrad der zerfallenden Zivilisation sinnlos in Gang hielten – so und nicht anders kam Janosch das Ganze vor, grässlich überzüchtete Steinzeitwesen, die auf dem Weg zu den Sternen im zweiten Stock hängen geblieben waren, um sich dort fortan mit verstopften Müllschluckern und dergleichen mehr abzuplagen, ein entsetzlich fades, der Banalität gewidmetes Leben lang. Warum taten sie nichts dagegen, warum scherten sie nicht einmal aus der Herde aus und probierten wenigstens mal was Eigenes? Befremdet starrte er auf die gespenstische Silhouette aus ausrangierten Raumstationen.

Die wohlstandsumnachteten Insassen dieser Behausungen würden noch emsig ihre geblümten Kacheln im Bad polieren und dazu Tophits vor sich hin säuseln, wenn draußen vor ihren Fenstern bereits alles mit Lichtgeschwindigkeit auf den Katastrophenprellbock zuraste; bestach man diese biederen Hohlkörper mit dem entsprechenden Klacks süßlicher Tubennahrung, dann überfuhren sie hemmungslos jedes Haltesignal. Schäbige Amokläufer, die nur mit dem vegetativen Nervensystem denken konnten, wimmernde Probanden, die die Rechnungen ihrer danebengegangenen Experimente nicht bezahlen wollten, clevere Ungetüme, durch und durch korrumpiert von der eigenen Niedertracht. Ob mit oder ohne Kriegserklärung, die machten alles auf diesem Planeten platt, wie eine Bande besoffener Würfelspieler verprassten sie den ganzen Reichtum, der ihnen nicht mal gehörte. Und man konnte erst recht das Heulen kriegen, wenn man betrachtete, wofür. Die menschliche Rasse war längst zu einer billigen Fälschung ihres eigenen Vorbildes verkommen und das Deprimierendste dabei war, dass niemand daran etwas ändern konnte, solange die besser gestellte Mehrheit es immer noch für ausreichend befand, gegen Hunger in Afrika und Waldsterben vor der eigenen Haustür lediglich Wohlfahrtslotterien und Katalysatorautos in die Waagschale zu werfen. Jeder kümmerte sich eben nur um den eigenen Dreck, und das noch nicht mal richtig. Janosch lief und lief, Abscheu in kosmischen Dimensionen überkam ihn, er fühlte sich, als ob ihm gleich der Kopf platzen würde. Wo war der rettende Notausgang, wie konnte man es aushalten, all das zu wissen und dabei nicht augenblicklich verrückt zu werden? »CONFUSION will be my epitaph«, dröhnte es in seinen Ohren und die Wellen von King Crimsons *Epitaph* schlugen über ihm zusammen. VERZWEIFLUNG als Grabinschrift, war das wirklich Schicksal?

War der Mensch von Anfang an zum Untergang verdammt, mit seinen knapp drei Pfund Gehirn? Sein geistiges Kraftwerk unter der Schädeldecke hatte keine zwei Liter Hubraum, vielleicht langte das eben nur zu einem veritablen Raubtier und mehr war halt nicht drin? Genug, um sich alles ringsum zu unterjochen, aber zu wenig, um sich mit seinesgleichen auf Dauer zu arrangieren? Lauter Fragen, die nur zu immer noch mehr Fragen führten, endlos wie die Kette ratloser Gesichter beim Blick in den Spiegel im Spiegel im Spiegel. Fruchtloses Autistengegrübel.

Janosch brummte der Schädel wie im Fieberwahn.

Konnte man solch überflüssige Mentalattacken nicht irgendwie abschalten? Warum quälte ihn sein Gehirn so, warum vergaß es das ganze Weltelend drumherum nicht einfach? Das schrumplig zerfurchte Ding kam ihm manchmal vor wie ein großes, elendes Gefängnis, es hatte Milliarden Zellen und die meisten davon blieben lebenslänglich besetzt.

Ich bin zu viel alleine, dachte Janosch resigniert, wird Zeit, dass ich wieder unter Leute komme.

Er trottete zu seiner Nomadenkabine und genehmigte sich vor dem Schlafengehen noch ein Sturzbier.

Ob Karin auch über so was nachdenkt?, überlegte er im Bett und starrte dabei an die Wand. Nur wenige Tage noch, dann konnte er sie selber fragen.

Am Strand badeten ein paar Kinder, sie planschten ausgelassen im Wasser und spritzten sich gegenseitig nass. Ein kleines braun gebranntes Mädchen stand abwartend daneben und spielte unschlüssig mit ihren Zöpfen. Dann steckte sie plötzlich ruckartig die Enden der langen Haarseile in ihr Höschen, strich sich noch einmal nachdenklich über den rausgestreckten Bauch und wackelte schließlich mit ihrem kleinen Bikinipo davon. Weiter hinten spielten zwei Jungen in einer riesigen Kleckerburg und modderten voller Hingabe an weiteren Anbauten, ein Dritter schleppte schwer ächzend unablässig Wasser in überschwappenden Plastikeimern für den Burggraben heran.

Es war schon spät am Nachmittag, aber die Sonne wärmte trotzdem noch reichlich. Ronny und Janosch lagen im Sand und ließen sich trocknen. Sie waren vor einer halben Stunde zum Strand runtergelaufen und dann einfach immer weiter ins Wasser rein, natürlich in voller Montur, ohne den Rhythmus ihres Schlenderschrittes zu verändern. Nur den Klappzylinder, den Ronny neuerdings manchmal trug, hatte er noch schnell abgeworfen, zu seinen vorher schon ausgezogenen Arschtreterschuhen.

Vorgestern hatte Jürgen mit Janosch das »Hotel Royal« von Neuenburg auf den hiesigen Zeltplatz umgesetzt und Ronny war abends direkt von Wittmar aus dazugekommen, gute zwanzig Kilometer Trampstrecke. Auch Edgar und Anja würden bald folgen.

Ronny hatte erst mal frei, seine Tischlerlehre war so weit beendet und der Rest stand in den Sternen. Bei seiner letzten Vorladung hatte man ihm anstatt der Ausreise die alsbaldige Einberufung prophezeit, achtzehn Monate Infanterietruppe waren ab November vorgemerkt, Sandlatscher oben rechts im berüchtigten »Land der drei Meere: Wassermeer, Sandmeer, nix mehr«. Keine schönen Aussichten.

»Bleibt mir ja nur noch abzuhauen«, hatte Ronny die Lage nüchtern zusammengefasst und Janosch konnte ihm da letztendlich weder zustimmen noch abraten. Manche Sachen musste man eben mit sich selbst ausmachen.

Spielerisch grub Janosch seine Hände in den heißen Sand, schaufelte ihn ein bisschen hin und her und ließ ihn anschließend auf einen alten Pappteller vor sich niederrieseln. Seine Armeezeit hatte er Gott sei Dank hinter sich.

»Bei meiner Vereidigung damals brüllte alles um mich rum nach jedem Satz immer ICH SCHWÖRE und ich schrie genauso laut bloß immer mit meinem ICH HÖRE dagegen an«, sagte Janosch plötzlich unvermittelt und zuckte mit den Schultern. »Ziemlich kindisch, sicher. Und trotzdem war es mir wichtig gewesen.«

Er drehte sich auf die Seite und stützte sich auf seinen Ellbogen. »Einer war auf meiner Bude«, erzählte er weiter und schüttelte in Gedanken den Kopf, »so 'n kleiner, fetter Gnom, mit Stahlhelm sah er aus wie 'n madiger Steinpilz. Und der wollte immer unbedingt der Beste sein. Also robbte er beim Manöver als Melder die ganze Nacht durch den Schlamm wie sonstwas.«

Janosch grinste müde, als er die Szene wieder vor sich sah.

»Und dann kriegte er auch prompt sein verdientes Superlob, die höchste Soldatenauszeichnung. Nämlich: eine Fotografie vor der Truppenfahne. Tatatata.« Er lachte kurz auf.

»Die anderen nach ihm wurden *bloß* mit drei Tagen Sonderurlaub belobigt, die legten vor Freude fast ein Ei und fuhren zur Samenabgabe nach Hause.«

Ronny sah ihn schräg von der Seite an.

»Hast du noch mehr so tolle Sachen von dem lustigen Verein auf Lager?«

Er setzte sich auf und fingerte nach einer Zigarette.

»Mmh«, brummte Janosch, »nur eine noch: Ruhe im Glied!«

Lachen konnten sie beide nicht darüber.

Janosch ließ sich wieder auf den Rücken fallen und schloss die Augen. Das menschliche Unterbewusstsein ist schon komisch, dachte er. Wann immer er an seine Armeezeit erinnert wurde, sah er meist sofort unwillkürlich ein ganz bestimmtes Bild vor sich: Wie sie im Winter auf der Fahrt raus zur Grenze stumm hinten auf dem LKW zusammengepfercht hockten und bei heruntergelassenen Planen durchgeschüttelt wurden, müde und frierend, früh um fünf, und wie ein paar von ihnen dabei apathisch ihre krümeligen Zigaretten qualmten und der miefige Rauch allmählich die frostige Dunkelheit unter dem Verdeck auszufüllen begann. Kalter Rauch unter der Plane, was auch immer das bedeuten mochte.

Ronny besah sich inzwischen die vorbeigehenden Leute.

»Gar unterschiedliche Humaneuterausstattung«, murmelte er nach einer Weile und knackte die letzte der drei Bierflaschen neben sich. »Schenkel wie aufgepumpte Bockwürste«, kommentierte er etwas später verächtlich, »lauter gemästete Wassertropfenfiguren.« Angewidert zeigte er auf die vier oder fünf Pärchen Mitte dreißig, die wie eine Elefantenherde gemächlich vorüberwalzten.

»Immer hereinspaziert zur großen Parade der Gruselnuditäten!«, krähte er und nahm einen Schluck aus der Flasche.

»Die latschen wie lebende Eisbeine, oder eher wie tote Eisbeine, mit Fettaugen, und erst die Weiber, eine geschminkte Seekuh nach der anderen. Lauter Schweinshaxen mit Föhnfrisur. Brrh!« Er setzte das Bier gleich noch mal an und ließ es etwas länger gluckern. »Im Tierpark suchen sie noch Futterfleisch«, knurrte er vor sich hin, »ich werd dem Abdecker mal 'nen Tipp geben.« Dann rülpste er laut und säuisch und grinste plötzlich dazu.

»Ein echter Kehlkopfdeckelsprenger«, freute er sich.

Janosch konnte seine Begeisterung nicht ganz teilen.

»Mann, du hattest gestern erst einen soliden Vollrausch und jetzt knallst du dich schon am Nachmittag zu«, fluchte er ein bisschen genervt. »Wenn du so weitermachst, dann säufst du hier im Osten noch ab, nix von wegen Schriftstellerkarriere.«

Ronny blies versonnen den Rauch seiner Zigarette aus und erwiderte: »Irland, das Volk der Säufer und Poeten, und bitte in dieser Reihenfolge, nur da gibt's Trunk und Verständnis für Talente wie mich.« Janosch schnaufte resigniert.

Punkt für dich, dachte er bloß kopfschüttelnd.

Etwas später zogen sie ihre halb nassen Sachen an und gingen rüber zum Kiosk, Jürgen saß schon da. Er hatte die letzten zwei Stunden Zuckerwatte für Janosch übernommen und trank gerade sein Feierabendbier, der Weinbrand würde erst nach Sonnenuntergang kommen.

Am Nebentisch saßen vier sexy Bikinigirls um die zwanzig, Jürgen hatte anscheinend schon eine Unterhaltung mit ihnen angeknüpft.

»Hallo«, sagten sie locker, als er sie ihnen kurz vorstellte.

Dann waren sie damit dran und Ronny übernahm.

Janosch wurde zu »Fürst Myschkin, bürgerlicher Name unbekannt, verarmter pommerscher Landadel, sehr vornehme Seitenlinie«, und Jürgen zum »Inhaber der Firma KINDERGLÜCK, passionierter Motorvagabund und Schwenker edler Destillate«.

Schließlich verbeugte er sich dezent, nahm kultiviert seinen Zylinder ab und wies mit der Hand bescheiden auf sich.

»Ich selbst bin als Gevatter Ronny bekannt, aus dem Geschlecht derer von Böhlendorff, um genau zu sein, im früheren Leben schnöder Tagedieb und Taugenichts, nunmehr jedoch seriös und als frisch geprüfter Sargtischler tätig«, erläuterte er zu seiner Person und räusperte sich.

»Spezialrichtung Erd- und Feuerbegattungen«, ergänzte er noch einen Moment später. Und mit Blick auf ihre Oberteile: »Übrigens, wir drei sind echte Busenfreunde, sozusagen.«

Es war wirklich zum Schreien, er sah aus wie die tapsige Grille aus den Biene-Maya-Geschichten oder so was.

Ronny setzte sich, Janosch holte Drinks, auch für die Mädchen, und Jürgen zahlte. Wie üblich.

Die vier sahen ganz annehmbar aus, fand Janosch, allesamt super Figur. Sehr appetitlich. Man brauchte wahrlich nicht viel Phantasie, um sie sich nackt vorzustellen.

Leider blieben sie nicht lange, sie wollten sich noch für die Disco fertig machen. »Kleineren Bikini anziehen oder was«, spottete Ronny und sie kicherten amüsiert. Es klang aber nicht ablehnend.

»Die Zartarschgazellen sind juckig«, geierte er, als sie weg waren, »die betteln doch förmlich um Befruchtung.«

Unruhig wie ein im Käfig gefangener Tiger sprang er auf und lief ein paarmal im Kreis, sein Hormonpegel musste enorm sein. Plötzlich wollte er auch zur Disco, sein Abendprogramm stand jedenfalls fest.

Janosch machte inzwischen mit Jürgen einen Plan für die nächsten Tage; wenn Karin erst mal da war, wollte er natürlich möglichst viel freihaben. Und Ronny würde beim Drehen gelegentlich auch mit einspringen.

»Sag mal«, meinte Janosch einfach aus reiner Neugier, »wie viel Zuckerwatte hab ich eigentlich schon unter die Leute gebracht?«

Sie überlegten zusammen und rechneten ein bisschen hin und her.

»Mehr als eine Tonne auf jeden Fall«, antwortete Jürgen schließlich, »und es dürften um die zwei werden, wenn es weiter so bis Saisonende läuft. Das heißt, falls du die Weihnachtsmärkte noch mitmachst.«

Er holte sich einen Brandy, Ronny nahm noch ein neues Bier und sie bestellten Currywurst auf Papptellern.

Gegen acht gingen sie dann alle drei rüber zur Disco.

Schon am Eingang zogen sie gleich ein paar Blicke auf sich. Ronny fuchtelte andauernd mit seinem zusammengeklappten Zylinder umher und redete Janosch in seinem schlodderigen Anzug ständig mit »Mein Fürst« an. Na ja, vielleicht waren sie ja nicht die Schönsten, aber die Originellsten allemal. Manche Damen wussten so was jedenfalls zu würdigen.

Doch erst mal peilten sie die Lage. Genug interessante Mädchen schwirrten umher, aber auch reichlich männliche Konkurrenz, zwei von ihren Kioskbekanntschaften waren anscheinend schon vergeben.

Sie setzten sich an einen Tisch in Tresennähe und winkten die beiden anderen zu sich rüber. Silvia und Rita, die eine hellblond, die andere ganz dunkel. Wie Schneeweißchen und Rosenrot. Ob sie auch tatsächlich keusche Jungfern waren, würde man schon beizeiten merken.

Janosch und Ronny tanzten ab und zu mit ihnen, Jürgen hielt sich zunächst noch vornehm zurück. Allmählich überließ ihm aber Janosch dann das Feld, er ging freiwillig zum Bierholen an die Theke und trödelte extra lange auf Toilette. Es war nicht so, dass die beiden Mädchen ihn völlig kalt ließen, aber morgen kam Karin und da war ihm an klaren Verhältnissen sehr gelegen. Als gegen Mitternacht die letzte Runde angekündigt wurde, verdrückte er sich deshalb gleich als Erster, die vier anderen würden bestimmt auch ohne ihn ganz gut klarkommen.

Er lief noch eine Runde zum Wasser runter und blickte eine Weile auf die dunklen Wellen, die schläfrig an den Strand schmatzten, es war fast windstill. »Das Meer, Symbol der Freiheit«, ging es ihm durch den Kopf und wieder fielen ihm seine Nachtschichten an der Grenze ein.

Unzählige Male hatte er damals den Todesstreifen vor sich angestarrt und gedacht: Egal ob ich nach links oder rechts am Zaun langlatsche, irgendwann komme ich zum Schluss oben an der Ostseeküste raus.

Das war Jahre her, und jetzt stand er endlich am Meer und war immer noch nicht frei. Ich hätte geradeaus marschieren sollen damals, sagte er sich zum tausendsten Mal. Von wegen rechts oder links.

Schließlich ging er zurück zum »Hotel Royal« und machte sich bettfertig. Ronny kam mitten in der Nacht. Eigentlich stand sein eigenes Zelt zwar schon fix und fertig nur ein kleines Stück hinter dem Wagen, bis zu Karins Ankunft hatte er sich aber noch bei Janosch einquartiert.

»Petting ist auch ganz netting«, stattete er Rapport ab und kletterte in die obere Koje.

Er plapperte noch eine ganze Weile irgendwas von Silvia, aber Janosch hörte nicht mehr hin. Jürgen schlief irgendwo draußen, er hatte sich schon vorgestern sein großes Campingzelt aufgebaut.

»Summertime, and the living is easy«, sang Janis Joplin aus den großen Boxen; »so isses«, dachte Janosch zufrieden und summte mit.

Sie hatten die Campingstühle rausgestellt und frühstückten alle draußen hinter dem Wagen. Edgar und Anja waren vor einer Stunde gekommen und hatten in ihrem Auto die komplette Stereoanlage mitgebracht. Und natürlich das Saxofon.

Die Kaffeemaschine war fast fertig durchgelaufen und röchelte asthmatisch wie ein halb Erdrosselter, Ronny saß mit Silvia auf dem Schoß in seinem Stamm-Korbsessel aus dem »Hotel Royal« und fütterte sie, und Janosch blickte in die Runde und fühlte sich beinahe wunschlos glücklich, Karin war jetzt schon seit einer Woche da.

»Was liegt heute an?«, erkundigte sich Anja.

Edgar strich zärtlich über das goldene Blech seiner Wunderhupe und antwortete schulterzuckend: »Das Übliche. Ich muss mich gewaltig sputen, ich hab viel nachzuholen.« Wie jeden Tag würde er vormittags mindestens eine Stunde Klarinette üben und am Abend dann Altsax an der Steilküste spielen. Und zwischendurch in Partituren wühlen und Aufnahmen abhören. Janosch war schon ein bisschen überrascht, wie zäh Edgar an der ganzen Sache dranblieb, ohne seinen Glitzerrüssel ging er buchstäblich nicht mehr außer Haus.

»Und der hier hat eine Lesung versprochen«, sagte Silvia und gab ihrem Häppchenhalter einen Kuss, »stimmt's?«

Hilflos breitete Ronny die Arme aus und nickte schließlich ergeben.

Sie kauten in Ruhe ihre Brötchen und schlürften genüsslich Kaffee dazu. So ließ sich das Leben aushalten, fand Janosch und es sollte sogar noch besser werden. Denn Jürgen würde heute irgendwann am Nachmittag von seiner letzten Tour zurückkommen, um Janosch für die nächsten paar Tage kräftig abzulösen. Und der Wetterbericht versprach für den Rest der Woche Sonne satt. Was wollte man mehr?

Gleich nach dem Frühstück verzog sich Edgar in sein provisorisches Studiokabuff im Verkaufsabteil des »Hotel Royal« und dudelte los. Bis Mittag war er da ungestört und hatte freie Hand. Er jodelte Tonleitern rauf und runter, gelegentlich konnte man auch ein Stück der Melodie von »Take five« raushören.

Der Rest der Mannschaft scharte sich enger um den angehenden Dichter. Eine frisch angezündete Zigarette zwischen den Fingern der einen, ein paar bekritzelte Blätter in der anderen Hand, begann Ronny zurückgelehnt mit seinem Vortrag:

QUERSCHLÄGER

»Na dann schmeiß den ganzen Dreck doch gleich wieder hin«, hatte sein Oberboss ihn wütend angebrüllt und wenigstens dieses eine Mal hatte Andy seinen Rat auch prompt beherzigt

und war auf Nimmerwiedersehen abgezischt. Drei Stunden später stapfte er zu Fuß zum Bahnhof, sein Auto gehörte längst einem anderen, und nahm den Nachtzug Richtung Süden, hin zu seinem alten Kumpel Rudi, dem Einzigen, von dem er sich überhaupt noch etwas versprach. Alles andere hatte sich für ihn inzwischen längst erledigt, und zwar gründlich.

Andy war jetzt dreiundzwanzig und hinter ihm lag bereits ein ansehnlicher Haufen Schutt. Mehrere Jobs auf schlamm-verschmierten Baustellen, muffige Quartiere in windschiefen Absteigen mit den dazugehörigen Bewohnern (und vor allem Bewohnerinnen), schales, urinartiges Bier in Billigkneipen, all das war in seiner Erinnerung zu einem dumpfen Klumpen geronnen, über den er nicht mehr besonders gern nachdachte. Aus und vorbei, es lohnte nicht, sich noch länger mit derartigen Dingen herumzuschlagen. Da konnte man besser gleich ein passendes Loch in die Erde schaufeln und sich den glitschigen Schnecken hinterherfallen lassen, dann hatte man es wenigstens überstanden und die anderen sollten ein für allemal sehen, wo sie mit ihrem überheblichen Grinsen und ihren selbstgefälligen Sprüchen blieben. Er hatte jedenfalls endgültig die Nase voll davon.

Morgens um sieben kam Andy in Rudis Betonmetropole an, und sie sah ziemlich genauso aus wie alle gewöhnlichen Großstädte dieser Welt: ungeheuer optimistisch und beschränkt zugleich, ein bisschen eitel, ein bisschen monströs, von jedem etwas. Urbanisierter Dschungel, expandierend, gleichgültig und gefährlich. Hier drin fand fast jeder Jäger seine Beute, und umgekehrt erst recht, auch wenn die meisten den klaffenden Blattschuss in ihrem Rücken ungläubig bis zuletzt noch ableugnen wollten.

Andy stand auf dem Bahnsteig und blinzelte zunächst unschlüssig zum regenverhangenen Himmel hoch, stellte dabei ein paar großartige, alles relativierende Überlegungen an und latschte dann los. Er nahm die Untergrundbahn und es kam ihm reichlich seltsam vor, wie er da von Station zu Station durch die engen Tunnelröhren flutschte, so als ob sich widerliche Maden durch die Erde gefressen hätten, erbarmungslose Bandwürmer im Leib einer nervösen, geplagten Stadt. Anschließend fragte er sich zu Fuß weiter *durch und landete um halb neun vor Rudis Haustür. Die morschen Holzbriefkästen im Treppenflur waren allesamt kaputt oder eben im Begriff auseinander zu fallen, anscheinend legte hier niemand großartig Wert auf Post. In diese Ruine kamen wahrscheinlich nicht einmal mehr die üblichen Werbeprospekte, die das Ledermobiliar zum Knüllerpreis anpriesen oder die Spezialkomposterde im günstigen Doppelpack.*

Als Andy bei Rudi oben klingelte, rührte sich erst mal gar nichts. Er klopfte ein paarmal hart mit der Faust gegen die sargdeckelähnliche Tür, ohne Erfolg. Vielleicht war er verreist, Andys Besuch war immerhin nicht angekündigt.

Dafür öffnete schließlich der Nachbar und ein kahler Säufer- schädel lugte neugierig durch den schmalen Spalt.

»Wollnse zu dem?«, meinte der Totenkopf mit triefenden Augen und hustete rasselnd. »Da könnense lange poltern und machen«, röchelte er, »der is weggegangen.«

»Wo 'n hin?«, wollte Andy wissen.

Der Alte stierte ihn bloß sterbend an und würgte erst mal gekonnt eine volle Ladung Bronchialschleim runter. Danach zog er langsam wie eine Schildkröte seinen faltigen Schrumpfkopf durch die enge Türritze zurück, ein moderner Zombie in Zeitlupe.

»Ärch, da müssense mal, här ärch, mal 'ne Weile warten, bis er von wer weiß wo kommt«, hallte es noch dumpf aus seiner vermiesten Gruft, dann klappte das Brett quietschend wieder zu.

Verdattert stand Andy einen Moment lang auf dem Flur, tapste dann die altersschwache Treppe runter und ging auf der Straße auf und ab. Also alles umsonst?

Nichts geschah, nur der Wind spielte ein bisschen mit dem Abfall der überquellenden Mülltonnen.

Andy setzte sich auf die Stufen vor dem Eingang und döste ein bisschen vor sich hin.

Plötzlich rammte ihn jemand mit einer schweren Einkaufstüte an der Schulter, BIG SHOPPER konnte er gerade noch aus dem Augenwinkel lesen.

Ach du grüne Neune, dachte Andy ziemlich erschrocken, als er eine etwa fünfzigjährige Hausfrau mit Hexengesicht vor sich erblickte. Er wusste augenblicklich, was die Stunde geschlagen hatte. Eine seit dreißig Jahren mit sich selbst verheiratete Mumie, deren Ampel stets auf ROT stand, ein Quälgeist der allerschlimmsten Kategorie.

»Drogengesindel«, tobte sie drauflos, »schert euch weg hier mit euren Spritzen.«

Verstohlen betrachtete Andy die Alte.

Ihr Gehirn hatte einst vor langer Zeit, als es noch funktionierte, nach dem Fotoplattenprinzip gearbeitet; was einmal belichtet und entwickelt worden war, das ging danach nie mehr zu löschen und saß fest für alle Ewigkeit. Um ihr eine Botschaft zu überbringen hätte man ihr jedes einzelne Wort mittels Keilschrift in den kalkigen Schädel ritzen müssen, und vermutlich wäre man selbst damit nicht bis an ihr eingetrocknetes Mentalgewebe vorgedrungen. Reden hatte hier keinen Zweck. Bei diesen Diodenmenschen sprudelten die leeren Worte nur aus ihren Köpfen nach außen, die andere Richtung war gesperrt, nichts erreichte sie mehr.

Mit stoischer Ruhe stand Andy auf, um die Stubenleiche abzufertigen. Er fing an zu schielen, machte einen schiefen Hals, verbog die Arme nach hinten und tanzte ruckartig wie ein falsch gepolter Roboter vor ihr herum, grunzend und hechelnd, mit lallend raushängender Zunge.

Sie kippte beinahe aus den Latschen.

»Hiiiiilfe!«, kreischte sie entsetzt los wie eine Starkstromsirene und verschwand rückwärts im Hauseingang. Vor Schreck war ihr die Zeitung auf den Boden gefallen.

Der Wind blätterte sie auf und empfahl die Stellenangebote.

»Produktionshelfer gesucht« und »Schrottbrenner mit Erfahrung« las Andy mit mäßigem Interesse. Na ja, das konnte warten, bis sein letzter Hunderter zu Kleingeld zerbröselt war.

Dann kam Rudi um die Ecke, und er sah aus wie immer, mit seinem typischen unbekümmerten Gesichtsausdruck. Groß und stopplig schritt er durch die Gegend, in seine »Rinde« gewickelt, wie er den ramponierten Ledermantel stets betitelte. Ein schräger Heiliger, vielleicht ein bisschen lädiert und irgendwie unvollendet, aber zumindest nicht gescheitert. Jedenfalls dünstete er nicht gleich von weitem schon Probleme aus.

»Wie geht's, alter Großmeister?«, begrüßte er ihn locker und keineswegs überrascht. Beide musterten sie sich kurz.
»Hmm«, brummte Andy unbestimmt zur Antwort und schielte dabei hoch in Richtung Weltraum, »man ist ja schon froh, wenn man mal kurz über den Nullstrich kommt.«

»Weiter bin ich noch nicht«, erklärte Ronny, »Fortsetzung folgt.« Silvia blickte ihn bewundernd an.
»Ich find 's total witzig«, stellte sie fest, »echt irre.«
Klarer Fall, sie stand auf ihn.
»Vielleicht ein bisschen drastisch, aber immer flüssig weg«, meinte Anja anerkennend als Nächste, »das kann nicht jeder. Und es ist irgendwie spannend von Anfang an.«
Janosch war natürlich klar, dass Ronny besonders auf eine Reaktion von ihm wartete, deshalb zögerte er noch, um auch wirklich die richtigen Worte zu finden.
»Du hast ganz sicher so was wie 'nen eigenen Stil und das ist erst mal das Allerwichtigste«, lobte er schließlich. »Aber du musst aufpassen.«
»Wieso?«, fragte Ronny und sah ihn hinter dem Rauch seiner Zigarette mit versteckter Aufmerksamkeit an.
Du warst deinen Jahren schon immer ein bisschen voraus, aber jetzt hast du dich selber überholt, dachte Janosch belustigt, behielt es aber lieber für sich.
Er überlegte einen Moment und fuhr dann fort: »Ich will Folgendes sagen: Du sitzt noch hier und fabrizierst schon einen reichlich altklugen Draufgängerschinken über einen Typen, der in irgendeiner Westgroßstadt unter die Räder kommt. Das geht nicht, nicht wirklich jedenfalls, du musst das erst mal leben, bevor du dich drüber auslässt. Ansonsten produzierst du nur so was wie die Quersumme aus dem bisher von dir gelesenen Zeug oder reine Phantasiestorys.«
Er zuckte mit den Schultern.
»Kann auch lohnend sein, und wer weiß, vielleicht sogar erfolgreich. Ist aber eigentlich zu wenig.«
Ronny schwieg dazu, es schien ihn aber zu beschäftigen.
»Das macht genau den Unterschied aus zwischen einem solide geerdeten Typen und einem lediglich synthetisch Gereiften«, versuchte Janosch noch einmal anders zu verdeutlichen.

Es bildet ein Talent sich in der Stille, sich ein Charakter in dem Strom der Welt, na ja, das kennst du ja.«

Ronny paffte an seiner Kippe und sinnierte vor sich hin, erwiderte aber immer noch nichts darauf.

»Ich find 's gut, dass du schreibst«, meldete sich Karin als Letzte, »da steckt Arbeit drin und du kannst auch ziemlich eingängig formulieren.«

»Aber?«, fragte Ronny, der spürte, dass sie noch mehr sagen wollte.

»Du darfst das nicht zur Pose werden lassen«, erwiderte sie in ihrer ruhigen und eindringlichen Art, »von wegen alles ist kaputt und Wahnsinn überall. Das gibt es unbestritten sicher mehr als genug, aber man muss ja nicht ständig ausgerechnet nur nach Bestätigung für Verfall und Untergang ringsum suchen.«

Sonst wird es nämlich schnell zur Masche, dachte Janosch und nickte kaum merklich. Und der Blick fürs Ganze ging dabei flöten.

»Wo ist die andere Seite, wo ist die Hoffnung, wo ist die Liebe?«, fragte Karin weiter und sah ihn mit ihrem bezaubernden Lächeln an.

»Die Damen kommen schon noch, keine Bange«, konterte Ronny grinsend, »vom Zölibat handelt mein Buch jedenfalls nicht.« Karin lachte. »Ich meinte nicht mal in erster Linie die Liebe zwischen Mann und Frau«, überlegte sie laut, »sondern …, na ja.« Sie suchte nach Worten.

»Hm, ich glaub, ich versteh schon«, sprang Janosch ein, »so wie bei Hesse etwa: *Genie ist Liebeskraft, ist Sehnsucht nach Hingabe.* Davon muss was zu spüren sein, wenn's wirklich gut sein soll.« Sie nickte bestätigend. »Ganz genau«, sagte sie.

»Yeah«, rief Janosch, »sonst wirst du am Ende noch zum leeren Antimann, der immer nur blind gegen die äußeren Bedingungen rebelliert, anstatt mal zu versuchen, was Eigenes auf die Beine zu stellen.«

So ähnlich wie bei deinem Protestlerbruder, dachte er, bloß auf gehobenem intellektuellen Niveau. Tragisch gescheitert als hochbegabte Niete.

Er klopfte ihm auf die Schulter.

»Jetzt haben wir dich genug zerrissen«, fasste er zusammen, »den Rest musst du mit dir selber abmachen. Kaputte Genies haben schließlich den einen Nachteil, dass sie sich nur selber reparieren können.«

Ronny nahm das versteckte Kompliment dankbar an.

»Mein Publikum«, beendete er die Lesung und klappte seinen Zylinderhut auf, »ich schlage vor, wir gehen uns wässern.«

Ronny schüttelte sich einmal kräftig wie ein Hund und legte sich dann neben Janosch auf sein Handtuch, Anja und Karin waren noch im Wasser.

»Warum schreibst du eigentlich nicht?«, fragte er unvermittelt, »talentiert bist du doch auf jeden Fall.«

Janosch zuckte träge mit den Schultern. Nicht mal in Ruhe in der Sonne liegen konnte man. Ächzend drehte er sich vom Bauch auf den Rücken.

»Die meiste Zeit fühle ich mich eher benommen als begabt«, erwiderte er träge.

»Im Ernst«, hakte Ronny nach.

»Was weiß ich«, sagte Janosch stöhnend, »vielleicht muss mein Talent erst noch reifen oder so was.«

Ronny verzog das Gesicht.

»Ein Camembert reift, indem er schimmelt. Hast du das vor?«

Er hielt ihm einen weitschweifigen Vortrag darüber, dass es ein »zu früh« für angehende Dichter nicht gäbe, ein »zu spät« dagegen schon. Einiges klang ja ganz vernünftig, fand Janosch, aber was hatte das mit ihm zu tun?

Ich und ein professioneller Wortkneter?, grübelte er eine Weile und blinzelte dabei in die Sonne. Hm, so abwegig war das sicher nicht.

»Ich spüre keinen Drang zum Schreiben in mir, momentan jedenfalls nicht«, antwortete er dann schließlich und dachte: Wahrscheinlich würde ich an meinen eigenen Ansprüchen scheitern. Aber Ronny ließ nicht locker, nach der Phase der Kontemplation schlug bei ihm jetzt anscheinend sein kommunikatives Bedürfnis durch.

»Und was willst du sonst drüben machen«, wollte er wissen, »wie sieht's aus mit Plänen, inzwischen irgendwas Neues?«

Am liebsten hätte Janosch das Gespräch mit einem entschlossenen »Nö!« beendet, das Thema behagte ihm gar nicht. Aber so wurde man Ronny erst recht nicht los.

»Vielleicht fange ich noch mal zu studieren an und werde Lehrer, mit Kindern kann ich doch ganz gut«, überlegte Janosch deshalb laut, es klang aber nicht sehr überzeugend.

»Oder ich schließe mich so 'nem wandernden Mittelalterzirkus an, als Puppenspieler, und ziehe zusammen mit lauter anderen Narren durch die Gegend.«

Der Gedanke gefiel ihm eigentlich gar nicht so schlecht.

Er wollte gerade ein bisschen in diese Richtung weiter phantasieren, da hörte er Anja und Karin hinter sich aus dem Wasser kommen.

Also wechselten sie schnell das Thema, denn sie vermieden es möglichst, sich vor den beiden über diese Dinge auszulassen. Ansonsten herrschte sofort eine betretene Stimmung, und das nutzte keinem.

Die Mädchen schnappten sich ihre Handtücher und trockneten sich ab. Janosch beobachtete Karin dabei, ihren schlanken, biegsamen Körper, und wie sich die Linien ihrer Brust veränderten, wenn sie die Arme hob, um ihre Haare abzurubbeln. Da kam keine Venusstatue mit.

Als sie fertig war, breitete sie ihr Handtuch aus und legte sich neben ihn.

Er betrachtete ihr gebräuntes Gesicht, die freche Stupsnase, die sanften Augen, ihre langen Wimpern, alles kam ihm so vertraut vor. Seine Hand glitt zärtlich über ihren Rücken, am liebsten hätte er ausgiebig ihren Hintern gestreichelt, ihren entzückenden, niedlichen Po. Aber das musste erst mal warten, die nächsten paar Stunden war er wieder mit Zuckerwattedrehen dran.

Silbriges Schummerlicht fiel durch das lappige Stück Gardine ins »Hotel Royal«, eine der Zeltplatzlampen leuchtete genau in die kleine Bullaugenscheibe ihrer Schlafkammer.

»Ich hab mal irgendwo gelesen, dass etliche Mädchen früher ihren ersten Orgasmus beim Beatles-Konzert gekriegt haben«, flüsterte Janosch noch zu Karin, zischelte ein bisschen und tippte ihr dann blitzschnell mit seiner Zungenspitze in der Ohrmuschel herum.

Sie zuckte kurz zusammen und wand sich lachend aus seinen Armen. »Nee, Schluss jetzt mit den blöden Reptilienküssen«, schimpfte sie, »ich möchte einen richtigen Gutenachtkuss.«

Und natürlich kriegte sie den auch, keine Frage.

»Guck mal, mein neuer Badelmantel«, rief der Kleine stolz, »mein schöner neuer Badelmantel.«

Seine große siebenjährige Schwester Yvonne hockte neben ihm am Strand. Angeblich war sie zu klein für ihr Alter, hatte sie Janosch anvertraut. »Ich schrumpel schon wieder ein«, wie sie sagte. Sie sollte bald auf Kur gehen. Janosch und Karin hatten den beiden eine Weile beim Sandburgbauen geholfen, dann waren sie zusammen mit Edgar und Anja ins Wasser gegangen. Ronny saß mit einem Schreibblock im Schatten und wühlte in seiner blechernen Keksdose voller Papierschnipsel, er versuchte seine spontanen Einfälle irgendwie zu ordnen und in ein System zu bringen. Zu Hause hatte er noch einen großen Pappkarton, gefüllt mit lauter merkwürdigen Zetteln, wirres Geschreibsel auf Zigarettenschachteln, Zeitungsrändern und zerrissenen Papiertüten. An manchen Tagen hatte ihn Janosch darin wühlen sehen, stundenlang konnte er seine früheren Kritzeleien anstarren, vor sich hin murmeln und mit leicht behämmerter Miene aufgeregt dazu nicken. Aber immerhin verstand er seinen eigenen Kram wohl noch. Und wie es aussah, ging ihm im Moment die Arbeit deutlich besser von der Hand als sonst.

Als sie alle vier wieder vom Schwimmen zurück waren und mit glitzernden Wasserperlen auf der Haut in der Sonne lagen, gesellte sich Ronny zu ihnen.

»Von wegen Hoffnung«, fing er ein Gespräch an, »ich hab gelesen, dass Mensch und Schimpanse genetisch zu 98,7 Prozent identisch sind. 98,7 Prozent! Worauf soll man da noch hoffen?«

»Gibt bestimmt auch vernünftige Schimpansen«, meinte Edgar bloß träge, »die können allerhand lernen.«

Ronny schnaufte missbilligend.

»Was mit 'nem Urknall begann, wird auch mit 'nem Urknall enden«, behauptete er, »schon aus reinen Symmetriegründen, und wen juckt's? Wir hocken hier doch bloß auf 'nem winzigen Spritzer kalt gewordenem Sonnenplasma, das fällt doch kosmisch weiter gar nicht ins Gewicht.«

»Ach Mensch«, redete Edgar immer noch zu dem Sand vor seiner Nase, »und wenn. Du hast eben bloß dein kleines persönliches bisschen Leben und das zählt erst mal, nix weiter. Leb dein Leben, so simpel ist die große Botschaft, und lass den Kosmos dabei außen vor.«

Er drehte sich zu Ronny hin.

»Sieh zu, dass du nicht zu den mitlaufenden Plus-Minus-Null-Pfeifen gehörst, zur blinden gesellschaftlichen Füllmasse, sondern zieh dein Ding durch. Wie bei den Schimpansen, die Alphatiere, Selbstbestimmung, darauf kommt es an. Den Rest der Population kannst du vergessen, die haben sich selber kastriert. Wenn du bei denen die Hirnaktivität misst, kommt nur so 'n flacher Strich, da ist nur so 'n Testbildtuten im Schädel. Vakuum, null hoch null.«

Für ihn war das Thema anscheinend beendet.

»Es können doch aber nicht alle superintelligent sein«, gab Anja zu bedenken.

»Hab ich auch nicht gesagt«, verteidigte sich Edgar lustlos.

»Solange du wirklich dein eigenes Leben lebst, ist das auch mit IQ 90 noch okay, Hauptsache nicht manipuliert und nicht mit fremdbestimmten Zielen.«

Er stand auf und zog sich sein T-Shirt über.

»Frag mal Janosch, der kann dir das Pamphlet von Hesse zum Lesen geben, ein paar Seiten über Eigensinn, sehr ergiebig, da steht alles drin.«

Ihm wurden solche Diskussionen meistens schnell langweilig.

Er ging rüber in den Schatten, hängte sich sein Altsax um, tutete einmal volle Kanne wie ein entzündetes Nebelhorn und verzog sich.

Kurz darauf kam Silvia mit Rita von einer kleinen Radtour zurück, ermattet ließen sie sich links und rechts neben Ronny in den Sand plumpsen. Dafür packten dann Janosch und Karin zusammen und schnappten sich die Räder.

Auf abgelegenen Feldwegen fuhren sie durch ein endloses Meer aus gelb blühendem Raps und in der Ferne sahen sie die Schmalspur-Dampflok der historischen Bäderbahn dicht an der Küste entlangpuffen.

Als sie im Nachbardorf ankamen, aßen sie überbackenen Toast im Gartencafé neben der reetgedeckten Kunstscheune, dann radelten sie wieder weiter, vorbei an einfachen alten Kapitänshäusern unten am Wasser und schließlich machten sie an der Steilküste neben dem Leuchtturm halt, um sich ein bisschen auszuruhen.

Still auf dem Rücken liegend beobachteten sie die sich ständig wandelnden Wolkengebirge am gleichmäßig tiefblauen Sommerhimmel, im hohen Gras ringsum zirpten die Zikaden.

Hatte nicht Hesse einmal einen Roman ganz ohne Menschen schreiben wollen, eine Geschichte nur von Bäumen, Wolken und Bergen? Janosch erzählte von seiner Kindheit auf dem Lande, vom Kaninchenfüttern und Grasmähen mit der Sense, vom Bach anstauen auf der Wiese hinter ihrem Garten, vom Klapperstorch und seinen kalkig weißen Kackstriemen auf dem Scheunendach des Nachbarhofes, und wie die Nachbarn im Dorf einmal ein verletztes Reh großgezogen hatten.

»Mit meinen Freunden bin ich als Tarzan durch die Wälder gestromert, aber unser größter Traum war immer, in so einem schwimmenden Blockhaus wie bei Winnetou zu wohnen, im Silbersee.«

Karin lächelte. »Kann ich mir gut vorstellen«, sagte sie und legte ihren Kopf auf seine Brust. Sie schloss die Augen und hörte zu, wie er in seinen Erinnerungen kramte.

»Unsere Schule war ein altes Haus mit Holzdielen«, schwärmte er weiter, »bis zur dritten Klasse hatten wir alle Fächer bei einem Lehrer, außer Nadelarbeit. Knöpfe annähen und Topflappen häkeln brachte uns seine Frau bei. Und weil ich schon als Knirps so schlau war, nannten mich die Erwachsenen im Dorf immer bloß Bürgermeister.«

Er grinste in sich hinein und ließ seine Schulzeit noch einmal Revue passieren. Im Sommer hatte der Sportunterricht aus Badengehen im See bestanden und im Winter aus Waldlauf oder Schneeballschlacht.

Zumindest seine Kindheit war heiter und unbeschwert gewesen und das konnte ihm keiner mehr nehmen. Gott sei Dank hatte er reichlich Grundkapital fürs Leben mitgekriegt.

»Das alles klingt nicht so, als ob du gerne von hier weggehst«, sagte Karin nach einer Weile so leise, dass es kaum zu hören war, aber dennoch laut genug, um das heikle Thema anzusprechen.

Sie starrten beide vor sich hin.

»Findest du es denn hier wirklich so unerträglich?«, fragte sie ihn dann direkt und mit bittendem Blick suchte sie in seinem Gesicht nach einer Antwort. Janosch zögerte mit einer Erwiderung. Die unvermeidliche Frage, da war sie. Ging es nun los, würde ab jetzt jeder verzweifelt versuchen, den anderen zu bekehren?

»Ich glaub eigentlich nicht, dass wir in einer extrem miesen Zeit leben oder dass das ganze System hier nun total barbarisch wäre«, versuchte er möglichst leidenschaftslos zu antworten, »woanders gab und gibt es schlimmere Zustände.«

Er sah ihr in die schönen traurigen Augen und blickte dann zur Seite. Wenn man das Schlimmste zum Maßstab nahm, schnitt dieser Staat noch ganz passabel ab.

»Bloß es kommt einfach immer drauf an, inwieweit man persönlich betroffen ist oder eben sich betroffen fühlt, und für mich ist das Ding hier leider gelaufen, du kennst meine Geschichte. Ich komm auf dieser Seite jedenfalls auf keinen grünen Zweig mehr, das steht fest.«

Er zuckte mit den Schultern und flippte einen Stein über den Rand der Steilküste. So locker war ihm allerdings nicht zumute, natürlich ging er nicht gern, und jetzt, wo er Karin getroffen hatte, erst recht nicht. Wer verließ schon freudig seine Heimat, bloß was sollte er denn tun? Eine Zukunft für ihn gab es höchstens noch im Westen. Und natürlich konnte er Karin nicht einfach einpacken und dahin mitnehmen. Denn wenn sie wirklich mit ihm gehen sollte, dann musste es ihre eigene Entscheidung sein, da konnte man nichts erzwingen. Sie musste selber abwägen, was ihr wichtiger war. Und das hieß vor allem, was sie am ehesten aufzugeben bereit war. Sonst hatte es einfach keinen Sinn.

»Drüben ist's vielleicht auch nicht viel besser, aber da hab ich wenigstens noch mal 'ne reelle Chance. Hier geh ich bloß todsicher vor die Hunde«, sagte er müde.

Er hatte tausendmal darüber nachgedacht. Mit Kalle und Tommy und ihren Freunden hatte er sich damals nächtelang die Köpfe heiß geredet, auf der Crazy Farm, in Bellin und auch in Jenna, von wegen hier bleiben und für ein besseres Land kämpfen.

Janosch konnte auch heute noch nicht einsehen, weshalb ein paar Dutzend Idealisten zu Märtyrern werden sollten, nur um dem feigen Rest die Freiheit zu verschaffen. Das war doch gar nicht nötig. Warum brachte denn stattdessen nicht jeder seinen kleinen Beitrag, wo waren die Millionen, die tagaus, tagein ein kleines bisschen Zivilcourage zeigten? »Nur der verdient sich Freiheit wie das Leben, der täglich sie erobern muss!« Was war damit? Bisher sah er jedenfalls nicht viel mehr als lediglich eine gleichgültige Masse von Untertanen und eine Handvoll jahrelang im Knast verschimmelnder Helden und er wollte weder zu den einen noch zu den anderen gehören. Dann schon lieber weg von hier, ein sauberer Schnitt und Schluss.

Zurück nahmen sie eine andere Strecke, sie war etwas länger. Über schattige Waldwege gelangten sie zu einer Lichtung, an deren Rand ein halbes Dutzend mächtiger Douglasien stand. Janosch hielt an und stieg vom Fahrrad.

Einmal tief durchatmend, wies er mit theatralischer Geste in die Runde und deklamierte andächtig: »Ein Fleckchen Erde, vergoldet durch den doppelten Zauber der Natur: Vollkommenheit und Unschuld.«

Ergriffen zerrieb er ein paar Nadeln, roch daran und präsentierte sie anschließend Karin.

»Mmh, wie Pampelmusenschale«, staunte sie, »ein verkappter Grapefruitbaum!«

»Genau«, nickte Janosch, »und das Harz riecht noch intensiver. Wenn ich als Forstarbeiter zum Totensonntag für die Friedhofskränze immer Douglasienzweige abhacken sollte, dann duftete abends meine Jacke wie parfümiert, das war toll. Außerdem hat der Stamm schönes rötliches Holz.«

Er sog noch einmal den würzigen Duft der Nadeln zwischen seinen Fingern ein. »Meine Lieblingsbaumart«, sagte er. »Und auf geht's.«

Nebeneinander radelten sie wieder weiter und Janosch erzählte von seiner Zeit als Waldarbeiter. »Hier«, rief er und zeigte auf eine Schonung kniehoher Kiefern, »die gehn ja schon, aber die noch kleineren Dinger musst du im Winter gegen Wildverbiss mit Teerzeugs beklecksen, sonst fressen die Rehe nachher die ersten Spitzen weg. Oder du umwickelst sie oben mit Watte, klappt genauso. Und später musst du sie von Brombeerranken und Gestrüpp freisensen, damit sie nicht gänzlich untergebuttert werden.«

Plötzlich wurde der Weg schlechter, im tiefen Zuckersand versanken ihre Reifen wie in Wüstendünen. Sie mussten ein Stück schieben, bevor sie weiterfahren konnten.

»Ich dachte eigentlich, du warst bei den Holzfällern«, meinte Karin, als sie wieder zu Atem gekommen waren.

»Teils, teils«, antwortete Janosch. Zwar hatte er gleich am Anfang auch den Motorsägeschein gemacht, erzählte er ihr, aber die andere Truppe war ihm letztendlich doch lieber gewesen. Nur drei Kollegen, zwei Frauen und Bernie, »der Abgebrochene«, bisschen zurückgeblieben der Junge und bloß knapp einssechzig groß. Janosch kam mit allen dreien prima zurecht. Hauptsache kein Stress und keine Typen, die sich beim einarmigen Hantieren mit der Kettensäge irgendwas beweisen mussten. Stattdessen hatten sie Fichten und Kiefern gepflanzt, jede Menge, oder auch Erlen in den feuchten Senken. Und Kahlschlagflächen beräumt, also die restlichen rumliegenden Äste zu riesigen Scheiterhaufen aufgeschichtet und dann die Höllenfeuer angezündet. Bei alldem war meistens noch genügend Zeit gewesen, um Pilze suchen zu gehen oder einen Eimer Holunderbeeren zum Entsaften zu pflücken. Oder aus merkwürdigen Wurzeln irgendwelche Figuren zu schnitzen. Dass er dafür nur gut die Hälfte verdiente wie die anderen beim Holzeinschlag störte ihn nicht sonderlich.

»Also lieber bescheidener Waldheger als Baumkiller mit Leistungslohn, hm?«, fasste Karin zusammen.

»Das natürlich sowieso«, gab er ihr grinsend recht, »schon von Hause aus.« Wer nur noch in Festmetern rechnen konnte, um die Ausbeute im Nutzwald zu optimieren, der hatte das Wichtigste vergessen, dachte Janosch. Oder nie gewusst. Und das galt erst recht für jene Vertreter aus der edlen Zunft der Waidmänner, die das perfekt justierte Zielfernrohr an der Präzisionsflinte für die Hauptsache in Wald und Flur hielten, Hirsch gleich Wildbretklumpen plus Trophäe.

Er schüttelte den Kopf.

»Gott schütze uns vor solchen Naturliebhabern«, rief er laut und legte einen Zahn zu, denn Karin fuhr ihm allmählich davon.

Die Strecke ging jetzt ziemlich bergab und ohne großartig zu treten kamen sie flott voran.

Die Menschen waren so klug, überlegte Janosch wieder weiter, und trotzdem sahen sie gelegentlich den Wald vor lauter Bäumen nicht. Manche Rentner »liebten« auch ihren Dackel über alles, sie ließen sogar die Erben leer ausgehen und vermachten ihre ganze Habe dem Tierheim. Aber erst mal hatten sie Pfiffi kastrieren lassen, damit er ihren Vorstellungen entsprach. Diese Art von Liebe war jedenfalls sehr gefährlich. Und manchmal sogar tödlich.

»Willst du die Haupterkenntnis meiner grünen Epoche hören?«, fragte er Karin, als sie gerade eine kleine Holzbrücke überquerten, und natürlich nickte sie.

»Schiller«, sagte er bloß, »nur ein paar Zeilen:

Suchst Du das Höchste, das Größte?
Die Pflanze kann es Dich lehren:
Was sie willenlos ist, sei Du es wollend – das ist 's!«

Langsam wiederholte er es noch einmal.

»Es lässt sich natürlich auch anders formulieren: Bekenne dich zu dir selbst oder Lebe im Einklang mit deiner Seele, man könnte locker eine Doktorarbeit drüber schreiben.«

Allmählich lichtete sich der Wald, links und rechts sahen sie wieder Rapsfelder vor sich und ein paar Minuten später rollten sie auf der heißen Asphaltstraße am Ortseingangsschild Niehagen vorbei.

Es war kurz vor drei, Janosch hatte noch eine knappe Stunde Zeit, bis er wieder mit Arbeiten dran war.

Schnell sprangen sie noch einmal zur Abkühlung in die Ostsee. Lachend spritzten sie sich gegenseitig nass und warfen sich dann prustend in die Wellen.

Als sie am »Hotel Royal« ankamen, saßen Rita und Silvia mit ein paar Typen auf den Campingstühlen hinten, die Sade-Kassette lief und ein Kasten Bier stand im Schatten, vom Rest der Truppe keine Spur. »Komme gleich, Viertelstunde noch«, gab Janosch Jürgen kurz Bescheid und ging sich mit Karin im Nebengemach umziehen.

Lagerfeuer und Neil-Young-Songs, die magische Kombination. Sie lagen auf ihren Decken und schlürften Rotwein, Bier und sogar Gin-Tonic, Jürgen sorgte ständig für Nachschub.

Er hatte ein blondes Mädchen neben sich liegen, das Janosch nicht kannte, sie turtelten zuweilen heftig, so wie die anderen halt auch. Karin drehte sich auf den Bauch, nippte an dem Glas zwischen ihren Händen und wippte ein bisschen mit dem Fuß zur Musik, sie erinnerte ihn an eine verspielte Katze mit dem Lieblingswollknäuel zwischen den Pfoten.

»Kommt, wir machen noch eine kleine Nachtwanderung«, schlug sie vor, »heut ist sternklarer Himmel.«

Von den anderen kam keine Reaktion.

»Okay«, willigte Janosch schließlich ein, »aber erst nach den nächsten beiden Songs, ich möchte noch Van Morrison hören.«

Die meisten Musiker der Woodstock-Ära waren zu seinem Leidwesen tot oder in der Versenkung verschwunden, aber Morrison gehörte für ihn zu den Ausnahmen, die weitermachten und mit den Jahren immer besser wurden.

Mit *Don't Look Back*, einem uralten John-Lee-Hooker-Stück, in den Ohren stand er dann auf und schlenderte Hand in Hand mit ihr in Richtung Dünenweg davon.

Unterwegs blieben sie manchmal stehen und blickten schweigend hoch zum klaren Sternenhimmel. Kein Wölkchen trübte die Sicht. Janosch kannte sich einigermaßen aus da oben, er zeigte ihr ein paar Sternbilder und hielt mit gedämpfter Stimme einen Kurzvortrag über die Milchstraße, über Sternhaufen, Planeten und Asteroiden, das alles faszinierte ihn ungemein.

Karin war beeindruckt.

»Was bedeuten schon die ganzen Zahlen und Details«, winkte er bloß ab. Die Ehrfurcht vor dem Ganzen war doch viel wichtiger. Und dafür brauchte man nicht unbedingt Spektralklassen oder Parsec-Tabellen zu pauken.

Ein Satellit tauchte auf und stieg langsam höher, gleichmäßig zog er seine Bahn, Karin hatte das winzige Pünktchen zuerst entdeckt.

»Was schätzt du, Ami oder Russe?«, wollte Janosch von ihr wissen. »Weiß nicht«, gab sie ihm zur Antwort, »ist zu weit weg, ich kann die Gesichter nur undeutlich erkennen.«

Janosch musste grinsen und gab ihr einen Kuss, dann gingen sie weiter. »Ich hätte mir nie träumen lassen, dass wir mal zusammen sein würden«, sagte er plötzlich.

»Warum nicht?«, fragte sie und wandte sich ihm zu. Stumm zuckte er mit den Schultern.

»Manchmal fühle ich mich so mutlos«, gestand er schlicht.

»Wie meinst du das?«, erwiderte sie verwundert.

»Na ja«, versuchte er zu erklären und stocherte mit den Sandalen dabei im Sand herum, »Edgar zum Beispiel, der hat ein klares Ziel, der weiß genau, worauf es für ihn ankommt, und was er will, das zieht er durch, mit unerschütterlicher Ruhe.«

Karins aufmerksamer Blick lag unverändert auf seinem Gesicht.

»Und guck dir all die anderen an«, fuhr er fort, »die Masse hat vielleicht zwar nicht den Durchblick, ist aber dennoch von sich überzeugt. Ob sie nun einen Staudamm bauen, Ruinen sprengen, Leute ins Gefängnis schicken oder Schießbefehle geben, die entscheiden das mit einer Sicherheit, als ob es gar nicht anders sein könnte.«

Er machte eine vage Geste mit der Hand.

»Für mich dagegen ist nie wirklich was sicher, ich zweifle so oft an allem.«

Hilflos suchte er für einen Moment nach den richtigen Worten.

»Es geht mir meistens wie so 'nem Papierschiffchen, das lustig auf den Wellen tanzt, aber immer dabei ahnt, dass im nächsten Moment schon Schluss mit dem ganzen Spaß sein kann«, versuchte er schließlich zu erläutern. Und auf einmal kam ihm das alles selber reichlich seltsam vor.

Was rede ich hier eigentlich?, dachte er plötzlich und trällerte los: »The answer, my friend, is blowing in the wind …«

Gewisse Dinge ließen sich nun mal nicht vernünftig in Worte fassen, die Verbalkommunikation kam manchmal schnell an ihre Grenzen.

Er griff nach ihrer Hand und wollte weitergehen, aber Karin ließ sich nicht beirren. Mit sanftem Händedruck hielt sie ihn fest.

»Ich weiß, was du meinst«, nahm sie seinen Gedanken wieder auf, »ich kenn das auch. Und trotzdem, Janosch, wir sind beide keine Berufspessimisten, die vom unausweichlich kommenden Super-GAU überzeugt sind. Denn dann hätte ja alles keinen Sinn.« Trotz Dunkelheit sah Janosch ihre Augen glänzen.

»Eher umgekehrt vielleicht, wir glauben an den KAG«, fuhr sie nachdenklich fort, »der kleinste anzunehmende Glücksfall anstatt des größten anzunehmenden Unglücksfalles, Optimismus ganz vorsichtig auf Sparflamme. Das trifft's wohl eher.«

Schweigend stand sie vor ihm und er nahm sie in die Arme.

»Du bist mein GAG«, flüsterte er ihr ins Ohr, einmal mehr hatte sie ihn erstaunt.

»Mit siebzehn war ich mal mit einem zusammen, der ging immer so mit mir«, erzählte sie ihm später im Bett und legte seine Hand von hinten um ihr Genick, »ich fühlte mich ständig, als ob er seinen Hund ausführt.«

Janosch erwiderte nichts darauf, er streichelte sie bloß stumm und hörte ihr zu.

»Ich hab mich nie getraut, ihm was zu sagen«, meinte sie dann noch und schwieg ebenfalls.

»Gab es noch mehr solche Reinfälle?«, erkundigte er sich nach einer Weile.

»Ach, so doll war das alles nicht«, antwortete sie und drehte sich zu ihm. Mit einem Fussel, den sie irgendwo gefunden hatte, kitzelte sie ihn an der Nase.

»Na ja«, redete sie dann weiter, »an einen reiferen Typen mit Rauschebart hatte ich auch mal ziemlich lange geglaubt, aber das war dann letztendlich ebenfalls nur ein Schuss in den Ofen.« Eine Welle eifersüchtiger Wut brandete plötzlich durch

Janosch, hatte etwa ausgerechnet der Pope mit seinem heiligen Getue sie früher schon mal ins Bett gekriegt? Aber das konnte doch eigentlich gar nicht sein!

Der Fussel an seiner Nase verschwand und stattdessen legte sich ein Paar weicher Lippen hauchzart auf seinen Mund.

»Ich meine nämlich den Weihnachtsmann, weißt du?«, flüsterte sie und Janosch kam sich ziemlich komisch vor.

Ein bisschen dämlich, aber sehr erleichtert.

Janosch saß daneben, als sich Edgar gerade mit Silvia über Pädagogik unterhielt, sie wollte Lehrerin werden. Ronny war auch da, er hatte später gefrühstückt.

Sie hockten auf den Campingstühlen, Edgar fummelte an seiner Klarinette und fluchte, er hatte Probleme mit den Holzblättchen.

»Weißt du, was Mäeutik ist?«, fragte er ganz nebenbei und sie schüttelte erwartungsgemäß den Kopf.

»Das kommt vom alten Sokrates«, erläuterte er und pustete prüfend gegen das Mundstück, »die Kunst der geschickten Fragestellung. Man führt den anderen damit so, dass er die eigentlich schon in ihm vorhandenen Antworten am Ende selber an die Oberfläche holt und ausspricht.«

Er setzte sein Blasrohr wieder zusammen.

»Alles andere hat meiner Meinung nach von vornherein keinen Sinn«, beendete er den Gedankengang noch. »Leuten, die bestimmte Fragen erst gar nicht in sich haben, braucht man die ungebetenen Antworten darauf auch nicht überzustülpen. Man kann niemanden bekehren, es sei denn, er ist es innerlich eigentlich schon. Alles andere ist zwecklos, sie wollen es einfach nicht. Teflonbeschichtete Hirnrinden, da bleibt nichts haften. Punkt.«

Er spulte die Kassette ein Stück zurück und *I talk to the wind* von King Crimson erklang zum zweiten Mal. Als der Song zu Ende war, murmelte er bloß noch »Synkopen« vor sich hin und ging wieder weiterüben.

Kurze Zeit später erschien Verena, eine Musikstudentin aus Bellin, mit ihrem kleinen schwarzen Geigenköfferchen. Sie hatte neulich gleich nach Ankunft mit einer Freundin ein flottes Ständchen gefiedelt, mitten auf dem Zeltplatz, und

170

seitdem wurde sie von allen freundlich gegrüßt und hieß nur noch Viola die Große. Das war zwar genau betrachtet eine Bratsche, aber na ja. Edgar hatte sie gleich anschließend in Beschlag genommen und auch Notenblätter von ihr gekriegt, aber sobald er sein Sax zwischen den Händen knautschte und wie ein angreifender Elefantenbulle loszutrompeten begann, zog sie es stets vor zu flüchten. Heute wollte sie zusammen mit Anja, Karin und Silvia in die Stadt fahren, zum großen Kunstgewerbemarkt.

»Guck mal«, sagte sie zu Janosch und hielt ihm einen Brief unter die Nase. Einer ihrer Bekannten plante eine Fotoausstellung unter dem Titel FELDMENSCHEN, nächsten Monat wollte er damit auch nach Wittmar kommen. Und sie sollte natürlich zur Eröffnung spielen.

Janosch beguckte skeptisch die beiliegenden Fotos, er wurde nicht recht schlau daraus.

»Was soll das sein?«, fragte er Verena.

»Na Feldmenschen«, erklärte sie völlig selbstverständlich und erzählte von dem Typen, der seit Jahren alles Mögliche draußen in der Natur fotografierte, was seiner Meinung nach wie ein Gesicht oder eine menschliche Gestalt aussah.

Janosch betrachtete die Fotos noch einmal genauer.

Ein paar merkwürdige Steinmuster auf einem abgeernteten Acker mit vertrockneten Kartoffelkrauthaaren drumherum. Bemooste Astlöcher an einer alten Eiche, die wie dunkle Augenhöhlen wirkten. Mehrere rissig abgetrocknete Pfützen. Ausgewaschene Schlangenlinien an einem Abhang, die ein seltsam zerklüftetes Bodenrelief bildeten. Ein bärtiger alter Mann aus Grasbüscheln und Lehmklumpen. Eigenartige Einschlüsse und Farbschattierungen in der Steilwand einer Kiesgrube, frisch freigelegt oder schon wieder halb überwuchert.

»Einiges ist wirklich nicht schlecht«, musste er schließlich zugeben.

Dann kamen Karin und Anja und damit war das Grazienquartett komplett. Janosch gab Anja noch den Schlüssel für ihre Werkstatt unten bei Mama Trepte mit, wo Edgars gedrechselte Kerzenständer und die Restbestände von ihrem selbst produzierten Holzkram aus LKF-Zeiten eingestaubt in der Ecke lagerten. Ein Freund von Anja hatte einen eigenen Verkaufsstand auf dem Markt, vielleicht ließ sich das Zeug bei der Gelegenheit ohne großen Aufwand gleich mit absetzen. Zumindest war es den Versuch wert.

»Unsere süßen Mädels, unsere klug schnatternden Abituri-Enten«, sagte Ronny richtig stolz und beinahe zärtlich, als sie ins Auto stiegen und davonbrausten.

»Immerhin, ganz so frauenfeindlich klingt das ja anscheinend nicht mehr«, meinte Janosch probeweise daraufhin zu ihm, »welche neuen Erkenntnisse haben uns denn zu dieser Wandlung verholfen?«

Ronny drehte seinen Zylinder in den Händen.

»Ach, die Ladies klauen einem manchmal die letzten Nerven«, erwiderte er ein bisschen kleinlaut, »aber alleine wird unsereiner nur noch schneller verrückt.«

Typisch Grünschnabel Ronny, dachte Janosch innerlich grinsend, noch keine zwanzig, aber reden wie der wettergegerbte, schwer vom Leben gezeichnete Mittvierziger. Hoffentlich gab sich das mal bald.

Janosch hatte noch ungefähr eine Stunde, dann musste er den Laden aufmachen, heute war er wieder dran.

»Lust auf einen Spaziergang?«, fragte er und Ronny nickte.

Er drückte seine Zigarette aus und erhob sich und sie watschelten los.

Es hatte in der Nacht geregnet, überall auf den Wegen standen Pfützen und auch jetzt noch bedeckte eine geschlossene graue Wolkendecke den Himmel. Eine frische Brise blies böig aus Richtung See.

Ronny trug einen knittrigen graugrünen Trenchcoat über seinem ausgebeulten nachthemdartigen Standardumhang, geflickte Jeans und natürlich die obligatorischen Arschtreterschuhe.

Den windempfindlichen Zylinder hielt er in der Hand.

»Ronny kopiert dich«, hatte Karin neulich zu Janosch gesagt und da war wohl was dran. Er übertrieb vielleicht sogar etwas, seine Klamotten waren meist ein bisschen zu abgelutscht und punkig und im Gegensatz zu Janosch hatte er auch nichts gegen ein paar kleine Flecken oder Risse.

Der verkorkste Schöngeist im zerfledderten Regenmantel des mürrischen Rohlings, dachte Janosch mit verstohlenem Grinsen und bemerkte zuerst gar nicht, dass Ronny ihn erstaunt ansah, weil er urplötzlich laut vor sich hin gegluckst hatte.

»Dieser elegante Staubmantel«, kommentierte Janosch also daraufhin mit Fernsehansager-Stimme und fasste den Trenchcoat mit Daumen und zwei Fingern, »einst modisches Accessoire eines gut situierten, distinguierten Herrn um die fünfzig, nun gerade gut genug gereift zum unverzichtbaren Zubehör einer Vogelscheuche.«

Sie lachten.

Menschenscheuche Ronny, dachte Janosch kopfschüttelnd.

Mann, sie hatten beide ein ganz schönes Ding zu rennen.

Aber lieber so als langweilig und normal.

Am Strand war nicht viel los, sie hockten sich in einen offenen Strandkorb und Ronny philosophierte über die Mühen der künstlerisch wertvollen Wortaneinanderreihung.

Janosch war nicht unbedingt in Stimmung eine umfangreiche Literatenlitanei über sich ergehen zu lassen.

»Wie der Pope immer sagt: Denn viele sind berufen, doch wenige sind auserwählt, und basta«, spendete er bescheidenen Trost, worauf Ronny bloß knurrte: »Berufung besser denn Einberufung.«

Aber er war nicht scharf drauf ausgerechnet dieses leidige Thema zu vertiefen.

»Mein ganzes Kapital steckt in mir selber«, seufzte er stattdessen, »innen ist schon alles da, ich muss es nur richtig in Form bringen und entfalten.«

»Na denn mach mal, großer Genius«, erwiderte Janosch spöttisch und bückte sich nach einem bunten Stein. Es war eine Glasmurmel, die wohl irgendjemand hier vergessen oder verloren hatte. Er dachte über Ronnys Worte nach. Geht uns doch eigentlich allen so, überlegte er, siehe Schillers Pflanze, und mit getragener Stimme verkündete er: »Jeder Mensch ist ein Tresor, der nur von innen geöffnet werden kann. Herr, gib mir Zugang zu mir selbst. Amen.«

Sie liefen wieder weiter, beguckten sich die Wellen und die paar Spaziergänger und suchten ein bisschen nach Bernstein, manchmal fand man ja nach einem Sturm ein paar Stücke.

»Schreib doch einfach unsere Story auf«, schlug Janosch plötzlich vor, »das ist bestimmt besser als irgendeine aus den Fingern gesogene Stilübung. Sei unser Hofchronist!«
Entsetzt glotzte Ronny ihn an.
»Watt, 'ne Oststory? Soll die in Moskau rauskommen, mit russischem Vorwort oder wie?«
Entrüstet schüttelte er den Kopf.
»Wenn ich drüben bin, vergess ich den ganzen Ulk hier sofort, aber dalli, und dann will ich Bestseller vom Stapel lassen, richtig geile Aussteigerbibeln, oder am besten sogar Drehbücher, die sind schätzungsweise noch ergiebiger.«
Aufgeregt spreizte er seine Vogelscheuchenlumpen und Janosch musste innerlich lachen.
So wie du drauf bist, pinselst du höchstens Durchdrehbücher, dachte er belustigt und entgegnete: »Schon okay, war halt nur mal 'ne Idee.«
Danach wechselten sie das Thema, die Sache mit den zwei Sorten Mensch war bekanntlich immer gut für ein Gespräch unter Männern.
»Ich glaube nicht, dass die Mönche und Nonnen das wirklich im Griff haben, von wegen keusch und Zölibat und so«, meinte Ronny überzeugt, »zumindest nicht, wenn sie jünger sind. Das ganze Leben lang immer nur Beherrschung und Verzicht, und das auch noch freiwillig! Nee! Du kannst doch deinen harten Schniepel da unten nicht einfach ignorieren!«
Er lachte ein bisschen über seine eigene Formulierung, dann fuhr er fort: »Gott selber hat uns das Ding ja höchstpersönlich angehängt, und wohl nicht nur, damit es als schrumpliger Genitalrüssel unbenutzt unterm Bauchnabel rumbammelt. Ist doch kein toter Ersatzblinddarm oder so was.«
Er grinste vor sich hin. »Der will ins wohltemperierte Schwesterorgan reinschlüpfen und kräftig rubbeln. Und was soll daran verkehrt sein, bitte schön?«
Janosch zuckte bloß mit den Schultern. Eigentlich klang ihm das ein bisschen zu simpel, ganzheitlicher Menschensex schwuppdiwupp plattreduziert auf das Kopulationsverhalten läufiger Großsäuger.
Wo blieb die gute alte Seele bei dieser Art von Betrachtung? Denn wenn man diese heiklen Dinge schon ganz nüchtern

unter die Lupe nahm, dann durfte man dabei auch nichts unter den Tisch fallen lassen. Aber er hielt seine Ansichten dazu momentan lieber weise zurück. Schließlich musste er seine letzten Nächte mit Karin hier nicht unbedingt sexologisch verwursten.

Ronny drehte sich plötzlich zu ihm um und fasste ihn an den Schultern.

»Bruder!«, stieß er keuchend hervor und machte durchdringende Stielaugen, »höre meine Predigt! Was ist mit den darbenden Schwestern, die vom geweihten Zauberstab im eigenen Leibe benetzt werden wollen, wer beackert ihre heißen Furchen, wer durchschlürft ihre köstlichen Austern nach der kleinen Perle und träufelt das rechte Maß vom männlichen Zitronensaft hinein? Besinne dich, Bruder! Wo bleibt die Nächstinnenliebe?«

Er tat so, als wollte er sich die Hose aufknöpfen.

»Lauter gewichtige Fragen«, musste Janosch mit nachdenklich geneigtem Haupt zugeben und versuchte sich ein Leben im Kloster auszumalen. Entsagung und Versenkung. Jeden Tag Beten, heilige Lektüre, gemessenes Schreiten und Singsang. Tisch decken und Unkraut zupfen. Hm.

»Vielleicht unterliegen die voll abstinenten Kuttenträger einfach einer lebenslänglichen Täuschung, das gibt's bestimmt, schließlich kann der Mensch bei Bedarf so ziemlich alles verdrängen«, gab er zu bedenken. »Außerdem spielt sich das meiste beim Sex im Kopf ab, und wenn der anders programmiert ist?«

Er zuckte mit den Schultern. »Wunder und Rätsel dieser Welt.«

Ronny sah ihn schräg von der Seite an, anscheinend wusste er nicht, was er davon halten sollte.

Nach einer kurzen Denkpause fuhr Janosch fort: »Ich kann's mir zwar nicht vorstellen, aber möglicherweise werden sie dafür mit 'nem göttlichen Dauerkoller entschädigt und lächeln am Ende bloß mitleidig über uns Hormonsklaven.«

Ronny grinste bloß. »Probier's doch aus«, riet er.

»Zu spät«, antwortete Janosch und erzählte ihm dann noch von einem Bekannten aus seiner Schulzeit, den man nie mit einer Freundin zusammen sah. An sich nicht blöd der Typ, nicht hässlich, eigentlich ganz normal. Und garantiert nicht schwul.

Die Schüchternheit war sein Problem; er war gefangen im eigenen Käfig und kam nicht frei.

»So kann's gehn«, kommentierte Ronny lustlos und kratzte sich mit dem Fingernagel einen weißen Fleck eingetrocknete Vogelkacke von seinem Trench, »armes Schwein.«

Er hatte genug davon.

Janosch öffnete um kurz nach zwölf, Ronny blieb noch eine Weile bei ihm hocken. Es gab nicht viel zu tun, sie hörten Pink Floyd und tranken nebenbei Tee.

Plötzlich kamen zwei Jungen ganz außer Atem angerannt, Janosch erkannte sie sofort, es war eins seiner Zwillingspärchen aus Gülzow. Glücklicherweise hingen ihre Bilder noch, mit geschwellter Brust wurden sie ihren Eltern präsentiert.

»Ist hier etwa schon wieder ein Zwillingskongress?«, erkundigte sich Janosch bei den Kindern mit gespieltem Staunen und lächelnd schüttelten sie den Kopf.

»Nee, bloß wir«, antworteten sie unisono.

Er unterhielt sich ein bisschen mit der ganzen Familie, sie machten hier Urlaub im Betriebsferienheim.

Dann zogen sie fröhlich von dannen und auch Ronny verduftete. Janosch bediente das bisschen Kundschaft und hing dabei seinen Gedanken nach. Die Sache mit der Feldmenschen-Ausstellung beschäftigte ihn; eigentlich war die Idee doch ganz originell und faszinierend, fand er mittlerweile. Wie von selber fielen ihm dazu ein paar Zeilen ein, er begann zu kritzeln, einfach so, kürzte dann wieder etwas und stellte ein bisschen um und fertig war sein Gedicht. Vielleicht ließ es sich ja irgendwie bei der Ausstellungseröffnung mit einbauen?

Zum Feierabend kamen die Mädchen vom Stadtausflug zurück, fröhlich schwatzend, offenbar hatten sie sich köstlich amüsiert. Auch mit dem Verkaufen hatte es einigermaßen geklappt, berichteten sie, immerhin waren ein paar Kerzenständer weggegangen und der Rest vom Holzspielzeug.

Dann packten sie ihre Einkäufe aus.

Karin präsentierte als Erstes ihren neuen Batiksommerrock, so eine farbenfrohe Hawaiigardine zum Um-die-Hüften-Wickeln.

Es sah echt umwerfend aus.

»Du siehst umwerfend aus«, sagte Janosch anerkennend.
Als Nächstes kriegte er ein oranges T-Shirt von ihr geschenkt, Partnerlook, sie selber hatte das Gleiche für sich gekauft.
»Warst du denn auch immer artig?«, fragte sie neckisch, bevor sie es ihm überreichte.
»Klar«, kam es von Janosch wie aus der Pistole geschossen, »einzigartig, andersartig, eigenartig …«
Er schlüpfte gleich in das neue Teil, es passte natürlich perfekt, und bedankte sich mit einem Kuss.
Hinter dem Wagen aßen sie erst mal alle gemeinsam Abendbrot, danach starteten Janosch und Karin zu einem ausgiebigen Strandspaziergang. Er musste sich wenigstens mal wieder anständig die Beine vertreten, wo er das Laufen nun schon auf Minimalmaß eingeschränkt hatte. Aber immerhin schwamm er dafür täglich seine Strecke.
In der geschützten Bucht wehte ein lauer Wind, nur ganz kleine Kräuselwellen tanzten weiter draußen auf dem Wasser.
Die Sonne stand schon tief, Millionen von Lichtreflexen glitzerten auf der klaren Oberfläche, verschmolzen blinkend miteinander und flossen wieder auseinander wie bei einem schwerelosen Spiel aus Licht und Wasser.
»Sieht aus wie die platt gewalzte Silberpapierfolie von 'ner Riesenschokolade«, meinte Janosch spöttisch und griff nach Karins Hand. Kilometerweit schlenderten sie barfuß am Wasser entlang und irgendwann kamen sie auch auf die Feldmenschen-Geschichte zu sprechen. Karin hatte die Fotos inzwischen natürlich schon gesehen und sie gefielen ihr ebenfalls. Eine Weile hielten sie zusammen nach »Strandmenschen« Ausschau und legten sich Treibholzstückchen und Muschelschalen zu algenbekränzten Neptunporträts zurecht. Dann zog Janosch ganz selbstverständlich seinen Zettel aus der Tasche und begann mit seinem Gedichtvortrag:

DER FELDMENSCH

Einsamer Feldmensch am Wegesrand,
erscheinst uns plötzlich im Ackerland,
zeigst dich des Abends in der Stille
in Pfützenrest und Furchenrille.

Felsstein als Nase und Sand als Haut,
so fremd und dennoch irgendwie vertraut
schaust du uns seltsam mahnend an
und ziehst uns leis' in deinen Bann.

Du sprichst zu denen, die dir lauschen,
so wie der Wind, wie Meeresrauschen,
erzählst vom Werden, vom Vergehn,
dass nichts auf ewig kann bestehn.

Uralte Weisheit murmelnd, voller Ruh,
deckt dich müd schon Erdstaub zu,
und letzte Abendwinde dich verwehn,
indes wir verwundert am Feldrand stehn.

»Schön«, meinte Karin anerkennend, »passt wirklich gut.«
Und ein Lächeln aus dunkelbraunen Tiefen belohnte ihn.
Aber sonderlich überrascht schien sie dennoch nicht zu sein.
»Na ich kenn dich doch«, erklärte sie schließlich bloß auf sein fragendes Gesicht hin. »Zugetraut hab ich dir so was schon immer.«
Sie setzten sich eine Weile in den Sand und beobachteten die schnell vom Wasser her aufziehenden Wolken. Vielleicht würde es ja in der Nacht wieder Regen geben.
»Das muss ein Geschenk des Himmels sein, wenn man so wie Verena drauflosgeigen kann«, fing Janosch auf einmal an.
»Ich meine vor allem mit noch jemandem zusammen.«
Er dachte an ihren Duoauftritt auf dem Zeltplatz vor ein paar Tagen, an die Mühelosigkeit und Harmonie, die von den beiden Mädchen dabei ausgegangen war.
»Schade, dass ich dafür wahrscheinlich schon zu alt bin. So was muss man bestimmt als Kind lernen.«
»Ist's zu spät in diesem Leben, dann gelingt's im nächsten eben«, tröstete ihn Karin und strich ihm voller Mitleid übers Haar.

»Nein, ehrlich«, erwiderte Janosch, »ganz im Ernst. Versuch dir das mal wirklich vorzustellen, wir beide könnten perfekt Geige spielen. Und dann findest du so ein Stück, wo alles drin ist, wo du deine ganze Seele reinlegst. Einfach alles, was du an Leidenschaft hast.«

»Und wo am Ende alles gut wird?«, fragte Karin.

»Ja klar, warum nicht?«, bestätigte Janosch.

»Du machst einfach die Augen zu und legst los. Achtzig Jahre Leben, bis auf das Äußerste komprimiert, zusammengefasst in einer Viertelstunde Musik. Total intensiv und trotzdem wie von selber fließend. Nichts als pures Gefühl. Und das dann noch zu zweit. Wow!«

Schweigend blieben sie noch einen Moment lang sitzen.

Dann erhoben sie sich wieder und wanderten ein Stück weiter, während die Sonne nach und nach tiefer sank und sich verabschiedete.

»Die zieht die roten Gardinen hinter sich zu, guck«, sagte Karin und wies zum Horizont, wo der Rest des Tages allmählich verglühte.

Janosch blieb stehen und drehte sich um, ihre Fußabdrücke im feuchten Sand waren von den unermüdlichen Wellen schon wieder weggeleckt worden. Das flüchtige Schicksal der Strandmenschen, dachte er melancholisch und blickte ein wenig trübsinnig in die Ferne. Und wir selber, was bleibt am Ende von uns?

Ihre vom Wasser ausgelöschten Spuren erschienen ihm wie ein universelles Gleichnis auf die Vergänglichkeit. Panta rhei, alles fließt, schon die alten Griechen hatten das gewusst, wahrlich keine neue Erkenntnis. Aber auf einmal machte sie ihn traurig bis ins Mark.

Er nahm Karins Hände und sah ihr ins Gesicht, er wollte sich wenigstens diesen einen Augenblick einprägen und bis an sein Lebensende aufbewahren, genau diesen Moment, ihre forschenden Augenbrauen, ihr zaghaftes Lächeln, das Rauschen des Meeres ringsum und wie der Wind in ihren Haaren zauste.

Schlagartig drang ihm auf einmal ins Bewusstsein, wie kostbar ihre gemeinsame Zeit war, wer konnte schon sagen, wie viele solcher Tage ihnen zusammen noch vergönnt waren?

Vielleicht würde morgen schon alles vorbei sein?

Dieser Gedanke traf ihn plötzlich mit solcher Wucht, dass ihm vor Verzweiflung schier der Atem stockte. Sein Papierschiffchen sollte noch nicht untergehen, es sollte lustig weiterschaukeln!

Mit dem richtigen Mädchen war es ihm immer wie mit der sprichwörtlichen Nadel im Heuhaufen gegangen, nach beiden musste man bekanntlich ewig lange suchen. Und wenn es ganz plötzlich doch einmal pikte und wehtat, dann wusste man sofort, man war tatsächlich auf sie gestoßen. Aber was so schwer zu finden war, das ließ man doch nicht einfach wieder sausen! Janosch wollte sein Glück jedenfalls nicht wieder hergeben müssen, um keinen Preis. Nicht im Leben.

Karin fühlte, dass etwas in ihm vorging, sie erwiderte seinen Blick und drückte ihm die Hände, so als wollte sie ihn trösten. Langsam zog sie ihn an sich und sie umarmten sich sehr lange, sie hielten sich aneinander fest, während sich über ihnen die vom geschäftigen Wind herangetriebene Wolkendecke schloss wie ein großes, müdes Augenlid.

Edgar war mufflig. Er schnitzte an seinen Blättchen herum und fiepte ein paarmal auf dem Mundstück, aber es funktionierte trotzdem nicht. Und brauchbarer Nachschub war schwer zu kriegen, im Laden gab es sowieso nur Schrott. Mittels Westgeld hatte er zwar schon lange eine neue Lieferung bestellt, wozu hatte man schließlich Freunde auf der anderen Seite, er musste aber noch warten und das nervte ihn.

Außerdem hatte er sich mit Anja gestritten.

»Du brauchst eine, die dir ständig hinterherräumt und das Essen macht, so wie zu Hause deine Mama, und dazu hab ich jedenfalls keine Motivation«, hatte sie ihn am Abend vorher angebrüllt und er hatte mit ziemlich fiesem Grinsen gekontert: »Soso, Madame fehlt es an Muttivation, aha!«

Das hatte ihr den Rest gegeben, sie war wütend weggefahren und bisher auch nicht wieder aufgetaucht.

Klar, dass Edgar schlechte Laune hatte.

»Mann, ihr müsst ja vögeln wie die Weltmeister«, begrüßte er Janosch und Ronny, als sie vom Duschraum zurückkamen. Karin und Silvia waren noch nicht wieder da.

»Eure Schnecken gehn nicht mal mehr zur Zeltplatzdisco, sondern sind um halb zehn schon plötzlich müde, und vormittags kommt ihr auch nicht aus der Mulde hoch.«

Wie ein Fernrohr hielt er sich die Klarinettenröhre ans Auge und peilte sie beide abwechselnd damit an.

»Sei nicht so ätzend, bitte«, erwiderte Janosch bloß friedlich, er wollte keinen Streit, schon gar nicht mit Edgar.

»Na, dann müsst ihr wohl ein pathologisches Schlafbedürfnis oder so was haben«, brummte Edgar noch, »ist hoffentlich nicht weiter ansteckend.«

Am Nachmittag wollte er zusammen mit Jürgen nach Wittmar fahren und gucken, ob das selig machende Westpäckchen mit den Selmer-Blättchen inzwischen vielleicht doch schon angekommen war.

Nach dem Frühstück ging Janosch mit Karin an den Strand.

Sie las Kurzgeschichten von Strittmatter, einem der ganz wenigen Ost-Schriftsteller, die auch Janosch mochte, eben weil er kein Ost-Schriftsteller war. Keiner von den hiesigen »Kulturschaffenden«. Er schrieb von den Landarbeitern früher, vom Leben auf dem Dorf, von Jahreszeiten, Wachsen und Ernten und sein Stil dabei war klasse. Jedenfalls nicht so ein versteckt väterliches Politikgekrampfe wie bei all den anderen unausstehlichen Auftragswerken mit ihrem bisschen bestellter Minimalkritik. Durch die Bank nichts als Plunder.

Ab und zu las sie ihm eine Stelle vor, er lauschte dann mehr auf den Klang ihrer Stimme dabei als auf die Worte, brummte gelegentlich zustimmend und betrachtete mit intensiver Trägheit die Wolken.

Die ideale Kulisse, um über Müßiggang zu sinnieren.

Später gingen sie zusammen ins Wasser und tobten noch ein bisschen mit ein paar Kindern und Karins großem Ball im Wasser rum.

Auf dem Rückweg kamen sie am Kiosk vorbei und sie kauften schnell noch zwei Tüten H-Milch und ein bisschen Kleinkram, für alle Fälle. Zum Mittag wollten sie sich die Hühnersuppe von gestern warm machen, beide hatten sie schon einen Bärenhunger.

In der Zeltplatzkneipe nebenan sahen sie Edgar draußen auf der Terrasse hocken und Bier trinken. Es war gerade mal um eins, und er schien schon gut getankt zu haben. Sie setzten sich kurz zu ihm. Vor einem Jahr hatte er hier wochenlang seine Drinks geschnorrt und als »Barbeque« den Entertainer gespielt, inzwischen kannte ihn keiner mehr, der Pächter war neu und die Kellnerin bediente ihn gleichgültig wie jeden anderen auch.

Er hatte sich etwas zu essen bestellt und fuhrwerkte mit Messer und Gabel auf dem Teller vor sich herum.

»Kantinenfraß«, mäkelte er, »nicht mal das kriegen die hier mehr hin.« Vergeblich versuchte er das zähe Schnitzel mit dem Alu-Besteck zu zerteilen.

»Scheißhauspapier Marke extrarau, das ist das Einzige, was man in diesem komischen Land noch zu kaufen kriegt.«

Er schnaufte und lachte höhnisch.

»Da kann ich mir gleich den Arsch mit dem lappigen Notgeld abwischen, kommt aufs selbe raus«, lästerte er weiter.

Ein paar Leute an den Nebentischen spitzten bereits die Ohren.

»Warum verreisen Sie dann hierher, wenn es Ihnen nicht gefällt?«, erkundigte sich ein geschniegelter Heini mit Brille und abstehenden Ohren. Für so was war Edgar gerade richtig in Stimmung, der »Barbeque« kam wieder durch, allerdings der schlecht gelaunte.

»Wo soll ich denn sonst hinfahren, du Schlaumeier, etwa nach Moskau, den eingeweckten Lenin anglotzen, oder was?«, erwiderte er laut und drehte sich zu dem Typen um.

Ein paar Leute lachten verstohlen, zwei andere standen auf und gingen. Janosch hatte ein mulmiges Gefühl, die Situation konnte schnell brenzlig werden.

»Haben Sie sonst noch was zu kritisieren?«, fragte der Geschniegelte mit süffisantem Grinsen und fläzte sich in seinen Plastikstuhl und Janosch fiel auf, dass er vorn einen ziemlich schiefen Zahn hatte. Es sah aus, als würde er ständig auf einem abgebissenen Stück Streichholz kauen.

Edgar lümmelte sich ebenso in seinen Sitz, nippte noch einmal am Bier und sagte: »Viel zu viel, um alles gebührend zu würdigen, Mister Mittelmäßig mit dem halben Weisheitszahn. Die ganze Kiste insgesamt ist auf dem absteigenden Ast hier, so viel ist jedenfalls klar, das sieht doch jeder.«

Der am Nebentisch lief plötzlich puterrot an, es sah aus, als würde er jeden Moment platzen, echt komisch.

Aber Janosch fand das gar nicht witzig, ihm wurde auf einmal heiß und kalt zugleich. Er sah die auf ihren Tisch gerichteten Augenpaare, es saßen fast nur Männer um sie herum.

»Mann, red nicht so 'n Quatsch«, sagte er laut zu Edgar, »komm jetzt nach Hause.«

Er stand auf, Karin ebenfalls. Edgar blieb sitzen.

»Komm nach Hause«, wiederholte Janosch noch einmal und beide fassten sie ihn an den Armen.

Bitte lass uns schnell abhauen, flehte er innerlich dabei.

Edgar blieb stur.

»Nach Hause?«, wiederholte er, als ob er sich verhört hätte, »nach Hause?« Er schüttelte ihre Hände ab.

»Hier hab ich kein Zuhause«, tobte er, »das ganze Land ist nur noch ein einziges Wartezimmer, jeder mit Durchblick will doch bloß dalli die Westfahrkarte oder ist schon längst abgehauen. Das hier ist der große Winterschlaf, die ewige Polarnacht.«

Janosch war am Verzweifeln, er kam sich vor wie in einem Albtraum, wo man beim Wegrennen wie in Sirup watet und einfach nicht vom Fleck kommt.

Er riss Edgar aus dem Stuhl hoch und schrie: »Halt 's Maul, du besoffener Trottel, und komm jetzt mit, los!«

Unbeholfen versuchte er ihn irgendwie wegzuschleifen, ein Stuhl kippte um und klatschend explodierte eine H-Milch-Bombe mit weißen Splittern zu ihren Füßen, aber nach ein paar Metern kam Edgar schon wieder frei.

Er stand da wie eine Statue mit dem Titel DER EMPÖRTE, breitbeinig vorgebeugt, die Arme nach vorn gestreckt und beide Hände zu Fäusten geballt.

»Ist doch wahr«, brüllte er, »guck uns doch bloß an, die wahren Talente gehn als Jahrmarktskasper und Nachtwächter vor die Hunde, Rentnerjobs für die Höchstbegabten, während die zweite Garnitur studiert und sich hochschleimt! Das echte Potential liegt brach, überall nur Mittelmaß am Ruder, alles duckt sich unter der Stasiknute und keiner macht das Maul auf! Und dann muss ich mich von so 'nem kollabierenden Fatzke auch noch vollquatschen lassen! Das Einzige, was hier noch klappt, sind die Scheißhaustüren, wenn man vom Kotzen wiederkommt! Die Zustände sind in jeder Beziehung unter aller Sau, das letzte Zucken, sag ich nur!«

Plötzlich waren sie von Männern umringt und es ging alles ganz schnell. Ohne großes Gedrängel, beinahe richtig geordnet. »Die Hilfsrussen können mir mal am Tüffel tuten«, wütete Edgar noch und versuchte sich zu wehren, als ihn die ersten beiden anfassten. Aber sie hatten ihn sofort überwältigt und drehten ihm die Arme auf den Rücken, bis er nur noch vor Schmerzen schrie. Vielleicht waren sie in einen Betriebsausflug der Stasi geraten oder irgendwelche Offiziersbonzen hatten ihre Ferienbungalows hier in der Nähe, weiß der Teufel, doch das spielte nun keine Rolle mehr. Ab jetzt waren sie Verbrecher.

Kurze Zeit später fuhr ein Bullenwagen vor und alle drei wurden sie erst mal zwecks »Personalienaufnahme« verarztet, die übliche Tour. Alsbald waren quäkende Rückmeldungen aus Sprechfunkgeräten zu vernehmen.

Aus sicherer Entfernung glotzten ein paar neugierige Urlauber herüber und ergingen sich in Mutmaßungen. Eine Schlägerei? Oder wurde soeben gar ein gesuchter Sittenstrolch verhaftet, ein gemeingefährlicher Triebtäter?

Eine Möwe ließ sich auf dem Terrassengeländer nieder, ruckte ein paarmal mit dem Kopf und äugte fragend in ihre Richtung. Kinder mit nassen Haaren und über die Schulter geworfenen Handtüchern gingen lachend vorüber. Ein Tag Ende Juli, im schönsten Hochsommer.

Unter Bewachung bezahlte Janosch Edgars Rechnung, nicht dass sie ihn am Ende noch der Zechprellerei bezichtigten, anschließend wurden sie in zwei Autos getrennt nach Wittmar verfrachtet. Janosch saß mit Karin zusammen und sah die ganze Zeit ihren bangen Blick, durfte aber nicht mit ihr reden.

Sie ließen ihn hinter einer Gittertür auf dem Gang hocken, allein. Der Hunger wühlte in seinen Gedärmen, aber es interessierte ihn nicht. Würde man sie alle einsperren, auch Karin? Eigentlich hatten sie beide ja nichts gemacht und selbst Edgar war halt nur ein bisschen ausgeflippt, versuchte er sich zu beruhigen, Ordnungsstrafe hundert Mark und gut. Er klammerte sich an eine irrationale Hoffnung. Vielleicht würde ja der krebskranke Krath ihr Vernehmer sein und sie kamen mit ein paar ermahnenden Worten davon? Man konnte ihm doch alles erklären!

Aber im Innersten wusste er, dass es diesmal böse enden würde. Stumm hockte er auf der Holzbank im leeren Flur.

Irgendwann holten sie ihn dann und er kannte keinen von den drei Männern im Zimmer.

»Sie pflegen Umgang mit Kriminellen und suchen Kontakt zu feindlichen Gruppierungen«, hörte er jemand anklagend sagen.

Wahrscheinlich waren Kalle und Tommy damit gemeint, dachte Janosch, er hatte sowieso immer damit gerechnet, dass seine Post überwacht wurde.

»Bin ich deshalb hier?«, fragte er betont sachlich.

»Wie man's nimmt«, erwiderte der andere beinahe belustigt, »wir können auch vom reinen Sachverhalt ausgehen: Sie wurden bei einer tätlichen Auseinandersetzung in einer Gaststätte aufgegriffen und wir haben reichlich Zeugen dafür, dass Sie derjenige waren, der als Erster handgreiflich wurde.«

Und wieder kam irgendwas von Störung der öffentlichen sozialistischen Ordnung.

Janosch schwieg.

»Und dann noch Studentinnen mit reinziehen, schämen Sie sich«, wurde ihm vorgehalten. »Anstatt Ihre Fähigkeiten für das Volk einzubringen und sich nützlich zu machen, haben Sie nichts weiter zu tun als Unruhe und Unzufriedenheit zu schüren und die Leute aufzuwiegeln. Das werden wir nicht länger tolerieren.«

Janosch ließ sich nichts anmerken, aber er war ein wenig erleichtert. Wenn die solches Zeug vom Stapel ließen, dann hatten sie offenbar selbst nach ihrer eigenen Einschätzung kaum etwas Ernsthaftes gegen ihn in der Hand.

Hoffentlich galt das auch für Edgar, dachte er.

Man schob ihm Stift und Papier zu, er sollte nicht bloß eine Aussage, sondern eine »klare Stellungnahme« zu dem Vorfall abfassen. Ohne lange zu zögern schrieb Janosch:

Ich stehe unter Schock und kann mich an nichts erinnern.
Ich hatte Tabletten wegen meiner Depressionen eingenommen.
Ich möchte zu einem Arzt. Und zu einem Anwalt.

Dann reichte er das Blatt wortlos über den Tisch zurück.

Sollten sie damit machen, was sie wollten.

Die drei lasen seinen Wisch regungslos.

»Wir nehmen das zur Kenntnis«, war ihr Kommentar.

Anscheinend hatten sie nichts anderes erwartet.

Der Älteste von ihnen nickte den anderen beiden stumm zu und verließ den Raum.

»Machen Sie still und leise Ihre Arbeit und halten Sie sich fern von allen feindlichen Kräften, das ist die letzte Warnung«, versuchte ihn der Wortführer von vorhin noch einmal wie gehabt einzuschüchtern. »Sie spielen mit dem Feuer.«

»Da liegen Sie falsch«, erwiderte Janosch ruhig, »es ist nicht an dem.«

»Bitte?«

»Ich spiele nicht«, erklärte er sehr bestimmt.

»Sehen Sie sich vor, Petermann«, zischte der andere daraufhin und es klang wie eine persönliche Drohung.

»Sie halten sich wohl für den Allerschlauesten, was?«

Janosch hing das alles so zum Halse raus, jedes weitere Wort war hier zwecklos und fehl am Platze. *I talk to the wind*, dachte er. Am liebsten hätte er die beiden einfach mit einem leicht angeekelten »Bla, bla, bla« und dem entsprechenden Blick dazu abgefertigt, aber er beherrschte sich natürlich.

Immerhin hatte er jahrelange Übung darin.

»Leute wie Sie werden früher oder später sowieso scheitern, egal ob hier bei uns oder im Kapitalismus«, wurde ihm noch prophezeit. »Aus Ihresgleichen wird nie was, weil Sie immer nur destruktiv denken. Dekadente Spinner. Und dabei hatten Sie doch alle Chancen.«

Dazu machte er eine wegwerfende Geste, er wusste natürlich voll Bescheid. Herr Stasimann erklärt die Welt.

Nappsülze, dachte Janosch bloß.

Es war dem Typen unschwer anzumerken, wie es ihm regelrecht gut tat sich so auszulassen. Vielleicht brauchte er das für seine innere Balance. Falls er sowas überhaupt besaß.

»Und wenn Sie dann drüben drogensüchtig in der Gosse enden, dann ist natürlich die kalte westliche Ellbogengesellschaft schuld gewesen, es liegt jedenfalls immer an den anderen, nur nicht an euch selber«, ging die Tirade auch gleich nahtlos weiter. »Gucken Sie sich doch mal an, was Sie bisher aus Ihrem Leben gemacht haben, Sie sind doch jetzt schon so gut wie erledigt. Meinen Sie, die warten da auf solche Typen wie Sie? Sie und all die anderen arbeitsscheuen Schreihälse sind es doch, die sich auf dem absteigenden Ast befinden. Sie haben Ihre Zukunft selbst verspielt!«

Angewidert zeigte er mit dem Finger auf Janosch und drehte sich dann voller Selbstgefälligkeit zu dem anderen um, dessen serviles Grinsen sein billiges Triumphgefühl noch verstärkte.

»Das ist Ihre amtlich zugelassene Version, ich sehe das freilich etwas anders«, entgegnete Janosch bloß trotzig, und obwohl die Wut über die dümmliche Arroganz der Macht wie Feuer in ihm brannte, ließ er sich zu keiner weiteren Antwort mehr bewegen.

Als er endlich wieder an die frische Luft gelangte, war es bereits früh am Abend. Sie hatten ihm noch ein hämisches »Das hat ein Nachspiel« mit auf den Weg gegeben, wahrscheinlich würde man ihm eine saftige Ordnungsstrafe aufbrummen. Es gab Schlimmeres.

Janosch ging zuerst zu ihrer Wohnung nach Hause, vielleicht konnte er da etwas Neues erfahren oder Karin treffen.

Außerdem musste er etwas essen.

Als er ankam, wusste Mama Trepte schon Bescheid.

Jürgen hatte ihr erzählt, was passiert war. Und dass Edgar sehr wahrscheinlich mit einer Haftstrafe zu rechnen hatte. Er ging schließlich nicht arbeiten und dann eben noch der Ausreiserzuschlag.

Sie hielt sich ein Taschentuch vor die verweinten Augen und flüsterte immer nur: »Mein Junge, mein Junge …«

Edgar war ihr als einziger Sohn zu Hause geblieben, der Mann vor Jahren gestorben, sie selber Frührentnerin. Vergeblich versuchte Janosch sie zu trösten. Manchmal war eben die ganze Welt nichts weiter als elend, gemein und ungerecht, was sollte man da weiter sagen. *So much trouble in the world*, dachte er. Genau so, Bob. Auch die klügsten Worte konnten daran nichts ändern.

Er ging nach oben, flüchtig sah er die Post durch, ein winziges Päckchen lag dabei, er registrierte es kaum, und ein Zettel von

Karin. Sie war bei Jürgen zu Hause, um neun würden sie beide noch mal vorbeikommen und nachsehen.

Bis dahin hatte er noch etwas Zeit.

Im leer gefegten Küchenschrank fand er nur eine Büchse Bohnen und eine Dose Fisch, mechanisch schlang er alles mit einem großen Löffel in sich rein, seine erste Mahlzeit seit dem Frühstück. Mama Trepte hätte sicher alles für ein anständiges Abendbrot bei sich unten gehabt, aber Janosch war wahrlich nicht danach.

Dann fiel ihm das Päckchen auf dem Küchenschrank wieder ein, er ging zurück nach nebenan und nahm es in die Hand, natürlich, er musste es erst gar nicht öffnen, die kleine Schachtel enthielt die so sehnsüchtig erwarteten Blättchen, die nun keiner mehr brauchte, er wusste es auch so.

Und plötzlich begannen ihm die Tränen übers Gesicht zu laufen, er sah Edgar im Knast vor sich, wie er leiden würde, ohne Klarinette und Saxofon, ohne Freundin, ohne Freund, vielleicht zum zweiten Mal derselben Mutantenbrigade zum Giftmüllschippen zugeteilt wie früher schon als Armeesklave, unschuldig eingesperrt für nichts und wieder nichts, »im Namen des Volkes«, und er fühlte sich auf einmal so jämmerlich und einsam, als würde mit alldem ein Stück von seiner eigenen Jugend sterben.

Er heulte, er flennte wie ein Kind, es sah ihn ja keiner, und wenn schon, er scherte sich längst nicht mehr um die Leute. Die würden sich sowieso nur das Maul zerreißen, jetzt haben sie endlich einen von dem arbeitsscheuen Pack verknackt, irgend so einen Krakeeler, geschieht ihm ganz recht, und mit einem gleichgültigen »So kann's gehn« würden sie das Ganze abtun, höchstens vielleicht noch eine Spur selbstzufriedener als sonst in ihrer stupiden Lethargie.

Es tat so weh, es war so furchtbar bitter. Was hatten sie denn schon verbrochen? Sie hatten halt ihre eigenen Vorstellungen vom Leben, na und, war das etwa nicht ihr Recht? Weshalb ließ man sie nicht in Ruhe, warum setzte man alles daran, sie wie Schwerverbrecher hinter Gitter zu bringen? Musste man wirklich erst Krebs kriegen, um Mensch zu werden und dem anderen zuzuhören, gab es Verständnis füreinander immer erst auf dem Totenbett, immer erst dann, wenn es zu spät war?

Immer wieder dieselben Fehler, von der Steinzeit bis in alle Ewigkeit, würde sich denn niemals etwas ändern?

Wie ein Krampf schüttelte ihn das Schluchzen, seine Rotznase lief und er dachte an Mama Trepte unten auf dem Hof und an all die anderen, die vor ihnen schon so geheult hatten, an all die Ausgereisten oder sinnlos in den Knast Abmarschierten und es waren einige, denen man die Heimat genommen oder die man um Jahre ihres Lebens betrogen hatte. Vielleicht war er selber bald als Nächster dran, oder erst mal Ronny, dem würden sie seinen Trenchcoat und Zylinder gegen Filzjoppe und Stahlhelm eintauschen, seine Arschtreterschuhe konnte er sich gleich selber hinten reinrammen, und dann würden sich sadistische Unteroffiziere mit Trillerpfeifen auf ihn stürzen, um ihm seine unerwünschten Dichterflausen beim strammen Gasmasken-Wettaufstülpen täglich aufs Neue auszutreiben. Oder sie würden ihn gleich richtig einknasten, noch ein Anwärter für Edgars Mutantenbrigade, »versuchte Republikflucht«, »feindliche Propaganda«, »öffentliche Herabwürdigung«, irgendetwas aus dem langen Katalog der Gummiparagraphen fand sich schon, und zwar für jeden von ihnen, daran hatte Janosch keinen Zweifel. Wer die Dogmen der Macht in Frage stellte, der war ein Ketzer und alle Ketzer waren schuldig, schon aus Tradition. Die Scheiterhaufen der Inquisition hatten in diesem Land nie aufgehört zu brennen, nicht wirklich.

Mit leerem Blick starrte er die Wand an, eine Ewigkeit lang.

So ungefähr würde es letztendlich doch wohl ausgehen mit ihnen, wenn man es realistisch sah, konstatierte Janosch völlig nüchtern. Mit Querschläger Ronny, mit Edgar, mit ihm selber, an Karin mochte er dabei erst gar nicht denken. Man würde ihresgleichen noch und nöcher durch die Mangel drehen, der Spargel guckte halt zu weit raus und wurde abgestochen, kein Erbarmen, und zack. Viel mehr hatten sie alle durch die Bank nicht zu erwarten, denn sie saßen nun mal nicht am längeren Hebel, Herr Stasimann hatte eben recht, und fertig. Was konnten klitzekleine Lichter wie sie schon groß dagegen ausrichten?

Janosch stand auf, atmete einmal tief durch und öffnete das Fenster, um nach Karin und Jürgen Ausschau zu halten.

Es hätte ein schöner Abend sein können, die Luft war mild, zwei Urlauberpärchen schlenderten Hand in Hand durch die ruhige Gasse, beinahe alles wie gewöhnlich. Nichts, was auf irgendeine Tragödie schließen ließ.

Er sah zwei Spatzen in der Linde gegenüber sitzen, aufgeregt tschilpend hüpften sie eine Weile auf einem trockenen Zweig herum und flatterten dann plötzlich wie auf Kommando davon.

Da befanden sie sich nun also auf dem absteigenden Ast, sinnierte Janosch wieder und hörte im Geiste noch einmal die selbstzufriedene Moralpredigt von vorhin. Alle Chancen gehabt, die Zukunft selbst verspielt. Na schön. Nur ein paar dekadente Spinner, die man im Interesse der Allgemeinheit zur Ordnung rief, das war's und man konnte getrost zur Tagesordnung übergehen. Es herrschte wieder Ruhe im Land.

Janosch schüttelte kaum merklich den Kopf.

Von wegen. So durfte das alles einfach nicht ausgehen.

Er würde jedenfalls nicht zu Kreuze kriechen und klein beigeben, um dann für den Rest seines Lebens als geläuterter Gabelstaplerfahrer oder sonst was in dieser Preislage sein Dasein zu fristen, gebrochen, auf ewig verdonnert zum Maulhalten und nur noch ein Schatten seiner selbst. Ein Mann ging seinen Weg zu Ende, nicht nur als Heldenklischee im Western, auch die alltägliche Selbstverleugnung hatte ihre Grenzen. Das letzte Wort in dieser Sache war noch lange nicht gesprochen.

Mit dem T-Shirt wischte er sich das nasse Gesicht ab und blickte den Vögeln hinterher, wie sie sich hoch in den Himmel aufschwangen.

Werden wir ja sehen, dachte er.

»Die Völker sind alle gleich dumm, es ist kein Unterschied.
Es kommt auf den Einzelnen an, nicht auf das System,
ob das Rechte oder das Dumme und Schlechte geschehe.«

aus: Hermann Hesse, Lektüre für Minuten 2

Abdruck mit freundlicher Genehmigung des Suhrkamp-Verlages Frankfurt/Main